終物語 オワリモノガタリ 下

西尾維新
NISIOISIN

BOOK & BOX ORIGINAL DESIGN by VEIA

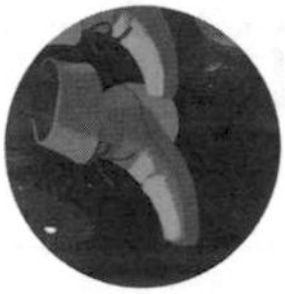

BOOK&BOX DESIGN
VEIA

ILLUSTRATION
VOFAN

第五話 真宵・地獄

HACHIKUJI MAYOI

001

若能再見到八九寺真宵，我死也無憾。若我說自己想不開到這種程度，是否會讓各位感到意外？不過老實說，這也不算是誇大其詞。我某段時期認真想過，若能再見到那個開朗的女孩，我甘願拋棄生命，拋棄不死之身。至於我沒這麼做的原因，或許是因為我想活下去的意願和想死的意願相等，前者的比例甚至大於後者，或許是因為我認為必須活著完成某些事。這份想法是以家人、戀人、恩人與友人的存在為前提，所以用加法、減法或比例來衡量人類情感的這種做法，若是被人批評為輕率或愚笨，我只能說一點都沒錯，也毫無餘地反駁，但人類這種生物的自律心，沒有強烈到只基於單一情感就敢自我了斷，至少我不敢。我視野狹隘，愛鑽牛角尖，卻也容易分心。會很乾脆地推翻前言，動不動就扭曲信念，想獲得一切而失去一切。這就是我——阿良良木曆。

不交朋友。因為會降低人類強度。

現在的我軟弱到會懷念地想起這句口頭禪。以人類的標準來說，我好軟弱。軟弱又脆弱。最讓我覺得自己軟弱的原因，在於我絕對不抗拒、不討厭如此軟弱的自己。

何其軟弱。

雖然我恨得牙癢癢的，但我敢宣言這就是我。

敢斷言這就是阿良良木曆。

大言不慚？錯了。

我是抱著慚愧的心下定論。

不過，也有人不會原諒變得軟弱的我吧。也有人認為變得軟弱卻苟活不尋死的我，是難以原諒的罪人吧。

歷經春假地獄依然活下來的我，並不是沒有察覺他人注視我，咒我去死的視線。比方說，以漆黑雙眸注視我的轉學生，肯定會這麼說。

「您真是愚蠢耶，阿良良木學長。」

啊啊，一點都沒錯。

笨蛋要死掉才治得好。

反過來說，如果死掉就治得好，那麼笨蛋這種病或許也沒那麼難治。

002

「八……八九寺？」

「是的。」

「八九寺？」

「是的，沒錯。」

「八九寺真宵？」

「是的，八九寺真宵。」

「『是的．八九寺真宵』……也就是說，如同精靈族有高等精靈族，相較於我認識的八九寺，妳是階級更高、型態更完美的八九寺……」（註1）

「不，我是普通的八九寺。您最熟悉，也最平凡的八九寺真宵。並沒有從今天變成高等精靈族。」

「八九寺真宵Z？」

「不，就說我是原版的八九寺真宵了。沒有改良也沒有誇飾。Z？考量到這集是

註1　日文「是的」與英文「High」同音。

最後一集，拿我和那個可以發射一兆度火球的傑頓相提並論，確實也沒什麼好慚愧的。」

「慚愧一下好嗎？居然拿傑頓出來講，妳請出來的Z字輩也太大牌了吧……被拿來相提並論只會感到慚愧喔。八九寺真宵R？」

「如果『R』是『Return』的意思，哎，正是如此吧。」

「…………」

…………

不，慢著慢著。

別慌張。

別做出外行人的判斷。不可以焦急。

我這輩子發生過任何可以焦急的事嗎？我總是因而吃盡苦頭吧？一路走來只要空歡喜都會落得慘兮兮吧？不過，總覺得我就算沒焦急也同樣吃盡苦頭慘兮兮就是了（這種人生還真慘）……即使如此，人遇到異常事態的時候，都應該隨時保持冷靜。

如今感覺像是很久以前，是成為古老傳說的事，但我就回想起當年號稱冷酷時代的阿良良木曆，冷靜沉著地處理這個狀態吧。

我做得到。

我要重返榮耀。

成為我自己吧。

沒錯，回想起來吧。現在究竟是什麼狀況？即使要上演情境喜劇，也得先理解自己所處的狀況，劇情才能進展下去。

也就是慣例的「前情提要」。

我的姓名是阿良良木曆。不是無名的貓，也不是在被窩醒來的怪蟲，是住在日本地方都市的高三學生。

是考生。

是的，今天三月十三日正是考試當天。對於勉強低空飛過，如同鑽過正在下降的鐵捲門般通過中心測驗的我來說，今天肯定是成為我人生轉捩點的一天。

不過，回憶不久前的自己，這個認知本身其實相當不可思議。比方說在去年的這時候，也就是二年級的三月，我完全沒想過自己居然會報考大學。不誇張，當時我連畢業都有危險。

私立直江津高中是升學學校，因為一點小事陰錯陽差就讀這所學校的我，如同走上順路，或是將其當成正確路線般吊車尾，凋零，成績總是滿江紅，就這麼一直沒落下去。這段過程與其說是每況愈下，更可以說是直線滑落。

甚至可以說是垂直墜落。

以老倉育的說法，就是「你這傢伙什麼都不懂」吧，總之我認為自己的人生在這裡做錯選擇。大意也該有個限度才對。也可以說如果我安分守己隨波逐流，就讀符合自己學力的高中，就不會發生這種事。

抱持這種想法的高中第一年與第二年，我究竟是怎麼過的？即使現在是卷首重要的回憶段落，我也不想詳細說明。詳情請各位回頭翻前面的集數吧。

這條落魄吊車尾路線，正經班長口中的「不良少年街道」，我是在去年三月脫離的。脫離升學路線之後又脫離吊車尾路線，我的蛇行駕駛也堪稱爐火純青。

應該說，我開的這輛車該不會根本沒有方向盤吧？

是的。

我遇見羽川翼——貓。

我遇見忍野忍——吸血鬼。

我遇見戰場原黑儀——蟹。

我遇見八九寺真宵——蝸牛。

我遇見神原駿河——猿猴。

我遇見千石撫子——蛇。

而且我——現在的我，位於這裡的我，堪稱成為置身於升學考試的我。回想起來，雖說這是不良高中生理想中的更生過程，不過忘了是在春假尾聲還是開學典禮，羽川那傢伙對我放話說「我要讓你改頭換面」的這句宣言，也可以說漂亮達成了。

不愧是班長中的班長。

神選上的班長。

當然，若說這是羽川翼一個人的功績，最生氣的應該是她自己吧。我的成績之所以突飛猛進，是因為戰場原堪稱獻身的照料（先不提前半，後半與其說是指導，她的謹慎程度比較適合形容為照料），加上忍與妹妹們在困境中扶持我的成果。

我的心胸沒有狹窄到忽略這一點，視野再怎麼說也沒有這麼狹隘——但願如此。不過說到神原，我真的覺得那傢伙只會妨礙我用功……

即使如此，在千石事件——在千石第二次的蛇事件，我犯下過錯而失敗——再三犯下過錯而徹底失敗時，之所以能夠繼續不屈不撓地戰鬥，完全都是多虧旁人的支持，我不能忘記這一點。

即使當時的我到最後一事無成，但還是多虧大家陪伴著我。是的，我唯獨沒犯下的，就是「死亡」這個無法挽回的失敗。所以才造就現在的我。

我位於此時此地。

三月十三日，我正準備赴考。

……嗯？

慢著，我還沒想起重要的事。如果沒想起這件事，我等於沒想起任何事。是的，我在前往第一志願學校，前往女友戰場原黑儀已經保送入學的那所大學應考之前，繞路來到某處。

不是例外的繞路，是最近完全成為慣例的繞路。從二月起，我像是例行公事般幾乎每天爬山。

並不是健行魂覺醒。我這時候的身體構造已經正如字面所述變得超乎常人，總是維持健全的生理狀態，不需要靠著健行強身。
關於這方面，我就當成逃避現實不去多想吧。所以說不是健行，我每天前往城鎮小山山頂的空神社。
和我們有著密切關係，被遺忘的神社。
我前往這座北白蛇神社，是為了履行會面的約定。仔細想想，這其實是單方面決定的會面，但對方一直放我鴿子大約一個月。
是的，直到今天。
三月十三日清晨。
我等的人沒來，但我在神社境內，遇見正在等我的另一人，也就是專家的總管──臥煙伊豆湖。
「…………」
所以？
所以，為什麼有八九寺？
為什麼有八九寺真宵小姐？
我努力試著回想，卻完全連結不到現在的狀況。前情提要連接不到現況。我明明和臥煙見面，為什麼突然變成八九寺？

我重新看向面前的少女。

仔細端詳、凝視。

左右平衡的雙馬尾；以小學五年級標準來看算是發育良好的身高；但是背上的背包依然大到和她的身高不搭；以水汪汪大眼睛與裝傻般笑容看向我的少女。

沒錯。

想錯都沒得錯。

從上下左右各個角度看，她都是八九寺真宵。去年的五月十四日，我在那座公園遇見的迷路女孩。

除了羽川翼，即使我會認錯任何人，也不可能認錯這名少女。

即使八九寺是雙胞胎，甚至有複製人，我依然可以看透。要說我有這份自信也不為過。

「哈哈哈，換句話說，即使在動畫第一期的片頭曲影片，阿良良木哥哥也找得到我嗎？這個『威利在哪裡』的難度還真高耶。」

「…………」

這種上帝視角的發言，也證實她無疑是八九寺真宵。不過這麼一來，既然事情變成這樣……

「……呼。」

真是的，這下子傷腦筋了。

從這個進展來看，各位應該會期待阿良良木曆因為和好久不見，應該說以為再也見不到的心上人八九寺真宵意外重逢而歡欣雀躍，感慨落淚，感動發抖，講一堆莫名其妙的話語，不管三七二十一興奮地撲過去抱住她吧。

我正受到這樣的期待吧。

唉～～這份期待真是沉重啊。

肩膀都快脫臼了。

不，我懂的。

我明白這份心情。

我能理解喔。

我在這一行待得也算久，身為業界中堅，我自認頗能掌握風向，熟悉約定俗成的習慣或暗號之類。所以我不希望各位在這裡誤會，但是正如前面所述，我已經高中三年級，而且即將畢業，果然不能動不動就逐一為了這種事情撼動內心。

要將現象視為現象接受。

動不動就用「！」或「!?」，或是經常像這樣「———！」拉長音，這種情緒不穩定的表現已經完全和我無緣了。

舉個例子，如果是早期的輕小說，在這種場景或許會突然用巨大字體或是粗體字講話，但時代已經是二十一世紀，尤其我算是早熟的類型，心情上已經進入二十二世紀，不是活在原子小金剛的時代，而是活在哆啦A夢的時代。

情感這種東西早就留在四次元口袋裡了。

所以，如果將現在的心情寫成文字……

「啊～～是八九寺～～～」

這就是我的想法。就這樣。

只有這樣。

或許有人認為我這傢伙很冷漠，但這是事實，所以也沒辦法。無論各位怎麼想，我唯一做不到的就是說謊。不，請各位真的別誤會，我絕對不是不高興喔。

我從來沒說過這種話。

我當然高興。確實高興。

因為我們是朋友。姑且是朋友。

嗯，畢竟還留下頗為快樂的回憶啊？

各位想想，例如……曾經一起喝果汁？

記憶有點模糊就是了。

好像口誤說錯我的姓氏？

我確實聽過。

長大成人的現在回憶這段往事，會覺得這種互動一點都不有趣，不過當時應該玩得挺快樂吧。嗯。

不過，原本以為再也見不到面而離別的朋友，也就是已經在內心歸類為舊友的傢伙突然出現在面前，果然不知道該做出什麼反應。

這是理所當然的大眾論點。極為普遍的觀念。

我不曾轉學所以不清楚，但我聽說轉學生常發生一種狀況，明明已經開完送別會，轉學的計畫卻延期。真要說的話，我現在的心情就像這種狀況一樣尷尬。

在兒童漫畫的最後一集，確定搬家的主角都已經說「就此道別了」，但新家其實就在隔壁，他們的熱鬧生活還會持續下去……類似這種感覺？

這種事發生在漫畫或許能被原諒，不過一旦發生在現實世界，果然令人難掩困惑。一度做個了斷的心情來不及重新整理。

如同整理完房間之後才發現還有一個紙箱，我現在的心情差不多可以這樣形容吧。就像是分解的自動鉛筆組裝回去時，居然多一個零件的感覺。

這份心情應該收進內心何處？

這樣的比喻很貼切。

八九寺啊……

我想想，她叫做八九寺沒錯吧？

忘了是「八」還是「七」，記憶不太明確，名字是「真宵」還是「今宵」，我也沒什麼把握。總之先暫定她叫做八九寺真宵吧。

不過啊，長大之後舉辦同學會，遇見小學時期的朋友時，有時候會因為印象大為不同而覺得「應該不是這樣吧」。雖然多少有點差異，但我現在的感想大致就是這麼回事吧。

這是在所難免的。因為我成為大人了。

我長大成人了。

在那個八月和八九寺道別之後，我的心理持續進行非比尋常的成長，如今應該已經成為和當時完全不一樣的我，和往年完全不一樣的我。

記得是這樣的原委沒錯。

所以該說是突兀感嗎？在這樣的重逢場面，氣氛之所以變得有點尷尬，變得拘謹不靈活，要說情非得已也是情非得已。

既然人類是會成長的生物，就無法避免這種事發生。人會變，不得不變。

如果一直維持原樣，反而令人發毛吧？

昔日走在路上一發現八九寺就拔腿撲過去的純真阿良良木已經不存在了。惹人憐愛的那個我已經不存在了。老實說，如今我完全不知道以前為什麼會做那種事，不知道做那種事有什麼樂趣。

一發現少女就衝過去抱住？

這樣只是個歹徒吧？

我無法相信我昔日是那種傢伙，不過基於某方面的意義來說，那種傢伙已經不是我了——不是阿良良木曆了。

如果他是阿良良木曆，那麼他已經死了。He is dead。最好死掉的這個阿良良木曆真的死了。迎接最適合他的死。

至於我這個新生阿良良木曆，面對比起當時毫無成長，十歲的八九寺真宵，不得不說我在感到重逢喜悅的同時，也不禁感到某種失望。

即使要求和我達到相同水準是強人所難，不過距離那場離別已經半年多，希望她展現一點成長的樣子給我看。

即使她要求我維持和她相同的調調，我也只感到為難。

即使要求和當時一樣閒聊，如今我的詞庫也明顯偏向哲學與倫理方面，可能會變成雞同鴨講。我難掩內心的這份不安。是否能好好配合八九寺的幼稚話題？我沒什麼自信。

說到配合話題，心理層面已經晉升到高尚階段的我，現在想得到的最庸俗話題，就是政治話題了。

要以什麼層級和她聊？

或許可以說是站上巔峰的悲劇吧，我反而摸不透現代普遍的常識與話題。

唉，雖然話是這麼說……

不過話也是這麼說（讓各位久等了）。

依照我搜尋到的些許記憶，八九寺昔日也相當照顧我。如果沒有八九寺，如果我沒遇見她，也不會造就現在的我，所以這時候也不能忘八端。

仁、義、禮、智、忠、信、孝、悌。

該回報的恩情就該回報，受過對方的照顧就應該以禮相待，這是天經地義的事。別說自己不知所措，只要盡力而為就好，必須配合對方的層級應對，這才是成長為完人的阿良良木曆應當採取的立場吧？

既然這麼決定就萬萬歲了。

就當成是一種儀式，一種典禮，抱持返老還童的心態吧。

是的，如同叔叔陪姪女玩家家酒，以這種洋溢父性的溫柔，再一次，僅此一次上演昔日的調調吧。

這真的是最後一次了。雖說不抱期待還是不該期待，總之或許也會有新的發現……我想想，當時是怎麼做的？

做法我還依稀記得，總之一邊做就會一邊想起來吧。何況就算想不起來也沒什麼大不了的。

那麼，直接正式來吧。

應該不必練習了。

各就各位，預備～～

!!!?!!!?!!!?!!!?!!!?!!!?!!!?!!!?!!!?!!!?!!!?

「八九寺——！」

!!!?!!!?!!!?!!!?!!!?!!!?!!!?!!!?!!!?!!!?!!!?

我撲了過去。

伴著巨大粗體字跳過去。

噴出大量的「!!」與「!?」，拉出「——！」的長音。

「呀啊～～！」

「八九寺～～！八九寺～～！八九寺～～！」

「呀啊～～！呀啊～～！」

「妳為什麼在這裡為什麼願意在這裡？不對理由一點都不重要只要妳在這裡就好，這份感動一言難盡，嗚哇啊啊啊啊啊啊啊啊啊啊啊啊啊啊啊啊啊啊啊啊啊啊

啊啊啊啊啊啊啊啊啊啊啊啊啊啊！」

「呀啊～～～！呀啊～～～！」

八九寺胡亂掙扎。

我就這麼含淚感慨地抱住她。

「啊啊這種觸感，抱起來的舒適感，剛好收進我懷裡的尺寸感，正是八九寺沒錯！謝天謝地謝天謝地！愈是磨蹭愈是八九寺沒錯！愈舔愈是八九寺沒錯！這愈成熟愈好舔的頭是八九寺沒錯！這眼球、這嘴唇、這頸子、這鎖骨、這乳房、這上臂、這肋骨、這大腿、這膝窩、這腳踝！觸感跟口感都正是八九寺沒錯！居然這麼光滑，簡直是全身上下打過蠟一樣光滑！我再也不會放手了，不會放妳去任何地方了，妳逃不掉了，我這一生都要維持這個姿勢，今生今世一直緊抱妳！我要把妳監禁在我的懷裡一輩子！啊啊混帳，抱妳的時候身體真礙事！我倆乾脆變成液體就可以徹底混合了！和妳分開之後老是遇到難受的事，我各方面都到極限了啦！聽我吐苦水吧，療癒我吧～～～！真是的，再讓我繼續摸繼續抱繼續舔吧～～～！」（註2）

「呀啊～～～！呀啊～～～！呀啊～～～！呀啊～～～!!」

註2　改編自「稻穗愈成熟，穗頭垂得愈低」，形容一個人愈有內涵愈謙虛低調的意思。

「喂！別亂動！這樣很難裸裎相對吧！」

「呀啊～～……嘎嗚！」

她咬我。

以兒童的全力咬我。

「呀啊～～！」

這次輪到我慘叫。發誓一輩子不鬆開的手痛得輕易鬆開，但這次輪到八九寺的牙齒咬進我的手心不鬆開。

不只是不鬆開，還會咬掉！

這傢伙該不會長了獠牙吧！

「嘎嗚！嘎嗚嘎嗚嘎嗚嘎嗚嘎嗚！」

「好痛好痛好痛好痛好痛！妳這個小鬼在搞什麼啊！」

所以說，喊痛的人是我。

問這傢伙在做什麼的人也完全是我。

總之就這樣，詳細的說明完全省略。

相隔約半年之後，我和死黨八九寺真宵順利進行不可能的重逢。

003

「好啦……不過這究竟是什麼狀況？」

「變態老兄，請不要轉移話題。」

「『變態老兄』？喂喂喂八九寺，妳這是哪門子的口誤？這跟『阿良良木哥哥』沒有半個字一樣吧？我感覺到妳的空窗期喔。妳取之不盡用之不竭的詞庫終究也見底了嗎？」

「我沒口誤。雖然沒有半個字一樣，但變態老兄就是你。阿良良木哥哥和變態老兄劃上等號。」

「呵，妳講話還是這麼嗆耶。」

「請不要企圖用這種帥氣台詞整合，因為這樣完全沒整合到。和我的衣衫一樣不整。」

這傢伙真難纏。

依照規則，到了下一章不是應該把上一章的事情當作沒發生過嗎？即使是幽靈也不應該違反這個規則。

回想起來，就是因為違反規則，妳才發生那件天大的事吧？但這種事也不應該在說笑的過程提及就是了。

「不，這不是什麼說笑的過程，是案件喔。會上法院喔。說真的，阿良良木哥哥，請稍微讓我看看您的成長啦。您在最後一集的開頭講這什麼話？」

「少囉唆。如果以為我因為這是最後一集就嚴肅開場，那妳就真的大錯特錯了。」

這不符合我的個性。

接下來這句話，請當成我阿良良木曆的選舉口號。

直到最後的最後都常保笑容吧。

「真是拿您這個人沒辦法。不過……這很像是阿良良木哥哥的作風，所以也無妨啦。雖然很嗆，但還是一如往常。」

八九寺聳肩之後點頭說。

她是我的知音。

真的是以帥氣的方式整合。這部分的反應沒讓我感覺到空窗期。

好啦，趁著章節切換，我就老實說出想法吧，能像這樣和八九寺重逢，我著實非常開心，但若說我絲毫沒留下疑問是騙人的。

邏輯很重要。

為什麼八九寺真宵在這裡？

本應歸西、升天的八九寺，為何會在這座北白蛇神社的境內？那是八月二十三日的事，今天是三月十三日，所以……我想想，正確來說是在六個月又二十一天之前，我肯定和八九寺真宵永別了，但她現在為什麼回來了？

再三強調，我很開心。是足以令我不在乎其他一切的無上喜悅。

不過，事到如今才對我說「其實我那個時候沒升天」，我難免有一種無法忽略的突兀感。

該怎麼說，假設當時指點我的臥煙，使用某種方法收容八九寺……我應該可以當場建構出這種論點，不過在專家群之中，比較可能這麼做的人，是那個彷彿看透一切的男人——忍野咩咩，臥煙反倒應該和這種手法無緣。

畢竟她滿腹鬼胎，而且回憶後來的事情經過，她在八九寺升天當時藏了某些內幕也不奇怪……但我實在不認為她會設計這一類的驚喜。

該說她作風嚴厲還是秉持現實主義……現在回想起來，看似吊兒郎當，實際上有著浪漫一面的忍野，雖然在大學時代是臥煙的學弟，但臥煙的行事傾向不太一樣。

這麼一來……究竟是怎麼回事？

若要解釋，應該認定原本升天的八九寺返回這個世界，不過，即使我這一年來也接觸過各種怪異奇譚，但我很難判斷一度升天的怪異再度回到現實世界是否為天理所容。

因為，升天的意思就是再也不會回來，是一條單行道吧？是啦，出家依然可以還俗，而且回想起來，像是中元之類的時期，也有迎接祖先的活動……戰場原在中元期間也會返鄉去爺爺家，不是嗎？

感覺現在完全不是這種季節……但或許日本正在過某個節，只是我這個不用功的考生不知道罷了。

那麼，可以嗎？

我可以像這樣和八九寺重逢嗎？

如此幸福，如此順心如意的事，可以發生在我的人生嗎？

「…………」

「陷入沉思了耶，阿良良木哥哥。我可以理解您的感受……剛才您處於失控狀態的時候說過吧？您說和我分開之後老是遇到難受的事。所以是怎樣？累積這種經驗之後，您年僅十八歲就有點不相信人類了嗎？但我不是人類而是幽靈，是怪異就是了。」

八九寺說。

嗯，從她這段話解讀，看來她並不是死而復生。不過從剛才的觸感判斷，我覺得不無可能就是了。

人死不可能復生。想到這個常識確實運作中，我就覺得內心稍微回復平靜。因為現在的我，連這種事都覺得如履薄冰。

雖然這麼說，不過等一下。

稍待片刻，仔細回想一下。

肯定還有許多事情沒回想起來吧？到頭來，我的記憶似乎回想起各種事，卻還完全沒有串聯起來。和臥煙相見的那一幕，和現在和八九寺重逢的這一幕，就這麼完全接不上吧？

總之，「臥煙收容八九寺」這種近乎妄想的天方夜譚應該不是真的，但她肯定預先布了某個局。

「不可以喔，阿良良木哥哥。即使出版時間隔得有點久，您明明遭遇那種事卻忘得一乾二淨？這種生活方式太灑脫了吧？」

「…………」

暫且不管那段上帝視角的發言……

如果是臥煙布局造就現在的結果，我就無法單純抱持喜悅的心情和八九寺重逢。雖然我很想喜悅，但是說來悲傷，我不能一味喜悅。

非得做個解釋才行。

我仰望天空。高掛天空的太陽。

閃亮的陽光令我不禁覺得耀眼，同時確認至少我已經趕不上考試了。

應該不只是遲到這麼簡單吧……

不用看時鐘確認，我這樣只算是放棄考試資格吧。不是缺席，是棄權。羽川與戰場原嚴格教導的那段時光，我完全白費了。

可以說脫力，也可以說失望……

或是說搞砸了。

不過老實說，我內心某處覺得「果然變成這樣了」，所以不到絕望的程度。

沒錯。

和八九寺分開之後，發生太多難受的事情了。

不只是不相信人類，甚至不相信一切。

甚至無法相信任何東西。

所以，我的心肯定麻痺了。疼痛或悲傷的感覺肯定都麻痺了。

雖然內心似乎還能感受到喜悅，但是連這份情感，要是置之不理也會麻痺。我就像這樣完全中了痛苦的毒。

遭受荼毒。

「該怎麼說……沒錯。和妳分開之後，忍的第一個眷屬出現；老倉回來了；千石在這座神社變成那樣；遇見了貝木；我自己化為吸血鬼；還讓斧乃木殺了她的製造者之一……啊啊，這也是在這座神社發生的事。然後同樣在這座神社，影縫小姐變得下落不明。接連只發生各種難受的事……老是忙得不可開交，雖然並不是完全沒發生好事，但我這半年在人格方面完全沒成長，甚至都是負成長。我以往一直將春假那兩週的事件形容為地獄，不過真正的地獄或許是這半年……」

這些事件都是從我失去八九寺之後發生的。如同座敷童子離開就會導致住家毀壞，我的人生也是就這樣瓦解了。不過，雖然不是想奢求什麼，但是如果早知道能像這樣和八九寺重逢，我很希望自己可以好好抬頭挺胸見她。

想在更加不同的狀況，以更加不同的一面見她。

「錯了喔，阿良良木哥哥。」

此時，八九寺這麼說。

「阿良良木哥哥，您錯了。」

「唔……咦，哪裡錯了？」

「阿良 Lucky 哥哥。」

「反過來說，或許因為有半年的空窗期，所以妳的口誤也累積了半年份，不過八九寺，我正在說自己這段時間多麼不幸，就算再怎麼口誤，拜託也千萬不要用這種開朗歡樂的方式口誤。至少叫我『阿不 Lucky 哥哥』好嗎？還有，我的姓氏是阿良良木。」

「抱歉，我口誤。」

「不對，妳是故意的……」

「我口誤啾咪。」

「還說不是故意的！」

「我口誤啾咪拿咪撒咪拿咪哇咪阿咪呀咪他咪哈咪拉咪。」

「居然毫不口誤就講完這段台詞？我不得不對這樣的妳嘖嘖稱奇！」

「我可不是平白立志成為聲優喔。」

「沒這種設定吧？事到如今不准追加！」

「阿良良木哥哥，您錯了。」

八九寺重新說一次。

以我們的個性，對話進入正題都要花一段時間，敬請見諒。

「錯了。」

「妳說我錯了……是什麼事情錯了？我哪裡錯了嗎？」

是啦，我應該在各方面都有錯。

不過，「如果早知道能和八九寺重逢，希望自己以不同的一面見她」這份想法肯定沒錯。

「啊啊，錯的不是那裡。不是心情或情感這種情緒上的事，是更加現實層面的錯，應該說客觀角度的錯……坦白說吧，場所錯了。」

「場所？妳說的場所是……」

「阿良良木哥哥，您剛才就一直把『這座神社』掛在嘴上，但這裡不是北白蛇神社喔。」

「咦？」

她說完，我看了看。

聽她這麼一說……我從剛才就只注意到八九寺，頂多再加上天空的太陽，不過聽她這麼一說，就發現這裡——我與八九寺現在所在的場所，完全不是北白蛇神社的境內。

不是山頂。

這裡是我初遇八九寺真宵的場所。

是浪白公園的廣場。

「咦……奇怪了，咦？」

我終究恐慌了。

能夠見到八九寺，就已經是十分匪夷所思的事態，但是我完全不記得的空間移動，從北白蛇神社到浪白公園的瞬間移動，使我內心完全失去平靜。

失去原本即將取回的冷靜。

「怎……怎麼回事？為什麼一醒來就待在完全不一樣的地方……咦？是某人在我睡著的時候扛我過來嗎？」

是八九寺嗎……應該不可能吧。

我身材不算魁梧，但身體也沒有迷你到一個小學生就扛得走。

從這座北白蛇神社到那座浪白公園……不對，就說應該反過來了，從那座北白蛇神社到這座浪白公園，距離還挺遠的。八九寺不可能獨力扛著我走這麼遠。

不過，既然不是八九寺……是臥煙嗎？

NO，我不認為她會做這種苦力活。那麼從候補名單來看，難道是聽她使喚的斧乃木？

如果是她，那麼在力氣方面沒什麼爭議。

不過就算是這樣，我也猜不透目的。

「為什麼斧乃木小妹要把我扛到NAMISHIRO公園……」

「阿良良木哥哥，這邊也錯了喔。」

「嗯？那我真的是一直出錯耶……所以不是斧乃木小妹扛我過來？哎，也是啦……」

「是的，不是斧乃木姊姊。而且也不是『NAMISHIRO 公園』。」

「嗯？啊啊，對喔，差點忘了，我到現在還是不知道這座公園的念法……咦？八九寺，妳該不會知道這座公園名稱的正確念法吧？不是『NAMISHIRO』的話是什麼？『ROUHAKU』嗎？」

「也不是『ROUHAKU 公園』。」

「？」

不是「ROUHAKU 公園」，也不是「NAMISHIRO 公園」？

那要怎麼念？

這座公園的名稱……不，現在這種事不重要。

「並不是不重要喔，是極為重要。不過有個更基本的問題，阿良良木哥哥，到頭來雖然一模一樣，也就是完全重現，但嚴格來說，這裡甚至不是我和阿良良木哥哥初次見面的那座公園喔。」

「咦咦？」

混亂有增無減。

真相究竟是什麼？

回想起來，被八九寺的發言耍得團團轉已經是慣例，但我認為這次再怎麼樣也太過火了。她究竟想說什麼？

如果這裡不是浪白公園，那麼是哪裡？

現在究竟發生什麼事？

「阿良良木哥哥，請冷靜聽我說喔。」

八九寺說。

她的語氣聽起來，就像是老練的醫師告知患者罹患難治之症。

「阿良良木哥哥，您或許……應該說肯定認為，本應升天的我如今再度回到您面前，但是老實說，事實並非如此。」

「什麼？」

「不是我出現在阿良良木哥哥面前，是阿良良木哥哥出現在我面前。」

「什麼什麼？」

「阿良良木哥哥，我就直截了當地說吧。可以的話，我希望您自己想起來就是了……阿良良木哥哥，您在三月十三日清晨，前往那座北白蛇神社，在那裡遇見臥煙伊豆湖小姐，然後被殺了。」

八九寺真宵這麼說。說出了「真相」。

這番話令我回想起來了。

在神社境內，在參拜的道路上，我被臥煙砍碎──被殺了。

「解決之道就是你死掉。」

臥煙當時是這麼說的。

「你死掉就能解決一切，終結一切。」

她說完，以妖刀「心渡」──以專殺怪異的那把刀，將我切片。

為什麼臥煙擁有傳說之吸血鬼使用過──追本溯源應該是傳說之吸血鬼的初代眷屬使用過的那把大太刀？我不得而知。

總之，臥煙殺了我。

說來無情。

她殘殺了阿良良木曆。

如果現在是當時的結果……咦？

那個，既然結果是我現在位於這裡，就代表我雖然被殺，但後來復活……？復活之後，反倒是我出現在八九寺面前？

不對不對，說到「出現」，就應該先追究八九寺人在哪裡。先不提念法，但她果然待在浪白公園吧？

「阿良良木哥哥，可惜只差一點點喔。可以的話，我很想就這樣等您給我滿分的解答，不過如果只有最後一集超厚，會有種垂死掙扎的感覺，所以考量到篇幅問題，請容我加快速度。」

「都已經出了上集與中集，現在才要省篇幅完全是為時已晚吧……哎，不過如果能加快就麻煩加快吧。畢竟我也不是很想自己尋找答案。」

「您身為考生，這種態度不值得嘉許吧？」

「早早放棄不會寫的題目，也是考生的正確態度喔。」

「這麼一來，大學考試與其說是競爭更像是戰爭了。和上進心無緣。不過中心測驗也已經廢除，高中生學力的評量方式也變了。」

「不要繼續講考試的話題，繼續說明我現在是什麼狀況吧。」

「抱歉剛才講得像是在傷口上灑鹽。阿良良木哥哥和我分開之後明明老是遇到難受的事，和我重逢之後卻也一直遇到難受的事，老實說，可憐得令我看不下去。阿良良木哥哥盡是遭遇悲劇至今，還說真正的地獄不是春假而是這半年，我這樣落井下石真的很抱歉。」

「喂喂喂，妳講這麼多前言，我開始害怕起來了……」

「是的，請儘管害怕吧。阿良良木哥哥，這裡是……」

八九寺說。

「地獄。」

「啊？」

「是地獄之中最底層的地獄——阿鼻地獄。」

004

「呀啊啊啊啊啊啊啊啊啊啊啊啊啊啊啊啊啊啊啊啊啊啊啊！」

我放聲慘叫。

打從心底的吶喊。

「地獄？地獄？阿鼻地獄？」

「嗯，是的。阿鼻地獄。不是叫喚地獄，所以方便請您不要這樣叫嗎？有點吵。」

「不不不，我哪能不叫啊？我在心情上反倒是大叫喚地獄啊！」

「就說這裡是阿鼻地獄了。放出這種假情報會遭到批判耶？」

「就算妳這麼說也改不掉啦！」

居然是地獄……而且偏偏是阿鼻地獄？

順便補充一下地獄小知識（出處：羽川翼）。

佛教有「八大地獄」的概念，愈下層的地獄愈殘酷，從上到下依序是：①等活地獄、②黑繩地獄、③眾合地獄、④叫喚地獄、⑤大叫喚地獄、⑥炎熱地獄、⑦大焦熱地獄、⑧阿鼻地獄——共八大地獄。

除此之外，還有同類型的八寒地獄，不過這部分在此割愛不提。最底層的阿鼻地獄，據說比①到⑦的地獄加起來還要痛苦，真的是地獄中的地獄，Hell of Hell。

換句話說，這是在下地獄的罪人之中，罪孽最深重的罪人所下的地獄，說穿了就是地獄的最高學府。

阿鼻地獄就是這樣的地方。

「慢著，喂！我做人或許沒什麼了不起，個性也不太值得稱讚，我也認為自己不是上天堂的料，但就算這樣也不應該到最底層的地獄吧？我犯了什麼滔天大罪嗎？就算要下地獄，至少也僅止於等活地獄好嗎？不然就不切實際了吧？」

「不過光是您提到地獄，就已經相當不切實際了。」

八九寺很開朗，像是觀察我混亂的模樣為樂。這傢伙嗜好真差。

不過，聽說人要是看見陷入恐慌的傢伙，自己反而會變得客觀……

「慢著慢著，就算是最後一集也別亂來啦。居然說地獄？這是怎樣？我們所在的世界有『地獄』或『死後的世界』這種世界觀嗎？」

「但我覺得既然有怪異，認為沒地獄才比較亂來吧……」

「……」

忍以前也這麼對我說過。既然有怪異，當然也有時光旅行。

總之，比起時光旅行，地獄還比較可能真實存在嗎……

不過在現代社會，無法否認「地獄」或「天堂」這種詞聽起來，與其說是靈異更像是奇幻，但也可能是因為日本獨特的宗教觀融合了這方面的各種想法……

「不過確實有這種情形耶。明明是魔法真實存在的世界觀，卻不相信占卜。與其說是世界觀的問題，應該說是世界設定平衡度的問題，比方說在動物會講話的世界觀，人類是否敢吃肉之類的。」

「總之，這方面我可以理解妳想表達的意思……只是妳劈頭說這裡是地獄，我也難以置信。因為……」

「居然在意這種雞毛蒜皮的小事？還是寬心一點吧。」

就算這麼說，但我哪能放寬心下地獄？

「不要丟臉地驚慌失措狼狽不堪，阿良良木哥哥需要具備面對狀況的適應能力。是的，就像是川原泉作品裡的登場角色。」

「不准具體舉這種具體的例子。」

「不然呢？阿良良木哥哥明明那麼豪邁地死掉，卻否定死後的世界？」

「不……」

回想起來，明明認知到八九寺真宵這種「幽靈」的存在，或是斧乃木余接那種「活屍」的存在，卻否定死後的世界？這樣確實不合理。

這方面應該要有不成文的共識。

如果只看吸血鬼，與其說是死而復生，嚴格來說應該是不會死亡一直活下去才對，所以這方面並非無從說明……

「不過，如果就算死了還是有後續，某些部分就會被撼動了……」

「撼動？撼動什麼？」

「沒有啦，就是撼動活著的意義……人生會變成單純的前奏吧？無論是上天堂還是下地獄，如果死掉還有後續，人們拚命活下去的意義就不大了……應該說生與死的嚴酷……」

「撼動這種嚴酷有什麼關係？還是說，阿良良木哥哥喜歡『本大爺熟知世間的嚴酷所以要寫下來！』那類作品？」

「…………」

那是什麼作品？

應該說，她那是什麼說法？

「慢著，世間不是有這種作品嗎？一直出人命，或是女生吃盡苦頭，或是小孩很可憐，或是出現無惡不作的壞蛋，或是遭遇殘酷或不講理的事，就把真相寫出來的那類作品。」

「我知道妳想說什麼，但妳形容成『那類作品』已經是惡意了，所以老實說我盡量不想反駁……」

「這是學術上的分類吧？」

「並不是。」

「與其描寫尖酸狡猾的真相，不如描寫甜到蛀牙的理想，這才是我想要說的事情。懷抱夢想不是很好嗎？」

「就說了，不准學川原泉講話。」

「現在開始也不遲，我們也以那種世界觀為目標吧！」

「辦不到～～！」

為時已晚啦～～！

再寫一本也辦不到～～！

再寫一百本也辦不到就是了！

再怎麼拚命，也不可能到達那麼純淨的世界觀吧！

「說得也是。判定是否純淨的界線，或許在於描寫我這種少女時，究竟是形容為『小精靈』還是『蘿莉』的差異吧。」

「界線居然在那種地方？」

「不過從這種小地方慢慢著手比較好吧？因為今後時代也愈來愈嚴苛了。」

「反正是最後一集，這部分就隨便了。不提這個，關於我下地獄這件事，我們來驗證吧，再稍微深入討論吧。」

「很抱歉，就算要深入，也沒有比這裡更深入的地獄了……」

一點都沒錯。

這裡是地獄最底層——最深層的阿鼻地獄。

「不過也真夠諷刺了。阿良良木的『阿』居然是阿鼻地獄的『阿』……這麼初期就開始埋伏筆，我完全沒想過。畢竟是我一出生就埋的伏筆。」

「這我覺得有點過於牽強附會……」

「聽說阿鼻地獄是放眼望去一片火海的地獄，這麼一來，那對火炎姊妹原來也是伏筆？」

嗯？

不，話是這麼說，但這座公園並沒有陷入火海。

而且八九寺剛才說了「重現」。為什麼浪白公園會在阿鼻地獄重現？

這是哪門子的布景？

……不，先別研究這個。

如果這裡是阿鼻地獄，我有個很大的疑問。

「很大的疑問？啊啊，阿良良木哥哥為什麼落入這麼深層的地獄是吧？嗯，我認為思考一下就明白喔。」

「思考一下……」

這方面是怎麼說的？

得再查一下出處——羽川翼的辭典才行。

阿鼻地獄是犯下滔天大罪的人所下的地獄，不過這裡所說的罪，具體來說是哪種罪……好像是弒父弒母之類？

我就讀高中之後，從成績開始吊車尾之後，確實算是不孝的兒子吧，不過就算這麼說，我當然沒殺過父母，也沒有起過這種念頭……

「不是啦。阿良良木哥哥，您不是化為吸血鬼嗎？」

「嗯？」

「不是還救了吸血鬼嗎？雖然還有其他必須批判的罪過，不過這就是您來到阿鼻地獄的主罪喔。救了鬼當然該下地獄。如同救了烏龜的浦島太郎被帶進海底的龍宮城那樣。」

雖然八九寺這麼說，但我認為完全是兩回事。

這種舉例不成立。

「雖然無關，不過如果把浦島太郎童話的性別顛倒過來，改成浦島花子的童話，感覺就挺有趣的耶。英俊的龍宮王盛情款待喔。」

「不准講無關的話題。龍宮王是怎樣？聽起來好強。」

原來如此，因為化為吸血鬼嗎……

這麼說來，殺害聖人是被打入阿鼻地獄的原因之一。雖說是間接，但奇洛金卡達與手折正弦的死和我有關，既然這樣，我被打入阿鼻地獄或許具備相當的正當性。

但我不願意這麼想就是了……

「唔哇～～不過無論基於何種理由，下地獄害我心情超差的～～感覺至今的所作所為都被否定了……」

「請節哀順變，我由衷表達哀悼之意。」

「…………」

不，心情的好壞先放在一旁。

我說我有個很大的疑問，並不是關於我的滔天大罪。我的事先放在一旁吧。

我的疑問在於八九寺。

在於面前的少女，重逢的少女——八九寺真宵。

要稱她是「蘿莉」還是「小精靈」，這時候一點都不重要。總之這傢伙為什麼在這裡？

慢著，咦？

不，我說真的，妳為什麼在這裡？

「就算問我為什麼……」

八九寺一直愉快看著我驚慌失措的模樣，不過話鋒一旦轉到她身上，就露出有點為難的表情……應該說鬼靈精的表情。

「當然是因為……我下了地獄。」

不過，她很乾脆地這麼說。滿不在乎，毫不沉重地說。

不過，她的發言肯定也沒那麼沉重啦。

因為……我下了地獄。

好沉重！

「是的，當成笑話的話很有趣吧？」

「一點都不有趣，只覺得沉重！」

「我在這集開頭的時候提到發射．兆度火球的傑頓，那是伏筆喔。」

「這才是牽強附會吧！咦咦咦咦咦？不會吧，妳用那麼感人落淚的方式升天，後來卻下地獄？真的？那不就全搞砸了？妳在搞什麼啊？太離譜了吧？」

「就算您說離譜，但實際上還是下來了啊。您這樣就像是明明特地舉辦歡送會送學長出外追逐音樂人的夢想，卻在十年後看見他成為標準上班族的反應。站在上班族的立場，看到您這種反應還真不知道該怎麼向您打招呼。」

「慢著，我不是在講這種很可能發生的事，是在問妳下地獄的原因！扯什麼上班族啊？這是哪門子的搖身一變？我想都沒想過！貴族再沒落也有個限度吧？以天真爛漫為賣點的妳，為什麼會下地獄？難道妳在我不知道的地方犯下滔天大罪？」

在城鎮迷路徘徊的這十一年肯定沒計算在內。那是死後的行為，地獄審判的始終只限於生前的行為。

只不過，十歲女童要怎麼犯下足以下地獄的重罪？慢著，不過聽說人們會出乎意料因為一些輕罪，應該說因為一些莫名其妙的理由下地獄。

這個傳聞的出處也是羽川翼。

「要說重罪確實是重罪啦。」

八九寺一邊安撫我一邊說。

「因為啊，雖然我也是下地獄才知道，不過要是子女比父母先死，好像二話不說都會下地獄喔。」

「啊……」

白髮人送黑髮人的不孝嗎……

對了，就是在賽之河原堆石頭的那種懲罰。

八九寺在母親節，為了見母親而離開父親家。她獨自出門，卻在見到母親之前出車禍喪命。

這是十一年前的事，雖然不確定八九寺真宵的父母現在怎麼樣了，但至少在那個時間點確實健在，換句話說，八九寺無疑比父親與母親早死。

所以，正因如此才會來到地獄。

才會下地獄。

「……喂，不會吧？」

但是到最後，我說出口的是這句話。

以此當成理由，我確實可以理解。但以邏輯來說，我完全無法認同。

昔日的風潮認為子女比父母先死是不孝，現在應該也這麼認為吧，但是這種觀念沒考量到子女比父母先死的遺憾。

八九寺明明不是自願比父母早死，這樣就要她堆石頭，這懲罰也太重了……如果這個罪真的這麼重，在她死亡的時間點就已經足夠稱為懲罰了吧？

「…………」

「嗯？阿良良木哥哥，怎麼了？」

「沒有啦，我原本想因為無法接受這種不講理而氣到發抖……但我身為名偵探的悲哀業障，還是察覺到一點點的不對勁。」

「您沒有名偵探的要素喔。至今就算在做類似解謎的事情，解開謎團的也總是別人吧？」

真是得理不饒人。

但她說得沒錯。

「所以，您察覺到什麼？」

「在妳和我進行感人離別之後隨即下地獄的時間點，我就想提出疑問了，但即使我退讓一兆度……應該說退讓一兆步不計較這件事，但妳又不是我，犯下的罪沒有重到必須下阿鼻地獄吧？應該是在賽之河原堆石頭……對吧？」

雖然我不太清楚，不過依照我出動所有記憶力回憶羽川說過的內容，肯定是這樣沒錯。記得「賽之河原」是三途川的河原，也就是地獄的入口。

為了父母堆石塔，卻每次都被鬼（不是吸血鬼，是鬼）弄倒，對孩童來說當然是飽受折磨的地獄，即使如此，地藏菩薩也總有一天會來拯救，說穿了就是具備救濟措施的地獄。

是比較好過的地獄。

比方說，等活地獄是被獄卒殺害之後再復活，永遠進行這種痛苦的循環。相較之下，賽之河原的懲罰輕得只算是「教訓」的程度。

身為吸血鬼的阿良良木曆，在現實世界已經充分體驗過死而復生的戰鬥，因此基於這層意義，我知道等活地獄對我來說算不了什麼，但要這麼說的話，只犯下「比父母先死」這個罪的八九寺真宵，待在這個阿鼻地獄不是很奇怪嗎？

「了不起，阿良良木哥哥真是敏銳。我剛才說您沒有名偵探要素，但您或許是夏洛克·福爾摩斯投胎轉世喔。」

「但我已經死了。」

而且也沒她說的那麼敏銳。

這種事任何人只要思考都知道。比方說，如果是我知識出處的羽川翼，她就算和八九寺一見面就察覺也不奇怪。

不過如果是羽川，她再怎麼樣也不可能下地獄……不對，好像很難說？這裡是八九寺與我二話不說就被送來的地方，很難斷言在黑羽川狀態做過各種壞事的她已經預約通往天堂的車票。

「難道妳說這裡是阿鼻地獄只是亂開玩笑，我的罪狀也只是比父母先死，所以這裡是賽之河原？」

總之，這裡看起來是公園，不是河原，卻也不像是烈焰滔天的地獄。

「請不要努力把自己的處境講得比較好。請不要一有機會就想往上爬。您該下的地獄就是這個阿鼻地獄喔。」

「就算聽妳說得這麼斬釘截鐵，但妳好像以我會下地獄為前提……」

到此為止了嗎？

如果這個系列出版十七本卻得到這個結論，也沒什麼好難過的就是了。

「嗯，就是這樣喔，阿良良木哥哥。」

八九寺重新這麼說。

「我知道阿良良木哥哥會掉到這個地點，已經預先知道，當成前提了。所以我才從我應該在的河原出差來到這裡迎接您。」

「迎……迎接？」

「是的。就像是歡迎典禮那樣。原本想學夏威夷人準備花圈迎接，但是這樣很麻煩，我就作罷了。」

「居然用這種心情上的原因作罷？」

哎，就算她準備花圈歡迎我下地獄，我也不知道該做什麼表情就是了。如果是用彼岸花做花圈，我才要說我懶得思考要做何反應。

「『我有個朋友來這附近，所以我今天請假不堆石頭了～～』我是用這種調調溜出來的。」

「賽之河原這麼好混？」

「哎，畢竟進行臨死體驗的人隨便都能來，最近變得有點像是觀光區了。」

「居然變成這樣？」

「總之我跟獄卒很熟，用臉就能當成通行證了。啊，這在地獄要叫做『通刑證』才對。」

「地獄笑話在我的世界完全沒普及，拜託別用。」

我不知道她開玩笑的成分有多少，但我在意的是「預先知道」這四個字。

當然，如果沒預先知道我會來，她就沒辦法過來迎接……但她早就知道這件事？

「是的。」

八九寺說。

「與其說是預先知道，應該說是預先得知。」

「得知？」

「是的。阿良良木哥哥會被臥煙小姐殺掉，並且掉到『這裡』。我預先得知這件事。」

「……預先得知……是妳自己打聽的？」

「不，與其說是我打聽的，應該說有人告訴我這件事。」

因為，那個人「無所不知」。

八九寺真宵如同在回溯過往記憶般說。

005

「好啦，所有謎題都已經詳細解說，差不多該出發了。阿良良木哥哥，我們走吧。」

「咦？要走去哪裡……」

她完全沒解說所有謎題，解說過的部分也說得非常籠統，講得極端一點，我覺得至今的對話就算全部當成閒聊也不為過啊！

好想要求設立解說中心。

「好了好了，細節就在路上說吧。總不能一直坐在這種公園的廣場聊吧？又不是動畫的副音軌，沒必要一直待著。我是小孩，待在相同的地方原本就不合我的個性。」

「哎……妳這傢伙還是老樣子，自由自在遊走於各媒體平台……也是啦，我確實不在意要在什麼地方討論事情。」

「阿良良木哥哥和我大多是一邊走一邊聊吧？雖然是因為阿良良木哥哥兩輛腳踏車都沒了，但偶爾和我一起走也不壞吧？」

「…………」

該說「偶爾」還是「久違」，我對這個提議本身沒異議，而且走路的時候確實也能聊天，所以這部分要說不介意確實不介意……只是她說「出發」是要去哪裡？

「沒有啦，所以說，因為好像出現一點偏移，所以要去修正喔。這是我肩負的職責。」

「職責？」

「呼呼呼，曾經專門負責讓人迷路的我，如今卻當起嚮導，這也可以說是造化弄人吧。」

八九寺講得不明就裡，晃著大背包踏出腳步。如果相信這裡是地獄，應該說這裡是死後世界的這個假設（這種說法基於雙重意義像是死不認命），那麼這名少女看來把她心愛的背包帶進這裡了。

總之，我也不想看八九寺穿壽衣的樣子，所以這部分我不計較。畢竟我也穿著學生服。
沒有被切片的痕跡，也沒有被臥煙砍碎的痕跡。
但我之所以「治好」，應該不是因為我化為吸血鬼或具備吸血鬼特性，應該認定這是因為我位於死了也能重生的地獄吧……
如果每次死掉都要換衣服，地獄肯定也覺得費時費力吧。
「唔……這麼說來，忍沒一起來耶。既然我死掉，忍那傢伙反而會取回原本的吸血鬼特性嗎……？」
「應該吧。但我認為這也是那一位的目的之一。」
「『那一位』？」
我跟著八九寺走出公園時複誦這三個字。即使走出公園，眼前也是連接公園的人行道、路樹、車道、行人穿越道與紅綠燈，也就是一如往常的街景。
我對浪白公園周邊不熟，不到能夠形容為「一如往常」的程度，但至少不覺得這樣的城鎮風景不對勁。
也不覺得像是地獄。
真要說的話……毫無行人令我覺得不對勁？

「……記得在阿鼻地獄的入口處，有一種花費兩千年墜落火海的刑罰吧？那麼，難道罪犯都還在墜落，所以這座地獄至今還沒有任何人嗎……？」

不可能有這種事。

因為我就在這裡。

依照牛頓大師的實驗，我不可能先墜落到這裡。

「嗯，這部分您很快就會知道喔，很快就會讓您知道。放心，現在的我堪稱全知全能，因為大部分的事情都聽那一位說過了。老實說，阿良良木哥哥這段時間的活躍，我也從那一位的口中略有耳聞。」

「所以說……『那一位』是誰？」

「那位大王。」

「慢著，妳怎麼突然講得好像大魔王？」

「那位主公。」

「這種說法過時了喔。『那一位』是正常的稱呼方式吧？所以妳說那個無所不知的人是誰啊？」

不。

在這個時間點，我已經看出這個人的真實身分了。

如果不是羽川，肯定是那個人。肯定是將我切片的專家總管——臥煙伊豆湖。

不過，已經升天……更正，已經下地獄的八九寺，究竟和臥煙有什麼交集？

「我是狐假虎威的全知全能。」

「天底下哪可能有這種全知全能？虛張聲勢也要有個限度吧？八九寺，看妳從剛才就走得毫不猶豫，可以至少先告訴我目的地嗎？看起來不像是要去妳媽媽家。」

「是的，我媽媽好像還健在。雖然房子消失，但聽說她只是搬走的樣子。太好了太好了。」

「…………」

「沒有啦，說到現在要去的目的地，以及前往那裡的目的，我的職責是讓阿良良木哥哥復活。剛才我說『將偏移的部分修正』，但這是一種措詞方式，正確來說應該是『將修正的部分偏移』。」

八九寺說得更令人摸不著頭緒。

我實在聽不懂。

不過回想起來，我最近知道的事情比不知道的事情少。該說被周圍耍得團團轉，還是經常被各種事件波及……如果是精明的傢伙，在這種時候應該也能妥善應對吧。

「妳說要讓我復活……咦？我可以復活？」

「那當然吧？死了能怎麼辦？」

「可是……臥煙小姐她……」

解決之道就是你死掉。

臥煙是這麼說的。

既然臥煙這麼說，我想應該就是這樣吧。我當然完全無法接受這種說法，也不認為說得通。雖然不知道臥煙實際上的想法，即使如此，就算這會對我造成最嚴重的損失，既然是那個人的做法，我可以確信這是為最多人的最大幸福著想。

我可以這樣信任。

而且，臥煙不會否定自己採取的「正確」方法。既然殺我是解決之道，她就不可能撤回。

「慢著，所以阿良良木哥哥，請您振作一點啦。換句話說，包含『殺掉再復活』在內，都完全按照這一位的計畫進行喔。」

「『殺掉再復活』……？」
包含這一點在內，都完全按照計畫進行？
這種沒意義的計畫是怎麼回事？
這稱不上是自導自演，簡直是先乘以二再除以二，毫無意義的行為吧？只會嚇我一跳而已吧？
難道是想驗證地獄是否存在？
為什麼在這種時候驗證？
到頭來，如果地獄這種東西存在，臥煙應該很早就掌握了吧……嗯？
剛才八九寺是不是說「這一位」？
不是「那一位」？
……我這樣挑語病，才真的叫做雞蛋裡挑骨頭吧。
「不是『先乘以二再除以二』喔。」
八九寺不理會我內心的疑問，繼續說下去。我不經意覺得她變得饒舌，看來她果然習慣一邊走一邊說。
「還有減法喔。」

「減法？」

「總之這也是晚點就知道了。」

「…………」

總覺得重點全部拖著不說……八九寺當然得先盡到嚮導的職責，我也沒有急到想打破砂鍋問到底……只是既然聽她提到「復活」，我果然靜不下心。

雖然我就這麼隨波逐流任憑狀況演變，至今沒有好好思考，不小心滿腦子都是八九寺的事，不過就算聽她提到「復活」，該怎麼說，我也只是一頭霧水。這是我毫不矯飾的現狀。

「阿良良木哥哥，怎麼了？您可以復活喔，不高興嗎？」

「不……老實說，我還沒想這麼多……應該說我還沒接受死亡的事實，所以大腦還沒想到能不能復活這個問題……」

「哈哈哈，又是那個嗎？要是肯定死能復生的世界觀，就會撼動活著的意義……您又打算這麼說嗎？」

「並不是這麼回事……」

是這麼回事嗎？

錯了，不是。不是這樣。

我內心某處，大概有種「這樣就能解脫了」的心情吧。雖然很像漫畫的台詞就是了……

「嗯。我並非無法理解。因為阿良良木哥哥總是賭命戰鬥，而且有人說過，連勝的賭徒出乎意料在潛意識希望自己輸一次，大概是想將自己偏向常勝的人生拉回平均值吧。您說這樣可以解脫，我可以賞光相信這不是您在耍帥，而是您的真心話。」

「為什麼架子擺這麼高……」

「只不過，那一位也沒溫柔到原諒您說出這種真心話喔。往這裡。」

八九寺轉彎了。

這一瞬間，風景改變了。不，這個轉角只是普通的轉角。我在這裡說的「風景改變」，是「天色改變」的意思。

原本是大白天的風景，突然變化為夜景。

直到剛才單純位於路邊的路燈，如今燦爛照亮夜路，如同十分鐘前就是如此。

「…………？怎麼回事？有人用了晝夜互換的魔法嗎？」

「這就很難說了……哎呀，阿良良木哥哥，好像有人癱坐在那裡耶？」

「嗯?」

畢竟這裡是地獄,這種天色變化或許不足為奇吧……八九寺在我隱約如此接受的時候這麼說,我朝她手指的方向看去,確實有個人物靠坐在路燈旁,路燈如同聚光燈照亮這個人物的身影。

不對,並非確實。是不確實。

而且不是人物,是怪物。

倒在那裡的——全身是血倒在血泊裡的,是四肢被砍斷的瀕死吸血鬼。樣貌悽慘的傳說吸血鬼。

鐵血、熱血、冷血的吸血鬼——姬絲秀忒・雅賽蘿拉莉昂・刃下心。

006

「忍……忍!」

我衝了過去。無須多想,一認出她就跑到她身邊。她為什麼在那裡?而且為什麼在這個地獄的這個時候，重現我在那個春假遇見她的光景？我沒有餘力思考這種事，總之就是衝過去。

我事後回想就想自問，我衝過去是要做什麼？

我不顧一切，不管三七二十一衝到她身邊，卻沒想過接下來會發生什麼事，我這樣正常嗎？

我不是極度後悔自己當時這麼做嗎？被這份美麗吸引，沒想太多就拯救她之後遭遇的悲劇，我明明不可能忘記吧？

不過，總之我衝到她身邊。正確來說是準備衝到她身邊。

我們四目相對。

在我這麼想的瞬間，狀態如此悽慘的姬絲秀忒・雅賽蘿拉莉昂・刃下心，露出比自身狀態更悽慘的笑。同時，她消失了。

消失無蹤。

同一時間，天空的黑暗也如同和她一起離開般消失，剛才一下子改變的風景又一下子回復原狀。如同為她準備的誇張夜路，變成日常所見的道路。

「…………」

幻覺？錯覺？海市蜃樓？

不不不……在地獄不會產生幻覺吧。

更不可能有吸血鬼的幽靈。

說不定忍在那之後也被臥煙以妖刀「心渡」殺掉，落得那種結果？我差點冒出這種想法……但是記得吸血鬼不會以吸血鬼的身分下地獄。

如果是來擔任獄卒就另當別論……

那麼，剛才那是怎麼回事？

「阿良良木哥哥，感覺您的身體是擅自行動？」

八九寺快步追上先走的我。

直到剛才的異狀，她看起來沒有特別驚訝，如同早就知道會變成這樣。

早就知道。

或是早就得知。

早就有人告訴她。

「真神奇耶。阿良良木哥哥明明那麼後悔在春假拯救忍姊姊，為什麼在相同的場面又想做相同的事？」

「這是……那個，我想想，只能說是身體擅自行動……」

八九寺的語氣並不是在責備這個行為，但我的語氣還是自然變得像在辯解。

「總……總之，就算我衝過去，也不代表和春假一樣要去救她喔。說不定我反倒是衝過去要給她一個痛快。」

「這謊言連三歲小孩都看得透……請別忘記這裡是地獄，要是敢說謊就會被拔舌頭耶？」

八九寺惡作劇地說完超前我，然後為我帶路。我連忙跟上。

「……總之，就算不是要給她一個痛快……」

如果我那麼做，說不定昔日「志願自殺」的那位高貴吸血鬼會獲得救贖……也可能不會。

「如果，我當時當作沒看見忍，被全身鮮血的美女嚇得逃走，不知道我現在會是什麼樣子。我至今都會這麼想喔。我在夢中看過這一幕。」

但我沒想到會在地獄看見這一幕。

不是在地獄遇見佛，而是在地獄遇見鬼嗎……（註3）

註3　日文諺語，在危難時得到意外援手的意思。

「仔細想想，在那個時間點，忍的第一個眷屬已經以灰塵狀態聚集在這座城鎮。或許忍即將被吸血鬼獵人三人組殺害時，那個鎧甲武士會對主人的危機起反應而完全復活。這麼一來，相隔四百年重逢的忍與初代……鬧翻而分道揚鑣的那兩人，或許會得到和解的機會。」

「這樣的劇情安排得真完美耶。」

「是啊。或許我妨礙了這部完美的劇情。想到這裡，我就情何以堪。」

「往這裡～～」

不知道八九寺有沒有將我的話……應該說將我的牢騷聽進去，就這麼一直往前走。以本質來看，她這個角色不太適合擔任嚮導。既然她說可以讓我復活，我就只能像是鴨寶寶跟著她走，但她還是得稍微親切地帶路才對，否則我只會不知所措。

實際上，有件事可以證明八九寺不適合當嚮導。她走到的場所，是任何人走在鎮上應該都不會迷路闖進的場所——直江津高中的校舍內部。

到底要怎麼走，才會從鎮上人行道突然連結到校舍走廊……慢著，喂，這明顯很奇怪吧？

可不是迷路這種程度。

不對，在剛才日夜顛倒的時間點就已經十分奇怪了……

「這裡是阿良良木哥哥就讀的高中嗎？哎，正確來說只是重現。不過，即使對於徘徊走遍那座城鎮各地的我來說，校內也是聖地。這是我第一次進入高中。老師發現的話可能會罵我。」

「要是老師發現我帶著十歲小孩逛學校，不妙的應該是我吧……到時候就顧不了考試了……」

不是考試，而是案件。

老天保佑老天保佑。

話是這麼說，但這座阿鼻地獄看來別說罪人，連獄卒都沒有，更不可能會有老師……不過，空無一人的地獄是怎麼回事？

難道是制度改變，阿鼻地獄如今是讓罪人感受孤獨的地獄？那這個地獄還真是討人厭，不過既然八九寺來接我，在這個時間點就幾乎像是極樂天堂了……

不是獄卒，而是極卒。

「可是，為什麼剛才的路會通到學校走廊？我回頭看也沒看到剛才走的路，就只是普通的校舍內部……」

「總之，路本來就會通往任何地方啊。」

「是喔……可是……」

「哎呀，阿良良木哥哥，變態來了喔，請小心。」

「變態來了？那真的大事不妙，八九寺，快躲進我衣服裡……更正，躲到我背後吧。」

「您剛才說了『衣服裡』喔。」

為了避免遇見接近過來的變態，我們連忙逃進附近的教室，但是在我一直以為空無一人的校舍裡行走的變態不是別人，正是我自己。

阿良良木曆。

那就不是變態，甚至應該說是品行端正的男生吧？

八九寺看錯了嗎？

我思考這種蠢事的時候，發現那個我的身邊有另一人並肩前進。是羽川翼。

而且是初期版本。

戴眼鏡、綁辮子的羽川翼。

辮子是單一的麻花辮，所以是最初期的版本。實際上，像那樣綁一條麻花辮的羽川翼和阿良良木曆並肩前進的光景，肯定未曾在直江津高中的校舍內實現。

春假過後的羽川改成綁兩條辮子，而且現在的她不只拿掉眼鏡、剪短頭髮，髮色還變成黑白虎紋。就算這樣，羽川也無疑是原本的羽川。

話說，該怎麼說……

阿良良木同學，你和羽川同學說話的時候，原來表情這麼放鬆啊……我自以為應該更雄壯威武，卻完全不是那麼回事。

我如此心想的時候，兩人的身影消失了。或許是以班長與副班長的身分前往教室開會。比方說討論校慶活動之類的。

「阿良良木哥哥的人生，堪稱是從救了忍姊姊之後變得驚濤駭浪，不過真要這麼說的話，您在拯救忍姊姊不久之前認識羽川姊姊，也是很大的因素吧？因而受到巨大的影響吧？您對這部分有什麼看法？」

八九寺忽然這麼問。

問得過於突然，我頓時聽不懂這個問題的意思。這是怎樣？

換句話說，早知道就別認識羽川？她問的是這個意思嗎？

「畢竟回想起來，忍小姐的事件也是被羽川姊姊弄得亂七八糟……阿良良木哥哥自己也因為黑羽川姊姊而吃了兩次苦頭。」

「……………」

「如果阿良良木哥哥甚至沒和羽川姊姊成為朋友，後來就不會像那樣接連被捲進麻煩事……即使您這麼想也沒人會責備吧？」

「……總之，我不否認很多事情是羽川造成的。不是無所不知，只是剛好知道很多事的那個傢伙，揭開所有需要揭開的真相，忘記許多不必忘記的真相，我們因而踏上亂來的捷徑與離譜的遠路。不過……」

如果問這種問題的不是八九寺，我或許會忘我暴怒，但因為對方是八九寺，我得以冷靜到不可思議的程度，像是理所當然般回答她。

沒有忘我。

可以好好控制自我，回答她的問題。

「就算這樣，我還是由衷慶幸能和她成為朋友。」

「……………」

「我也大致猜得到我們兩人同行的宗旨了……怎麼樣？接下來跟著那兩人走就行嗎？」

「唔～～嚴格來說不算是順路啦，總之，那麼，往這裡吧。如果用《愛麗絲夢遊仙境》譬喻，我就是拿著懷錶的兔子。」

「《愛麗絲夢遊仙境》啊……」

以目前來說，這裡與其說是地獄，給我的感覺確實更像仙境。我也不是清楚記得原作內容，所以不能亂講話。

八九寺剛才提到「重現」。

包括浪白公園，以及這所直江津高中。

重現，以及重新體驗。從春假至今的回顧。

跟著八九寺走出教室，阿良良木曆以及羽川翼的搭檔已經走了，也不知道他們去了哪裡。

要追的話，就必須上樓。

無論要開會討論什麼事，他們肯定都是前往我們三年級的教室。如此心想的我，視線不經意投向階梯方向。

在那裡，有個女學生靜止在空中。

姿勢看起來像是飛翔，不過動作暫停的她，果然是我熟悉的女孩。

「戰場原……」

「我認為戰場原姊姊在這裡打滑的時候，您也可以選擇不去接。總之，比起要不要拯救倒在路邊的瀕死美女，這裡面臨的選擇確實沒那麼迫切，畢竟去接正在墜落的人體，基本上也很危險。如果接的方式不對，不只是自己，也可能害對方受傷。就算不去接，這時候的戰場原姊姊幾乎沒體重，我想應該不會受傷吧。您想想，就像是質量輕的小動物或昆蟲，從高處墜落也出乎意料不會有事。」

「…………」

「不過，阿良良木哥哥會……」

「我會去接。只要戰場原掉下來，不管多少次我都會去接。」

那個傢伙對我說過，真的很慶幸當時是我接住她。

所以，我也想抱持相同的想法。我真的很慶幸當時是我接住她。

雖然只是巧合，是偶然的產物，既然這樣，我不排斥將這個偶然稱為「命中挑定」。

甚至稱為「使命」。

「假設……」

八九寺以餘光看著正在墜落——處於「正在暫停墜落」這種奇怪至極狀態的戰場原，在爬樓梯的同時，以不帶特別意義的語氣這麼說。

「如果這個時候，阿良良木哥哥沒接住戰場原姊姊……我想想，就算這時候受點小傷，應該也不會造成大礙吧。然後，假設她後來也維持冷淡態度高傲過生活。記得不久之後，那位騙徒會來到這座城鎮吧？」

「騙徒——貝木泥舟。」

「是的。和戰場原姊姊有一段恩怨的騙徒。說不定兩人會展開一場愛恨情仇的對決。暑假差點成真的這場對決，後來是阿良良木哥哥阻止的……如果那個時候，阿良良木哥哥沒有妨礙兩人，如果男友沒介入這場對決，會演變成何種結果呢？」

「何種結果……」

「兩人也可能重修舊好吧？戰場原姊姊似乎想隱瞞，但阿良良木哥哥好歹也察覺到那兩人發生過什麼事吧？」

八九寺說。

我也學八九寺經過戰場原身旁。

雖說靜止，但這個姿勢看起來就很危險，總覺得最好將她抱離這裡，可是實際上很難說，感覺我碰到她的瞬間就會毀掉現有的平衡……

「在這種場合可能死灰復燃……想到這裡，就覺得人生與戀愛真的很難順心如意耶。」

「妳不准談論戀愛。欠缺說服力。」

「哎呀哎呀，我要把這句話解釋為您想聽我的戀愛史哦？看來您不知道最近的小學生多麼進步。」

「哎，這不是讓人想進一步知道的事……但我完全不想聽妳的戀愛史。」

「怎麼樣，阿良良木哥哥？您說不定妨礙了戰場原姊姊與貝木先生的浪漫戀情喔。如果這樣想像……」

「如果這樣想像？我終究只會笑說活該喔。」

這和初代眷屬的狀況不太一樣。

總之，不能對戰場原提到這個話題……

「在千石那個事件，我確實受貝木照顧……但這是兩回事，完全不同。我可以由衷講明不要見到那個傢伙比較好。」

「這樣啊，您當然也會有不想見的人吧，一個人不可能和任何人都和睦相處吧。

那麼，就去您最後提到的千石姊姊那邊吧。Let's bon voyage。」

「Let's bon voyage……聽得出意思所以好難修正。唔……咦？神原呢？」

「啊？」

「沒有啦，就是神原……神原駿河。」

從浪白公園開始，不知道目的地的這趟趕場旅遊，我一直以為算是地獄的一種審判，也就是「淨玻璃鏡」之類的東西。

就是會映出生前所作所為的那面鏡子（出處：羽川翼）。

因此，我認為現在是在回顧我從春假至今的行徑，應該說回顧我身上發生的事——我所遭遇的事。也就是一趟小小的巡禮之旅。

從春假的姬絲秀忒·雅賽蘿拉莉昂·刃下心開始，再來是黃金週的羽川翼，以及連假結束後的戰場原黑儀。

八九寺真宵已經在這裡，所以我可以理解為何跳過她，但如果依照時間順序回顧，我在見千石撫子之前，應該先見神原駿河。

據說閻魔大王是觀看淨玻璃鏡決定如何制裁罪人，換句話說，阿鼻地獄現在之所以如此平靜，始終是因為還沒決定懲處方式，也就是我還在接受審判，才免於被阿鼻地獄無所不在的烈焰制裁……我擅自這麼解釋。

如果這個解釋正確，巡禮之旅結束之後，我將被處罰在火焰裡墜落兩千年，所以我猜錯的話，就某方面來說也是求之不得……？

「啊啊，是是是。神原姊姊她啊，是特例。」

「特例？」

「該說跳過還是休息一次……您想想，神原姊姊的案例和其他人不太相同對吧？」

「案例不同……？」

八九寺提議接下來要去找的千石撫子，才適合以這種方式形容才對。

神原——她左手臂的怪異，真要說的話是比較基本的怪異……

「不不不，在這個場合，並不會判定怪異現象的嚴重度，問題在於對方和阿良良木哥哥的交集方式。因為以神原姊姊的狀況，阿良良木哥哥無從迴避和她扯上關係吧？」

「……意思是？」

「神原姊姊原本就是以天生的積極個性擅自開始跟蹤您，而且進而擅自要殺害您吧？這種場面無論上演幾千次，您都只能採取應當採取的處理方式吧？」

八九寺傻眼般說。聽起來像是質疑「難道您會選擇乖乖被殺嗎？」這樣。

嗯，說得也是。

實際上，「跟蹤」或是「殺害」這種說法，不足以完全形容那傢伙當時的行動。不過像神原這種交際好手主動建立起來的關係，即使稍微修改初期的選擇，也難以造成之後的變化。

因為主導權在神原手中。

當然，如果我沒選擇和戰場原交往，神原就必然不會跟蹤我，但我說過，戰場原無論打滑多少次，我都會去接她。既然我表明這樣的決心，我和神原的交集就如同家族羈絆般無從改變。

基於這層意義，我也可以認同千石為何是最後一棒。畢竟就算重新審視火憐或月火的部分也沒意義。

話是這麼說，但在這樣的過程只跳過神原，我總覺得難以接受。雖然不盡相同，我卻覺得這樣像是無意間排擠重要的朋友。

「不過，在阿良良木哥哥的後宮裡，神原姊姊的個性果然與眾不同耶。仔細想想就覺得阿良良木哥哥和她交情那麼好，真的很不可思議。對人鎖國的阿良良木哥哥，以及對人免稅天堂的神原姊姊之間，究竟是以何種方式連結起來的？」

「『對人免稅天堂』是什麼鬼……」

天堂啊……

不過，神原骨子裡不是這麼開朗的傢伙。

那個傢伙自己也背負各種問題，並且藏進心裡。

否則，她應該不會向猿猴許願吧。

「畢竟她的身世，要說特殊也很特殊。」

「是嗎？」

「嗯。我說過吧？那個傢伙的父母是私奔，在私奔之後……」

所以小時候的神原，並不是養育為神原家的女兒，也不是養育為臥煙家的女兒。她不知道「家」是什麼。這也是她和阿姨——臥煙小姐斷絕往來的原因。

去年八月，臥煙在自己的工作把神原拖下水，但她當時也沒將自己的真實身分告訴這個姪女。

「嗯，世事難如意耶。神原姊姊擁有再優秀的心理與身體強度，人生依然沒能順遂……既然這樣，人生過得順遂的人，實際上在這個世界有多少呢？」

「天曉得……議論的格局拉到這麼大，我這個高中生承擔不起就是了。不過大家或多或少都會背負壓力吧？」

但是無法否認，這種感覺隱含了「希望位於上層的傢伙也有自己的痛苦」這種近似酸葡萄的願望。

只是就算這樣，「唔哇～～明明還得再賺一百億卻一直不順耶～～好難受啊～～壓力超大的～～」這種人的煩惱，我們應該也很難感同身受吧……

「這麼說的話，就覺得阿良良木哥哥抱持的煩惱挺奢侈的。畢竟身為考生的您享受到得天獨厚，應該說打破常理的待遇。」

「哎，說得也是。我無從反駁。」

「總之這部分請您復活再想吧，畢竟時間多得是。」

八九寺說著，在階梯轉角處輕盈轉圈，繼續往上走……剛這麼想，我們爬的階梯不知何時不再是直江津高中校舍的階梯，而是大自然環繞的險峻高山階梯。

只看最近這段日子的話，對我來說是上下次數勝於學校階梯的階梯。

通往北白蛇神社的蜿蜒階梯。

與其說是瞬間移動，這應該算是時空扭曲吧。空間遭受不明外力扭曲。這樣切換場面比起天馬行空的幻想，更像是正統奇幻文學的設定。我逐漸不會對此感到不對勁了。

不是逐漸麻痺，應該說逐漸習慣。習慣待在地獄也不太對就是了。

對了，我在那個六月，在這條階梯，和千石撫子擦身而過……如果這不是淨玻璃鏡之類的東西，或許是被臥煙砍死的我，在臨死瞬間如同走馬燈回顧至今的人生。

或許只是伴隨後悔，回顧自己的人生罷了。

……說得也是。

關於忍的事、羽川的事、戰場原的事，當然也包括八九寺的事，我遭遇相同場面再多次，依然會重蹈覆轍吧。但我覺得自己應該可以做得更好，這份想法我再怎麼樣都無法否定。

「我認為阿良良木哥哥做得很好了喔。至少關於我的事是如此。」

「妳願意這麼說，我就覺得稍微獲得救贖了。不過至少關於千石的事，我就失敗了。」

「是啊。後來補救的不是別人，偏偏是您視為天敵的騙徒先生，這對您造成滿大的屈辱吧？」

「嗯，所以……」

我一邊說，一邊繼續爬階梯。

不知道該說果不其然還是上天安排，正如預料，千石從山頂方向走下來。帽簷壓得很低，繫著腰包的嬌小女國中生，如同逃離般快步下山。實際上，她這時候的心態就是這種感覺吧。

如同在逃離。

應該處於想要逃離的心情吧。

……不過，我在這條階梯（不是重現的現在，是實際在這座山的階梯）和千石撫子擦身而過時，沒能察覺那個女孩是她。

沒能理解她的痛苦。

假設我對千石抱持「如果能做得更好」的想法，或許就是在這方面吧。

「很難說喔。我認為您對自己要求的標準稍微高過頭了。您不是萬能，所以在這方面最好有點自知之明喔，就像羽川姊姊那樣。」

「到羽川那種境界，或許也可以貫徹謙虛的態度吧，不過以我的能耐，忍不住就會奢求。」

「這時候的千石姊姊，和朋友產生一些摩擦對吧？」

「嗯，當時就是這樣。雖說根源在於騙徒用來薄利多銷的『咒術』……」

不對。

「咒術」反倒是細枝末節的問題。

事發的根源，位於更深的位置。

「前提在於會下蛇咒的傢伙還能稱為『朋友』就是了。記得忍野說過，我就是這樣才交不到朋友。」

「這意見還真是不得了耶。雖然千石姊姊失敗了，不過國中小學時期發生的摩擦，等到長大成人不是會成為美好的回憶嗎？」

「很難說。愈是年少的回憶，在長大成人之後反而愈放不下吧？或許是因為我還沒長大成人吧，不過至少……我在國中小學沒能和老倉和平相處的回憶只有苦澀可言。」

「老倉姊姊……」

「嗯……對喔，老倉開始來上學，是和妳分離之後的事。這部分妳沒聽『那一位』說過嗎？」

「沒有啦，哎，算是略知一二……只是關於老倉姊姊，我和她完全沒交集，所以只靠著傳話遊戲，我沒辦法感同身受去理解。我知道的事情，僅止於我所知道的範圍喔。」

八九寺說得有模有樣。最後那兩句真的很像羽川會講的話，不過套在八九寺身上，難免覺得是臨陣磨槍硬擠出來的字句。

不過……傳話遊戲？

如果她是直接聽臥煙說明，應該不會這樣形容……聽語氣總覺得中間還隔了別人。

是我過度解釋嗎？

「仔細想想，阿良良木哥哥的家庭環境也挺特殊的。這方面我也是能聽的都聽過了。像是您父母經常收容可憐的孩子，您小學時代經常和這樣的孩子共處，諸如此類。或許就是這樣的環境培育出阿良良木哥哥與火炎姊妹的正義感喔。」

「……現在回想起來，對於小月來說，千石或許意外就是這樣的對象。不過千石應該不是家庭環境出問題……」

「天底下沒有家庭完全不出問題吧？因為家裡的事只有家人知道。話先說在前面，阿良良木哥哥和妹妹們的關係，就第三方機構來看簡直不敢領教喔。」

「不准找第三方機構審查。給我說『就第三者來看』就好。」

聊著聊著，我們完全和千石擦身而過。千石看起來也沒發現我們。這始終是重現，或許對方看不見我們吧，不過實際上呢？當時擦身而過的時候，千石有發現我嗎？就算發現，她在那種狀況也不會主動搭話，而且我和神原在一起……

總之，我在這裡沒向千石搭話，也是「重蹈覆轍」。

後來我在隔天書店發現千石，為了某些事情找她……

「……總之，雖然包含一些失敗，但我想不到更精明的做法。畢竟即使沒有直接危害我，那個事件也必須緊急處理。」

「是啊。『如果人生能重來』這種假設要是成真，其實或許也只會一直做相同的事吧。但我認為順利的話，就可以跟上現在流行的輪迴風潮了。」

「不，這是不久之前流行的吧？」

「風潮會重新流行喔，這才叫輪迴。畢竟俗話也說歷史會重演。」

「至今老是在講我，那妳呢？如果是妳……如果人生能重來，妳想從哪個時候重來？」

「這個嘛，很難說。以前的我並不是不希望修復爸媽的感情。只不過，讓決裂的兩人重修舊好，究竟正確到什麼程度？我愈想愈想不透。因為一時情緒就分開是一件悲傷的事，但因為一時情緒就復合也發人省思。」

「……妳講出這種話，就無從建立人際關係了吧？」

「既然會離婚，一開始別結婚不就好了……我這個做女兒的難免想抱怨，但要是這麼講，我就不會出現在這個世界了。不過這麼講很極端啦。」

「…………」

「總之，人類只能以現有的武器戰鬥。或許就是這麼一回事吧。阿良良木哥哥也是在各種時候以及各種狀況，都全力以赴戰鬥至今。正因如此，所以即使像這樣回顧，即使輪迴多少次，您或許都只會重蹈覆轍吧。即使一路走來的應對方式不是最好，也算是盡力而為了。」她這麼說。「而且……關於千石姊姊的事，我認為外部的干涉是一大原因。也可以說是餘震吧。」

「……？外部的干涉？餘震？」

「啊啊，我忘記這部分阿良良木哥哥沒能好好掌握。那麼請不用太在意。想硬來的話可能會招致反作用力，我只是這個意思而已。」

「話說……」我詫異問。「為什麼要繼續爬山？剛才說是最後一人的千石已經擦身而過，我倆同行的目的全部完成了吧？不是應該邁向巡禮終點了嗎？」

「不不不。我說過吧？八九寺真宵的八十八個所巡禮，目的是讓阿良良木哥哥復活，所以不會在這裡停下腳步喔。真要說的話，至今都是在繞遠路。」

「繞遠路……」

「也可以說是迷路。」

「…………」

「請不用擔心。這也算是必要的儀式。或許應該說開場。」

「妳說復活……我還以為會動用和妖刀『心渡』成對的小太刀『夢渡』……難道不是嗎？」

臥煙用來斬殺我的妖刀——「心渡」。

這是昔日斬妖除魔的專家所使用，只會殺害怪異的刀。專斬原本不存在，不應存在的怪異。

成對的另一把妖刀是「夢渡」。

硬要說的話是「怪異救星」。

我聽忍說明過，這是能讓死於「心渡」刀下的怪異「復活」，擁有這種能力的第二把妖刀。

假設臥煙的企圖，她一反常態使用這種蠻橫做法的著眼點，在於將我「殺害之後復活」，我認為只有那把「怪異救星」是讓我復活的唯一方法。

四百年前被「闇」吞噬的那把刀，是經過何種過程落入臥煙手中揮動，這部分我當然完全不得而知……唔，這件事好像有人提過？

記憶實在是模糊不清……

「不，您說得沒錯喔。只不過，那是現實世界那邊的儀式，地獄這邊有地獄的規矩。」

「妳這種說法真帥氣……」

但實際在做的只是普通的散步。

只是並肩同行。

像這樣和八九寺一起走，我免不了感到懷念，也覺得輕飄飄地沒有現實感。不過這裡是地獄，沒有現實感也是理所當然的。

就算這麼說，也沒有地獄感就是了。

「總之不用擔心，阿良良木哥哥，並不是有什麼復活的考驗，或是要克服什麼難關，也沒有『絕對不可以往後看』這種老套陷阱。您肯定確實能夠復活，所以請放一百個心吧。」

「…………」

「嗯？怎麼了？看您一臉死氣沉沉的樣子。」

「居然說我死氣沉沉……」

真要說的話，應該是悶悶不樂才對。

不，說我死氣沉沉也大致沒錯。至少我心情肯定很沉悶。

因為像這樣爬階梯前往北白蛇神社，朦朧的記憶也多少串聯起來了。和我被臥煙切片的三月十三日清晨串聯起來。

這麼一來按照事發順序，我將會就這麼走到北白蛇神社，而且臥煙在目的地等我，在那裡用妖刀「夢渡」再度將我切片，我就可以復活。大概是這麼一回事吧。

必須再被切片一次，並不會把我嚇得屁滾尿流，但我很好奇地獄的規矩。

「這麼說來……」八九寺說。「斧乃木姊姊過得好嗎？」

「嗯？」

「因為我們是自己人。相對的，那一位為我說明的時候，關於她的部分都是低調帶過，但我在『闇』的事件備受斧乃木姊姊照顧，所以一直想說要是見到阿良良木哥哥，務必務必想問個清楚。」

「斧乃木小妹她……」

這麼說來，也對。

反過來說，八九寺與斧乃木只在那個「闇」事件的短短幾天有交集，不過在我的印象中，八九寺和她相處得很好，不知道是像那樣一起行軍產生羈絆，還是同世代的怪異具備某種同理心。

忍與斧乃木的交惡剛好成為對比。

……斧乃木也是相當難以捉摸，所以我即使和她成為好朋友，她也完全不是能夠放鬆戒心的對象……到頭來，因為至今受她搭救好幾次，所以很容易就不小心忘記，但我和她初次見面的時候完全是敵對關係。

原本來說，沒失去敵意的忍才正確。

相較之下，對此不以為意，並且實質上和她同居的我奇怪得多。

應該被批判為異常，應該遭受責備。

「哎，她活得很好。雖說活得很好，但她其實早就死了，這種形容方式不太正確……總之，她依然健在。」

「這樣啊。指名她擔任後繼的我，感覺內心的大石頭放下了。」

「斧乃木小妹是妳的後繼？」

「是的，公認的後繼。肯定可以和阿良良木哥哥痛快拌嘴吧。」

八九寺的語氣不像是開玩笑。

「在那場艱辛的行軍，我曾經拜託斧乃木姊姊，如果我有個三長兩短，請幫我照顧阿良良木哥哥。」

「居然有這段不為人知的過程……」

斧乃木沒義務非接受這個請求不可，但如果這個「請求」有效，就代表斧乃木之後的表現超過八九寺的想像。

不只是拌嘴。

「……這麼說來，這場八十八個所的巡禮，也沒包含斧乃木小妹耶。」

「因為還有時間上的考量。」

「居然是時間上的考量？」
「是的。這是八九寺P不得已的判斷。反正斧乃木姊姊在動畫相當受注目，所以沒關係吧？」
「就算在這種地方取得平衡……」
平衡。
忽然間，我注意到脫口而出的這個詞。
不對，和「注意」不太一樣。該怎麼說，是「靈光乍現」。
聽八九寺提到「復活」與「不能復活」的話題時沒出現的「靈光」，在巡禮結束，復活時刻分秒逼近時依然毫無實感，也沒有現實感的「靈光」，在我說出這個詞、想到這個詞的時候，如同後知後覺般出現了。
原來如此。
我在意的是這一點——平衡。
「回想起來，阿良良木哥哥真的得天獨厚耶。有漂亮的女朋友、有溫柔聰明的朋友、有優秀的學妹、有兩位充滿活力的妹妹，現在還和可靠的女童同居。」
「…………」

「我很嚮往喔，這是榮華富貴的極致喔。站在這種立場的大人物，最好別講得過於自虐，這是我這個小人物的想法。因為謙虛過頭只會討人厭。真的就像是在講『賺不到一百億，好想死』的感覺喔。」

但我覺得應該沒人羨慕我和斧乃木同居吧……哎，即使如此，我實際上也確實在各方面得天獨厚。

不過，正因如此，我才會想求得平衡吧。

內心的平衡。平衡設計。

追根究柢，記得原本的提倡者是忍野咩咩？計畫到全世界流浪的羽川翼，我擔心她受到那個中年男性的不良影響，但我或許也意外被那傢伙的思想荼毒。

「正確的事……」

「啊？阿良良木哥哥，您說什麼？」

「沒有啦，我想到我和標榜正義的火炎姊妹，討論過這樣的問題。我忽然想起來了。大概因為這裡是地獄吧，我想起不願想起的事，也就是關於『正義』的事。」

「嗯。總之已經快到山頂了，如果有話想說請長話短說。這大概是和我進行的最後一段對話了。」

「咦……？」

那我想聊其他的話題。

不過，我在地獄才會想起這個關於正義的話題，又正想徵詢八九寺的意見，所以我決定繼續聊這個。

「當時討論到，要做正確的事情很難。」

「很難。在這種場合，『正確的事情』指的是什麼事情？畢竟正不正確的基準也挺多的。」

「在這種場合，就當我說的是不需要以基準衡量，最單純的『正確』吧。無從提出異議的『正確』，或許也出乎意料是我們做不到，沒能實現的事情吧？沒必要跟別的事情比較……」

「喔喔，人性本『惡』之類的話題是吧？我很愛這一味喔～」

「不，我並不是想把話題引導到這種會陷入青春期的方向……該怎麼說，我想講的並不是善惡，只想講我們還不夠成熟。」

「不夠成熟……嗎？」

「正因如此，我們或多或少都會投入心力，進行火炎姊妹的那種行動吧……這是我的想法。不，火炎姊妹在某方面來說，是從一個極端跑到另一個極端……不過，與其做正確的事情，大多數的人比較樂於糾正錯誤吧？」

「……做正確的事情，和糾正錯誤不一樣？」

「可以說似是而非，也可以說是雖不中亦不遠矣。如果要糾正錯誤講得正確一點，這裡的漢字不是『正』，是『糾』。」

「……用講的也很難傳達耶……」

八九寺一臉含糊的表情。確實如她表情所示難以傳達吧。

難以傳達的肯定不是漢字，而是我想表達的意思。即使在聊正義、邪惡與正確，卻絕對不是深入議論，只像是在水面打水般膚淺，所以反而無法傳達真正的意思吧。

「總歸來說，比起去做正確的事情，人們更喜歡挑人語病或行為瑕疵，偏向純粹批判的那一邊？」

「唔～～總之，就是這種感覺吧？」

雖然不太一樣，不過大致是這麼回事。

而且這裡的重點在於，「糾正錯誤」這個行為，會讓人覺得自己是在「做正確的事情」。所以難以區別，界線不清。

不只是當事人，周圍也是。

甚至可以說，即使經過第三方機構的審判，也無法清楚辨別「正確」與「糾正」。

「八九寺，妳認為呢？」

「認為什麼？到目前為止，您的說法只讓我認為『阿良良木哥哥好久沒說這種彆扭的評論了耶～～正常發揮耶～～很高興您過得這麼好～～』這樣。」

「我有點擔心起我在妳心目中的角色形象……」

「如果您是以批判心態講這種話，我就非得指出一件事。把『糾正錯誤』誤以為是正義的那些人，阿良良木哥哥想要糾正他們的錯誤，彰顯自己的正義。這樣不是很矛盾嗎？」

她講得好複雜。

我腦子一片混亂。

總之，如果真的是這樣，那確實自打嘴巴打得挺用力的，不過幸好我想表達的重點絕對不在這種地方。

不是批判，反倒是肯定。

「只要持續糾正錯誤，逐一除掉出錯的地方，總有一天就會成為純白的正確結果吧？其實真要說的話是純黑的正確結果，總之說穿了，我想知道的就是這件事。」

「…………」

「八九寺，妳之前像那樣一直留在現世是一種錯誤……應該說是不能做的事情吧。所以才會從類似自然法則的東西那裡……」

從「闇」那裡。

「遭到報應。妳差點成為去不了天堂與地獄的遊魂。」

「應該說，我差點就會消滅。當時真是千鈞一髮。」

她講得滿不在乎，但這真的是天大的事件。難免覺得斧乃木對我們有恩。

「啊～～不不不，我最感謝斧乃木姊姊的地方，是我和阿良良木哥哥接吻的時候，她讓我騎肩膀幫了我一把。」

「不准講得這麼白目！」

我至今一直不提的說！

這件事必須不經意從記憶中消散，我們不是已經暗中達成這個共識了嗎？

「這種想法是那個吧？不失敗比成功更容易出人頭地，更能一步步往上爬，這是日本的思考模式。」

「…………」

感覺在其他國家也意外通用就是了。

「考生阿良良木哥哥非得挑戰扣分式的測驗，我可以理解您容易被這種思考模式吸引，而且我也不否定這種思考模式本身，但是這種做法得不到真正想要的東西。」

「得不到……真正想要的東西？」

「這種思考模式的前提，不是要得到別人的評價嗎？這樣的話，只能得到別人願意給的東西喔。這當然不是壞事，但如果像是阿良良木哥哥這樣，想得到超過自己掌握或負荷範圍的東西，用這種做法應該不可能成功吧。」

犯下許多的錯誤，犯下許多的失敗。

重新來過，重蹈覆轍。

原地踏步，故步自封。

不斷摸索，四處碰壁。

在備受非議之後……

「……不成功便成仁嗎？」

「我並不是……想特別拿我的狀況來說。不過，或許是這樣吧。不對，應該要這樣吧？」

「只求『糾正錯誤』的生活方式，可能會不知不覺在他人或世間尋找錯誤。老實說，到了這種程度就是一種危險的思考模式喔，不值得讚賞。」

「嗯……」

「您說這不是在講您的狀況是吧？那麼，您是在講誰的狀況呢？」

「…………」

聽她這麼一問，我窮於回答。

我是在講正義使者火炎姊妹嗎？不，那兩個傢伙無法成為這種議論的對象，她們根本沒在想。

那麼，我是在講忍野的狀況嗎？

重視平衡，在正確與錯誤、善與惡、這邊與那邊之間擔任仲介的那個男人。斷言「人只能自己救自己」的那個男人。我是在講他的狀況嗎？

不對。

我想，我現在想講，現在想說的人，是她。
轉學生。
忍野咩咩的姪女——忍野扇。
我是在講她的狀況。
為什麼直到現在，這個名字都沒掠過我的腦海？為什麼我沒想起她？我詫異不已。她明明正是我這一年後半的最重要人物才對。
……小扇也是這場巡禮之旅的例外嗎？八九寺似乎完全不想提她的樣子。
總之，小扇對我的立場，和戰場原或羽川都差很多。那個女生是看似低調卻主動出擊的類型，基於這層意義，應對把她歸類在神原那一邊來對待。
……歸類在神原那一邊？
雖然我想都沒想過……不過對喔，小扇和神原是同類……她說過自己是神原的信徒，所以這對她來說應該是值得高興的事吧。
關於小扇的事，我想在這時候深入商量看看，所以開始思考如何開頭，但我還沒想到合適的說法，時限似乎就到了。
階梯到盡頭了。

我們鑽過北白蛇神社的鳥居。

鑽過鳥居時，我沒有再度被引導到另一個空間，北白蛇神社依然是北白蛇神社。

不過，是改建前的北白蛇神社。

破爛荒廢，腐朽不已，乾枯殆盡，受到世間遺忘，不忍卒睹，沒人說就看不出來的神社境內。堪稱幾乎等同於我第一次和神原造訪這座神社時的狀態。

不同之處，頂多就只有周圍樹幹沒釘著蛇吧。

既然千石剛才走階梯下山，這部分沒有完美複製或許是瑕疵，不過看到蛇被釘在樹幹也不舒服，所以我內心很感謝這個細節被省略掉。

即使樹幹沒有蛇，由於我已經看慣改建……應該說全部拆掉重建完成，總之就是看慣現在的北白蛇神社，所以久違看到北白蛇神社如此荒廢的模樣，依然令我毛骨悚然。

和八九寺愉快聊天而放鬆的心情，我重新繃緊。既然沒通往其他的空間或次元，代表從浪白公園開始，令我摸不著頭緒的這條散步道路，是以這座北白蛇神社為終點。

將偏移的部分修正。

不對，是將修正的部分偏移。八九寺剛才講得這麼莫名其妙，現在差不多該要求她說明了吧？

此時，我看見了。

參拜道路的盡頭，崩塌的主殿前方，香油錢箱那邊有人。

有人在等待我們。

和我至今遇見的忍、戰場原、羽川或千石截然不同，這個人物注視著這裡，看起來明顯在等待我們。

不過，我早就預料到神社有人。或許不是預料，是預感。

或者是既視感。

因為在三月十三日，我像這樣走上階梯，抵達神社之後，在這裡等我的臥煙將我砍碎。如字面所述砍碎。

不，另一方面，我原本也認為這裡應該沒人。

因為在上個月，我為了見影縫，為了實現承諾見面，來到約定會合的北白蛇神社時，她放了我鴿子。

影縫余弦。

那個暴力陰陽師依然下落不明。

斧乃木是那種個性，所以對此沒說什麼像是感想的感想（到頭來，那孩子沒有個性可言），不過被爽約的我，代為收容影縫的式神——斧乃木的我，不能不擔心她的安危。

所以，即使是地獄裡的布景，在這座北白蛇神社，我預感應該有人在等待我前來，也預感或許這裡沒有任何人。

既然兩種預感都有，當然有一個預感會命中。即使如此，我還是不免受到震撼。在那裡等我的人物，令我忍不住大吃一驚。

歷史悠久，扭曲變形到內容物快要掉出來的香油錢箱。坐在上面的不是臥煙伊豆湖，也不是影縫余弦。

是和她們一樣的專家。

卻也和她們不一樣的專家。

……是肯定已經死亡的專家。

肯定已經灰飛煙滅而死的人偶師。

手折正弦。

「你好，阿良良木小弟。我等好久了。」

007

「呃……」

我不禁後退。因為退太快，差點順勢摔落階梯。要是和八九寺撞成一團滾下去，就會和她互換身體了。

「你……你為什麼在這裡？」

你肯定死了。

親自挨了斧乃木余接的「例外較多之規則」，遭到報應，在現世不留任何血肉，轟轟烈烈地死掉才對……我驚愕得說不出話。

不過仔細想想，我這個反應很奇怪。

是過度反應。

因為，這裡是地獄。

要說死了，我才真的是死了。死掉的他位於這裡，我在這裡再度見到死掉的他，完全是理所當然。

身為專家的他果然會下阿鼻地獄？這個疑問留在我心中，但他雖然是專家，卻是脫離臥煙網路的落單專家……想到他對神原、月火與火憐做過的事，我個人不得不認為就算下阿鼻地獄也太便宜他了。

可是……怎麼回事？

這種突兀感。

再度見到他，使我感到突兀。這份突兀感和先前在地獄底部見到八九寺時完全不同。與其說是突兀感，比較偏向於奇怪的接納感（？），總覺得像是拼圖以沒猜想到的意外形式完成……

不對。

到頭來，我一頭霧水。

「別露出那種表情喔，阿良良木小弟。表情豐富是好事就是了。總之，雖然和你發生過各種事，但都是生前的事了，麻煩既往不咎吧。」

正弦悠哉地說。

總覺得他的形象真的和生前不同。當時的事態與狀況都很急迫，給人的印象和現在不同或許是理所當然，但我認為現在位於地獄底部的狀況也挺急迫吧？

他為什麼……

是的，問題在這裡。

他為什麼如此「習慣」？

我和他在現世見面、對峙的地點也是北白蛇神社（不過是翻修後的），但他現在坐在這個香油錢箱的模樣反而比當時自然。不過這個香油錢箱快要損毀，就我看來不是可靠的立足之處……

「同為地獄淪落人，我們就和樂相處吧？沒有啦，開玩笑的。」

他還展現出足以開玩笑的從容。開玩笑？但他說的「開玩笑」是什麼意思？

剛才那番話哪裡是開玩笑？

到哪裡是開玩笑？

真要說的話，全文都像是惡質的玩笑話……不愧是昔日大學時代和忍野或貝木混同一個社團的同伴，或許他意外充滿幽默精神。

但他在地獄發揮這種精神，我也看不下去就是了。和忍野與貝木有過不少交談經驗的我，不得不判斷現在質詢他毫無建設性。既然這樣，我只能向站在我身旁的小五女生求助。

「喂，八九寺。」

「阿阿阿木哥哥，什麼事？」

「簡單就是美，但是不要把別人的名字講得像是隨便取的RPG主角名字。我的姓氏是阿良良木。」

「抱歉，我口誤。」

「不對，妳是故意的……」

「我狗誤。」

「還說不是故意的！」

「我狗狗狗狗誤。」

「妳也不要隨便回我好嗎？說明一下這是怎麼回事吧。那個傢伙為什麼在這裡？手折正弦為什麼在那裡？妳說的『那一位』難道是正弦？」

「不，是臥煙伊豆湖姊姊沒錯。放心，這部分我們心有靈犀一點通喔。」

「那麼，為什麼……」

我再度看向正弦。

該怎麼說，正弦慈祥地看著我們交談……應該說混亂的樣子。但我不記得他用這種眼神看過我。

就我所知，如同貝木是只為錢而行動的專家，正弦是基於「求美慾」而行動的類型。既然這樣，難道他是從我的恐慌狀態，或是從八九寺的從容態度，抑或是從我們兩人的互動發現某種美嗎？

「『那一位大人』是臥煙姊姊沒錯，不過……」

「妳又講成『那一位大人』了。」

「『那一位大人』的意志……更正，『那一位』的意志，是由那邊的手折哥哥傳達給我們的。」

「傳……傳達？」

八九寺說過，這是傳話遊戲。

所以是這麼回事嗎？

咦，可是，這麼一來……時間順序是不是怪怪的？不對，奇怪的不只是時間順序，更為基本、各方面的各種順序都出了問題。

到頭來，正弦是沒加入臥煙網路的專家，肯定沒立場擔任臥煙的傳令，負責傳話給八九寺……

「就說別露出那種表情了，阿良良木小弟。我不像那個學姊一樣無所不知，所以沒辦法一五一十詳細說明，不過如果僅限於我所知的範圍就好，我會好好說明一遍給你聽。雖然就你看來可能是同類，但我比忍野或貝木親切多了喔。只要沒扯上利害關係。」

「……應該有扯上利害關係吧？」

正弦以親切，甚至是迎合的語氣對我這麼說，大概反倒強化我的戒心吧。我如同要保護八九寺向前一步，補回剛才後退的份。

「因為，你是專門收拾不死怪異的專家……對吧？對你來說，我是不允許存在的敵人，說穿了就像是噁心的害蟲吧？」

「說自己是噁心的害蟲，有點自虐過頭吧？總之，照你這樣形容大致沒錯就是了。不過，阿良良木小弟，如果你在擔心這件事，那你現在不用擔心喔。」

「咦？」

「因為『現在的你』完全沒有吸血鬼屬性。基於兩方面的意義，你都是平凡人。

下地獄的平凡人。」正弦說。「吸血鬼屬性從你身上『減掉』了。」

「減掉……」

啊啊……原來如此。八九寺剛才說的是這個意思。

不只是「先乘再除」，還有「減法」……

原來這裡的減數，是吸血鬼屬性。

就我自己來看，我的本質總是順其自然，所以即使待在現世或地獄，都不覺得自己身體哪裡怪怪的。不過既然怪異沒辦法下地獄，也就是說，現在位於這裡的我完全不帶吸血鬼屬性。

換句話說，我是人類。

因為是徹徹底底的人類，所以沒列入在專家——手折正弦的肅清名單。就是這麼回事嗎？

「…………」

可是，即使這麼說，若問這時候是否可以相信他並貿然接近，就完全是另一個問題。

因為，雖然不知道現在是怎麼回事，但至少他肯定是曾經危害到我學妹與妹妹的人。

「阿良良木哥哥，放心吧。」

八九寺如同在安慰我，從我身後輕拍我的身體說。

「我理解您的心情，但是在這裡停下腳步的話，會妨礙到我的巡禮進度，所以請就這樣前進吧。這是讓阿良良木哥哥以『人類身分』復活的必經程序。」

「………」

「不然難得運用減法就沒意義了，我也沒臉見斧乃木姊姊。」

為什麼這時候提到斧乃木？我冒出這個疑問，不過回想起來，八九寺雖然總是和我聊得很愉快，骨子裡卻頗為怕生，這樣的她講出這種話。

手折正弦。

如果只是講幾句話……應該沒問題？

總而言之，就這樣維持緊張狀態也進退維谷……即使先不提巡禮進度，這時候沒前進就無法前進。

「別走到我前面喔。」

我對八九寺說完，就這麼保護著她，沿著參拜步道前進。地獄裡有神社，總覺得這構圖亂七八糟。

八九寺是依照正弦的指示來接我，所以事到如今保護她似乎很沒意義，只是我心情上無論如何都不得不這麼做。

「阿良良木小弟簡直是王子耶。不過這裡是供奉白蛇的神社，所以你騎的可能不是白馬，而是白蛇。」

不知道只是想打個妙比喻，還是暗藏完全不同的意圖，總之我一邊聽正弦這麼說，一邊拉近彼此的距離。

在這段期間，我試著深入回憶他的基本資料。被殺造成太大的震撼，知道這裡是地獄也造成很大的震撼，所以我的記憶依然模糊，也不知道做這種事是否對接下來有益，但即使不是無所不知，也應該盡可能知道自己所知的事吧。

因為，人只能以現有的武器戰鬥。

手折正弦，怪異專家的人偶師。

工作時使用摺紙。

追溯他的資歷，他是貝木與忍野的社團同伴，同為靈異研究會的成員，這個社團還有影縫余弦，以及學生時代的臥煙伊豆湖（當時她應該是社長）。

而且，他們在求學期間，製作了斧乃木余接這個「人偶」。

使用活了百年的人類屍體，製作式神女童。

記得為了爭奪所有權，影縫尤其和正弦鬧到決裂？

後來，正弦和臥煙分道揚鑣。雖然社團所有人都踏上怪異專家之路，卻只有正弦走的方向和其他成員不同……

我遇見他的時候，我自己的身體剛好也出現異狀。明明沒受到忍的影響，我的身體卻擅自開始化為吸血鬼的那時候……

而且經過一番對峙，他被自己創造的人偶殺害。要說他「自作自受」也確實如此，但他的死法壯烈到不足以用「因果報應」四個字帶過。

他如同松永彈正的死狀，不上不下的吸血鬼大概也無法再生，正因如此，像這樣重逢令我感到為難……這就是漫畫等作品經常出現的「在地獄相會吧！」這種對白吧。

雖然理所當然，但這句對白成真實在令人不好受……

只是看起來，這並非單純是仇敵死後在地獄重逢。如果這場重逢是臥煙設計的，那麼究竟是怎麼回事？

他接下來說明的內容，我真的能好好接受嗎？雖然我再三強調到煩，但光是我下地獄這一點，我就無法接受了。

近距離交談依然令我有所抗拒，所以我走到某個距離，大約相差五步的距離停下腳步。八九寺也跟著做。

「余接她……」正弦看我們停止之後說。「過得好嗎？希望她沒因為殺我而影響到心情。」

「……你是她的創造者之一，所以應該知道吧？那孩子一點都不在意喔。維持平常心吃著冰淇淋之類的東西。」

「我想也是。當然，我是創造者之一……是生產者之一，所以我知道。只不過這是做長輩的……應該說做父母的心態。無論過了多久，即使是白費工夫還是會擔心的。因為那孩子不知道隱情。」

正弦說。

隱情？

「你說的隱情……是什麼？」

「嗯。她是只服從命令的式神，所以就算不知道隱情依然會按照命令行動。這是她的優點，是長處。只不過，余弦那傢伙也一樣。以那傢伙的狀況，應該說她不會顧慮細節。要怎麼控制這種不受控制的存在，就是我們臥煙學姊發揮本領的地方。」

「……你不想說明隱情嗎？」

手折正弦的整潔外貌，吊兒郎當的忍野根本沒得比，不過這種摸不透真意的說話方式，免不了令我聯想到那個專家。

記得和那傢伙交談的時候，也總是像這樣令我不耐煩。過去的記憶會逐漸美化，所以忍野身為專家的表現，我心情上打了很高的分數，不過只有這部分的記憶遲遲沒有美化的徵兆。

「我會說喔。因為要是沒快點讓你復活，可能會惹怒臥煙學姊。那個人生氣起來很恐怖的。」

「…………」

「直截了當來說，在那個場面，我像那樣被余接殺害，正是當時我接下的真正職責。」

正弦說。

以極度嚴肅的表情說。

「被余接殺害，先一步下地獄，做好讓你復活的準備，這就是我身為職業專家的工作。」

008

「……啊？」

一瞬間，我完全聽不懂他在說什麼，而且在這一瞬間結束後的一秒鐘、一分鐘，我也完全聽不懂他在說什麼。明明自認好不容易開始聽得懂正弦在說什麼，我卻花了整整五分鐘吧。

對於我這麼慢的理解能力，正弦與八九寺都耐心等待。

雖然抱歉讓他們等，但我絞盡腦汁做出的回應，只有接下來這句話。

「……意思是說，這是假死？」

我自己都對自己挺失望的。

沒什麼假死不假死，這裡是地獄。不是假死就能來的地方。

只不過，考量到這是我對照常識與原委得出的結論，大部分人的答案應該都和我大同小異吧？突然面對如此盤根錯節的狀況，能夠立即反應並且漂亮回答的傢伙肯定不多。

頂多只有羽川吧。

「假死……應該不太一樣。」

正弦規矩地打分數。

也可以反過來說他個性很差。

不過，他是忍野與貝木的社團同伴，期待他個性很好才奇怪吧。

「因為我真的死了。不過，你也不是完全猜錯。畢竟照意義來看，我就像是假死，像是遭遇熊的應對方式。」

「遭遇……熊？」

「也可以說遭遇惡魔。」（註4）

正弦講得像是在玩文字遊戲，然後繼續說下去。還以為這番話暗藏玄機，但他看起來雖然年輕，算起來卻至少超過三十歲，或許只是愛玩這種文字遊戲吧。

註4　日文「熊（kuma）」與「惡魔（akuma）」差一個音。

說到惡魔……

「要從哪裡如何說起呢……我不像健談的忍野或嘴巧的貝木，很少和別人說話，是個總是獨自跟人偶玩的孩子。」

「……………」

「總之就算這樣，我還是加把勁從淺顯易懂的部分說明吧。如果從人類的身分述說，我這個人在相當早期的階段就已經死了。」

他隨口這麼說。從語氣加上他說的內容來看，即使不到笨口拙舌的程度，但他真的不擅長說明的樣子。

如果他因為總是獨自跟人偶玩而成為人偶師，就沒有比這更可悲的經歷了，但是先不提這個——

「已經死了？咦……意思是……」

「那個時候，余接殺掉的我，是我操縱的『人偶』。人偶師的獨門絕活，可以說是替身或是替死鬼。」

「……………」

「嗯？我原本猜你在這部分會問得深入一點，你卻沒講話。用我對模型講話的方式果然行不通嗎？」

「獨自跟人偶玩」以及「對模型講話」看似相同，給人的印象卻差很多，但是同樣先不提這個，我這時候沒講話，當然是因為我啞口無言。

說來抱歉，如果以為我會立刻對正弦這番話起反應，各位就太看得起我了。一般人遭遇出乎預料的事態時，大致都會動彈不得，說不出話。

只不過真要說的話，我身為熱愛動漫或電視節目等近代娛樂的平凡高中生，若要說我這輩子完全沒想過這種可能性，即使被批判愚蠢也難以反應……更正，難以反駁吧。

替身人偶。

這不是人偶師必備的手法嗎？

那麼，他當時在那座神社並不是假死……是假活？

為了被殺，所以假裝自己活著？

「記得你說……斧乃木小妹不知道這件事是吧？」

「嗯，沒錯。不只是余接，余弦也不知道。但以那傢伙的狀況，或許該說她沒意願知道吧。一心只想變得更強的她，對於瘦弱的我應該沒什麼興趣。這是一段悲哀的戀情。」

「戀情？」

「嗯，這是往事所以不用在意。大叔的這種往事，這種單方面的戀愛史，年輕人聽到只會覺得無聊。說到貝木是否知道，那傢伙愛說謊所以不確定，不過知道我這個手法的只有臥煙學姊，以及忍野咩咩。」

「…………」

只有無所不知的臥煙，以及彷彿看透一切的忍野知道。

聽他這麼說，就覺得這兩人很可能察覺這種他人的祕密。

但問題在於正弦是從「什麼時候」藏著這個祕密。

這並非和我毫無關係。

雖然不知道他身為專家的立場如何變成那樣，但要是得知這個顛覆一切的真相，那麼二月十三日，也就是剛好一個月前某晚發生的那個事件，也具備截然不同的意義。

那個綁架案件——脅迫案件，那場決鬥，那場悲劇，究竟會因而如何改寫？

「人偶破壞了人偶。那件事只是如此而已。所以阿良良木小弟，雖然我剛才提到余接的事，但如果你因為在那個事件間接害死我而傷神，你就在這裡消除這個煩惱吧。」

「……事情沒這麼簡單吧？」

不，老實說，我並不是沒有這種心情。

假設那個事件的目的在這裡，那我不只是間接，而是直接害死正弦。

說我沒為此傷神是假的，得知當時灰飛煙滅的是人偶之後，即使不到放下心中大石頭的程度，我也無法否認心情舒坦了些。

可是既然這樣，為什麼要做這種事？而且到最後你還是待在地獄吧？這樣的疑問，想拿來質詢他的這些話語都難以拭去。在還沒消除之前，煩悶的感覺依然就這麼沉積在我的五臟六腑。

「既然這樣……那場鬧劇究竟有什麼意義？你當時抓走我三個最重視的人想做什麼？」

「鬧劇嗎？不過對我來說是拿手絕活。」正弦微笑說。「死掉與復活是我的拿手絕活。換個觀點來看，我比吸血鬼還擅長這招。」

「拿手絕活……」

「不過嚴格來說沒有復活，只是附身在人偶，透過媒介回歸現世。我的本尊一直在這一邊。」

這一邊。

既然他在地獄講這種話，那麼應該就是「那個世界」的意思吧。這個指示代名詞有點令人混淆，但他的言行看起來之所以這麼習慣這裡……主要原因應該是這個吧。既然本尊總是在這裡，那麼對他來說的「這個世界」就是這裡。

「啊啊，不過話先說在前面，我可不是阿鼻地獄的居民喔。比起下地獄，被別人認為我是個應該下地獄的傢伙，實際上更讓我消沉。」

「哎，我也是剛剛才親身體驗這種心情……現在也大好評體驗中。」

「平常的我在天堂過得怡然自得。」

「…………」

我煩悶的心情差點一口氣消失……

八九寺這樣的孩子，在那麼感動地升天之後居然下地獄，也令我頗感失望，不過就算這麼說，一旦預設充滿幸福的天堂真實存在，就某方面來說反而會逐漸削減活下去的動力。

既然這樣，比起活下去累積罪孽，不如趕快死掉比較賺……或許會出現這樣的觀點。但我不知道正弦那番話有多少是真的。

「……從什麼時候開始的？你是從什麼時間點，開始過這種怡然自得……該怎麼說，就是來往於這個世界與那個世界的生活？」

「不是生活，是工作喔。」正弦答道。「就像是到外地工作那樣，也可以說是單身赴任。不用擔心，我大學時代還是擁有健全身心的健全人喔。成為人偶師是製作余接這個人偶，和他們訣別之後的事。」

「這應該也牽扯到私事，我不知道該問到多麼深入……但你成為人偶師的動機是製作出斧乃木小妹，並且將斧乃木小妹讓給影縫小姐的結果嗎？」

「你說『動機』聽起來很像『犯罪動機』，但這樣形容也沒偏離事實太遠，不到謊言的程度——就我的說法是如此。不過臥煙學姊或余弦可能會有不同的意見吧……喔！」

此時，正弦仰望天空。

我也跟著往上看，卻沒看到什麼特別的東西。天色看起來是日夜的交界，也就是黃昏時刻。

萬里無雲──萬里無鳥的天空。

所以我不知道正弦想看什麼，但他的雙眼似乎從這片天空看見某些東西。

「看來在催我了。我成為人偶師的原因，看來沒空詳加說明的樣子，這部分只能等劇場版外傳了。」

他說。

外傳就算了，別企圖做劇場版好嗎？

你想演一齣多麼壯闊的往事篇啊？

「所以我現在簡單說明吧。如果你無論如何都很在意，就等復活之後去問臥煙學姊吧。那個人無所不知，說不定可以說明得比我還詳細，但她肯不肯說就是另一個問題了……我放棄大學踏上這條路，但畢竟被臥煙學姊盯上，所以做事不太順心，生意上不了軌道，所以我冒出一個草率的構想。事到如今我認為這麼做很愚蠢，但總之就是所謂的禁忌手法，在專家之間視為禁招，應該說比較近似禁咒。」

「禁咒……」

詛咒。

我也在某處聽過這個詞。

「應該說『讓自己化成怪異』吧。這個構想的基礎，當然是我學生時代製作的人偶——斧乃木余接的存在。百年的人類屍體可以製成怪異，所以我認為手折正弦這個人類的屍體，或許也可以製成怪異。」

我想製作名為「手折正弦」的人偶怪異。

想使用我的屍體，製作我自己的人偶。

「……成功了嗎？」

如果成功就真的不得了。

要是做得到這種事，不就等於獨力實現不老不死的理想？這個世界觀確實有人類化為吸血鬼的案例，所以無法斷言不老不死絕對不可能實現……但是人類成功轉變為怪異這種事，至少我不認為是人類能力所及。

什麼原因讓他做到這種程度？

求美慾？

「失敗了，結果如你所見。我成為半人半妖的存在，遊蕩在這個世界與那個世界的縫隙。不對，與其說是在縫隙遊蕩，不如說是被夾在這個世界與那個世界中間動彈不得。」

「……你該不會是因而挾怨報復，才會說無法原諒不死之身的怪異吧？」

「並不是沒有這方面的要素。」

「並不是沒有啊……」

「如果是我，在這時候就會把『這方面』說成『這圓面』搞笑。」

我身後的八九寺這麼說。妳隔這麼久開口卻講這個？用不著維持這裡的搞笑濃度……這傢伙就算下地獄依然始終如一。

「總之，雖說失敗，但我得以透過人偶活下去，而且後來成功量產人偶，所以真要說不老不死確實不老不死，真要說是怪異也確實是怪異。應該說我是生靈或是半靈吧。後來我盡量發揮這種特異體質做生意。」

「…………」

正因為具備這種特異體質，所以即使沒加入臥煙網路，他至今也能做出這種成績……我這樣解釋應該沒問題吧？

「我手折正弦的底細就說到這裡……阿良良木小弟，這樣可以嗎？還是說，你對我前半生的興趣不只如此？」

「那個……」

老實說，我沒這麼感興趣。我終究不方便在當事人面前這麼說，但已經充分理解他這種特異體質的概要。

原來如此。

當然，他的人偶師資歷完整之前，不難想像上演過各種迂迴曲折的戲碼，但我感興趣的地方——我的疑問焦點是之後的事。

「那麼，我再確認一次，即使當時你被斧乃木打得灰飛煙滅，對你來說也沒什麼大礙對吧？」

「不能說沒大礙，畢竟失去一具寶貴的人偶。但如果你說的是生命問題，那你不用擔心。因為我在這之前就算是半個死人了。」

「那麼，你為什麼還要假死？」

更正，為什麼還要假活？

那場鬧劇是怎麼回事？

「就說不是鬧劇了。畢竟如我剛才所說，余弦與余接應該什麼都不知道。就我來看，感覺像是沒準備就直接上考場。現在回想起來，是上個月的事。」

正弦說。他依然仰望著天空。他究竟在看那裡的什麼東西？

「我以專家身分收到一個委託。阿良良木小弟，這個委託是希望我能解決你所住城鎮發生的異狀。」

感覺正弦突然切入正題，不過回想起來，他從一開始就一直想說這件事吧。因為他就是為了講這件事，才在這裡等我。八九寺帶我過來，就只是為了講這件事。

總不可能是想和我敘舊，或是為當時的事情道歉吧。不過說到這裡，我內心的芥蒂也確實逐漸消散。

「我城鎮發生的異狀……？是指北白蛇神社的……不對，應該不是。這件事在上個月的時間點已經解決……」

講得更嚴謹的話不是解決，是從解決狀態回到沒解決的狀態，不過這部分應該沒必要挑語病。

「沒錯。這份委託的內容更單純，是針對你以及前姬絲秀忒。在臥煙前輩網路裡，你們被認定無害，但這種事和我無關。對我來說，受到網路保護的怪異，反倒是應該最優先下手，沒人委託也應該處理的對象。」

「…………」

確實是這麼回事。

這傢伙的目標是我與忍，為此不惜抓走兩個妹妹與一個學妹當人質，做出這種無法想像的惡毒行徑。如果這不是鬧劇，無論有什麼隱情我都想逼問出來，但是照他所說是接到委託，那不就和我至今猜想的一樣了？

既然他是接下這個委託才出動收拾我與忍，那他說這不是鬧劇，而是拿手絕活，是沒準備就直接上考場，這些話都不是在騙我。

「嗯，沒錯，如你所說。」

正弦從容不迫，毫不內疚地點頭，如同魔術師在享受揭露手法的過程。

不對，會揭露手法的魔術師，應該沒資格當魔術師吧。

「如果沒有事先準備對策，應該就如你所說吧。不，應該會變得更慘。不知道你的妹妹們與學妹是否能全身而退……」

「……別講得這麼恐怖啦。」

「講這種話最害怕的是我喔。神原駿河居然是臥煙家的女兒……想到我一無所知傷害到她的後果，我就忍不住渾身發抖。預先得知這件事真的太好了。」

「…………？」

哎，神原是臥煙的姪女，而且我們也猜正弦應該不知道這件事才綁架她，即使如此，正弦說「忍不住渾身發抖」似乎也太誇張了。畢竟臥煙不會因為對方是姪女就特別關照……還是說，從「女兒」這種說法來看，正弦害怕的是已故的神原母親？

「預先得知情報，事先準備對策……正弦，聽你這麼說，代表你接下委託之前，聽臥煙說明過嗎？就是關於我們城鎮發生的事……」

這是有可能的事。

臥煙親自出馬工作，這件事本身其實就很稀奇，總之她來到我們這裡的目的是平定這座城鎮，也可以說是治理這座城鎮……

為此，她甚至不惜找那個危險的專家艾比所特幫忙，所以即使在那個時候，對網路外部的老友手折正弦提到這件事也……

「不，這是不可能的事。我現在確實和臥煙前輩處於吳越同舟的狀態，但我和她接觸，是我得知內情之後的事。找上我的人——在我與臥煙學姊之間擔任仲介的是另一個人。」

「……………」

仲介。

這兩個字使我冒出某個直覺。

這是考生特有的第六感，但是說來神奇，我對這個直覺抱持確信。事實勝於雄辯，這個直覺引導我說出那個男人的名字。

「……忍野？」

我說。想都不想就這麼問。

「預先告知情報的傢伙、事先準備對策的傢伙是……忍野咩咩？」

009

當然也有其他的可能性吧。

比方說，光是就我所知，知道內情的人肯定還有貝木。就算思考邏輯異於常人，要從「仲介」這兩個字，從這個行為聯想到忍野咩咩，難度也太高了。

不過，正弦說我猜中了。

「沒錯，就是那個彷彿看透一切的男人。身為臥煙學姊網路的幹部級人物，同時能和網路外部的我接觸，這個人還是一樣自由自在。不過，也沒有其他傢伙比那個人更不適合『幹部』這個詞了……」

「……………」

若要這麼說，「總管」這個詞大致上也不適合臥煙。與其講得那麼誇張，不如說是源自學生時代結下的不解之緣比較正確。

不過這麼說來，忍野與正弦也有相同的不解之緣，即使見過面也沒什麼好奇怪的。

從時期來看，兩人見面應該發生在忍野離開這座城鎮之後，不過具體來說，忍野那個時候對正弦說了什麼？

那個彷彿看透一切的男人，事先準備了什麼樣的對策？

「那個傢伙說，正因為我不在臥煙學姊的網路裡，所以做得到某些事。但是這種話只有那傢伙說得出來，因為那傢伙最擅長像是犯規的密技。」

「……………」

「只不過，這不是想要抄捷徑的狡猾心態。他這個專家的立場是能準備就盡量準備、能保險就盡量保險，所以他的用心反倒大多是作白工，可以說是浪費智慧，和節儉精神站在另一個極端。從那傢伙的角度來看，事情進展到輪我上場，應該是突破雙重保險的罕見案例吧。」

總之，這部分我可以理解。

就我的經驗來說，那傢伙甚至顧慮過其他時間軸的我與忍可能會來到這裡，考前猜題這種心態應該和他無緣吧。那個人或許和吊兒郎當的外表相反，實際上意外地認真。

「而且那傢伙不會說太多，也不會說得多麼具體。在那個時間點，我也以為他來找我只是來閒聊，只覺得這傢伙還是一樣裝糊塗。原本也只是基於以防萬一的意思吧。」

「……忍野語帶玄機的習慣，我也有很多想抱怨的地方。也就是說，那傢伙當時和你閒聊，順便大致提及神原的身世？」

這麼說來，忍野一直很在意神原的身世。對於那傢伙來說，見到學姊的姪女終究是一件出乎意料的事情才對。

當時還確認神原母親的名字。

「嗯，而且，阿良良木小弟，他也有提到你。應該說提到你們的事。」

「我們……是指我和……」

誰？在這個場合是……忍？

「總之因為這樣，所以我接下委託之前，已經掌握、知道這座城鎮各方面的事情。雖然不知道忍野當時究竟想對我說什麼，不過現在回想起來，那傢伙應該是在強調你們的『安全性』吧。」

「…………」

「埋了這樣的伏筆。你們這對搭檔不足以浪費一具人偶——忍野是來講這件事的。順帶一提，我也是在那時候，得知那傢伙早就看透我的真實身分是人偶。不對，現在回想起來，那傢伙或許是在威脅我？『要是敢對我朋友出手，我就公開你的真實身分……』這樣。」

正弦諷刺般露出笑容。

聽他這麼說，我也不知道該說什麼，應該說不知道能說什麼。那個傢伙居然已經預先做好準備，應付即將來臨的事態。

正因為知道「無害認定」不適用於網路之外，所以對於網路以外的部分，他也像這樣為了保護我與忍預先布局。按照那傢伙的立場，或許是完成工作並且取得相應酬勞之後的善後措施，就算這樣，如此無微不至的售後服務也令我感動。

這是我做不到的事，昔日做不到的事……慢著，等一下？

可是到最後，這傢伙還是來到我的城鎮，鎖定我與忍……嗯嗯？就算得知忍野預先做好各方面的安排，但是前因後果還沒串聯起來啊？

在那之後究竟發生了什麼事？

「所以說是『保險』啊。就說了，那傢伙當時講的事，幾乎只是咬根沒點燃的香菸透露些許端倪，所以接下來說的都是我自己的解釋，但你不介意的話就聽我說吧。這樣肯定能夠消除你絕大部分的疑惑，肯定可以了無牽掛地復活。」

「居然說了無牽掛地復活……」

「就當成回到現世的伴手禮吧。」

正弦說。

「『阿良良木曆與忍野忍，他們現在基本上無害』、『只要別對他們出手，就不會造成任何問題』、『不過，也有跳脫基本原則的可能性，就是阿良良木老弟與小忍聯手，反覆化為吸血鬼的狀況』……那傢伙是這麼說的。」

「…………」

「換句話說，如果你並非受到前姬絲秀忒・雅賽蘿拉莉昂・刃下心的影響，而是獨自踏上成為吸血鬼之路，這就不在忍野所申請無害認定的範圍內。」

「這……」

這正是現在在我身上發生的事。

居然會這樣。

那麼，連現在的事態，也完全符合那個彷彿看透一切的男人——忍野咩咩的預測嗎？

「不是完全符合預測，應該是符合其中一個預測吧？只不過這應該不是不怕一萬只怕萬一的伏筆，反倒是明顯害怕這樣的結果吧。」

「你說害怕……是指害怕我可能沒想太多就濫用忍的能力嗎？不……」

不對，不是這樣。

如果害怕這種可能性，那個傢伙應該不會把忍交給我，獨自離開城鎮。反倒是正因為他認為不會這樣，正因為他相信我，所以才什麼都沒說，照例連離別的話語都沒說，就默默啟程前往其他城鎮。我一直這麼認為。

「沒錯。所以以案例來說，應該認定那個人害怕你面臨非得這麼做的狀況，為此才會來找我。那個人當然沒有預知能力。實際上……後來襲擊你們城鎮的各種東西，也大多出乎忍野的預料吧……讓你陷入絕境，逼你必須勉強自己的那些事件，那傢伙也絕對不是早就知道會發生。只不過他似乎早就知道你在這種狀況會不惜勉強自己。」

「……知道有什麼用？」

我忍不住口出惡言。

我也真是不老實。

「那傢伙說，如果事情演變成這樣，可能有某些委託找上我。像是拉攏我加入的委託，或是除掉吸血鬼的委託。到時候希望我忘記長年的怨恨，拋棄往年的心結，和臥煙學姊打交道。在那個時候，臥煙學姊肯定在等我聯絡，因為臥煙學姊基於立場不能輕舉妄動……我不知道他說的『那個時候』是哪個時候，但是實際上的演變完全如他所說。那傢伙就算沒有預知能力，也像是擁有透視能力般能夠看透一切了。」

正弦說。我身為受惠者或許不應該講這種話，但我完全同意他的感想。

「所以，當我收到應該除掉你們的委託時，我全身發毛。同時也感到不可思議。既然害怕事情這樣演變，忍野為什麼沒想過親自處理？會說『人只能自己救自己』這種話的人，會做出這種像是拜託好友的事？我對這方面感興趣，所以決定照那傢伙的意思去做，和臥煙學姊取得聯絡。」

然後，鬧劇拉開序幕。就是這麼回事。

不過，我依然不知道這麼做具備什麼意思。

010

正弦不知何時下移的視線，再度朝向天空。太陽逐漸西沉，天色開始變暗，所以他看起來像是在尋找第一顆星星，但是這次即使是跟著仰望的我，也清楚看見他在注視什麼東西。

不，說我清楚看見就太誇張了。雖然還模糊不清，但我清楚知道那是什麼。

空中——應該說天上，逐漸垂下一條繩子。

「阿良良木哥哥，或許不應該說是繩子，而是線。那是來接您的。講成『來接您』像是要帶您去死後的世界，不過在這個場合是接您回現世。」

八九寺如此說明，但我聯想到的不是「迎接」。說到「線」，就會聯想到佛祖大人從極樂世界垂到地獄的蜘蛛絲。

聽說蜘蛛絲非常堅韌，甚至運用在太空工學，所以我不認為不可靠……不過記得叫做犍陀多？相傳他想沿著下垂的蜘蛛絲爬到極樂世界，但其他罪犯也想跟著爬，他對這些人大喊「下去」，蜘蛛絲隨即斷掉……

基於這層意義，這也堪稱是考驗人性的線。想到垂下這條線的可能是臥煙，這個想法就更加強烈。

「真的快沒時間了喔。要是錯過那條線，阿良良木哥哥真的會永遠在阿鼻地獄被火烤，有八十九顆眼睛的鬼會徹底折磨您全身喔。」

「八十九顆眼睛？那不就是妳嗎？」

「說錯了，是六十四顆。」

「都很恐怖就是了……」

不過兩者挺極端的。

「所以手折哥哥，不好意思，這個話題可以就此打住嗎？」

「慢著，八九寺，天底下沒這種收尾方式吧？我可不能放任話題在這種不上不下的地方打住。正弦，你因為不在網路內部所以做得到的事，換句話說就是這種事嗎？就是接受除掉我與忍的委託——假裝接受這個委託？」

在天降的線（？）到達神社之前，我像是搶話般這麼說，想盡量從正弦那裡問出情報。我身為聽眾，做這種事不太值得被嘉許。但是在這個場合，我似乎是歪打正著。

「就是這麼回事吧。假裝死亡、假裝接受委託。我很難正確說明忍野的意圖就是了。」他這麼說。「不過這麼一來，位於網路內部，臥煙學姊卻難以控制的影縫余弦，就成為最適當的人選。因為那傢伙可以毫不留情，一點情面都不給，和做出非法行為的我來一場對決吧。所以臥煙學姊趁你身體狀況不佳的時候，派她們出任務。」

「…………」

我的身體遭遇「鏡子照不出來」的異狀時，臥煙像是在商量之前就掌握這件事般，派遣影縫與斧乃木過來。當時我認為這是臥煙「無所不知」的表現之一，對她的千里眼感到戰慄，不過揭開謎底就發現沒什麼大不了的，在那個時機點，這個流程似乎就大致排入她的行程表了。

當然，時機這麼恰到好處，應該說很像是她的作風……

「不過，為什麼要做這種事……？不能正常拒絕委託嗎？」

「畢竟沒理由拒絕，而且假設我拒絕，或許只會委託其他專家。這時候按照『敵人』的意思去做比較好，這是我與臥煙學姊得出的結論。」

「敵……敵人？」

不是委託人嗎？

在這個場合，應該是在說委託正弦除掉我與忍的那名人物，所以能夠稱為「敵人」的始終只有我與忍吧？

「並非如此。至少貝木泥舟在你們的城鎮下落不明。我與臥煙學姊都沒有冷血到對此毫無情感。」

「貝木他……？」

這麼說來，臥煙好像說過這種話……情報錯綜複雜，不知道什麼才是真相之類的。

我認為那個傢伙殺也殺不死，昔日和他是同伴的臥煙與正弦，應該更堅定這麼認為吧……只不過既然發生那種事，果然不能視而不見。

「雖說要配合對方的意思，但我們並不是清楚知道對方在打什麼算盤，我們想查明才會這麼做。此外，這同時也是阻止你繼續化為吸血鬼的必要處置，也就是我得像這樣來到這一邊引導你。但因為我才剛扮黑臉不久，所以這部分也請那邊的八九寺小妹協助。」

「我提供協助了。」八九寺說。「這是友情客串。片尾字幕最後出現的那個。因為可以和阿良良木哥哥重逢，所以我義不容辭努力表現，而且不收錢。」

「如果妳為這件事收錢，就是最令我失望的事了……比起下地獄還失望。」

殺我一次，重新來過，只讓我身體「人類」的部分復活……嗎？若是這樣，事先說一聲應該也行吧？

既然沒說，就代表還有某些難言之隱，所以不能事先說吧？

這部分是對付敵人的戰略嗎？

就我的角度無從得知就是了。

「只不過，用妖刀『心渡』殺死的你，如果用妖刀『夢渡』復活，你可能會維持吸血鬼的性質復活，這樣就白忙一場了。為了避免這樣，必須從地獄這邊，由我這個專家介入處理。」

正弦說完跳下香油錢箱。我沒有移開日光，但他著地的時候，他身穿的衣服完全Dress Change了。雖然脫口用英語形容，但他換上的服裝完全是日式風格，而且很應景。

是神主的裝扮。

……能夠這樣一瞬間，而且隨心所欲地換裝，看來靈體這個系統挺方便的。雖然我不羨慕，但他說過得怡然自得或許意外不是謊言。

「沒有修正這一點，就無從應付敵人，這是我與臥煙學姊的共通結論……和誓不兩立的學姊達成這麼一致的共識，我個人感覺怪怪的，總之這部分就率直稱讚忍野的仲介手腕吧。」

「疑問解開了嗎？」

雖然除此之外，我還想問各種問題，但現階段我最想問的是這個問題。

「你說正因為不知道忍野的意圖，所以決定照他的意思去做，也說這是關鍵的一步棋，不過關於這件事，已經得出結論了嗎？」

「很遺憾沒有，但是有假設。要說是我的假設就太厚臉皮了，這部分是臥煙學姊自己的假設。臥煙學姊是這麼想的。忍野至今依然沒現身的原因，就我們看來銷聲匿跡的原因，或許和余弦無消無息消失的原因相同。」

「………？」

這是怎樣？

這只是套套邏輯，等於什麼都沒說吧？

影縫和忍野一樣音訊全無，這種事我不用聽人說也知道……唔，不對，不是這樣。

真要說的話，貝木也下落不明。那麼應該可以相提並論才對。

但貝木是例外，只有忍野與影縫歸為同一類。

這部分有活路……至少臥煙想從這裡找出活路？現狀甚至不知道在和什麼對象戰鬥，她試著在其中找出的解決之道是什麼？

「從這一點來看，臥煙學姊和我的想法有偏差。所以我當時才會叫你找忍野吧？不過看來沒成果的樣子。」

「……朋友正在幫忙找就是了。」

正確來說，只剩羽川一人還有尋找忍野的方法與管道。像是我或戰場原，已經把這方面的門路用光了。現狀我們完全不知道那傢伙在哪裡做什麼，到頭來連那傢伙是死是活都不知道。

只有那個傢伙沒放棄。

我差點認定不可能找得到，不過到了這個地步，真的只有羽川正在調查的海外可能找得到……

「……可是換句話說，即使你假裝被斧乃木小妹殺掉是一齣鬧劇，也只有當時講的那句話沒造假？」

「並不是只有那句話。即使被殺的是人偶，但當時說的大致都是真心話。因為我也不算是擅長腹語術。身為人偶師卻像是被別人操控，決定權掌握在別人手上，這種屈辱嘗起來果然不是滋味喔。當時我心想自己接了一份爛工作，心想事情這樣進展也太如意了。只不過，這股情緒或許有一半是衝著那個彷彿看透一切的男人忍野吧。」

「…………」

「我也想向余弦那傢伙道歉。雖然飾演討厭角色的是我，不過接下討厭職責的是那傢伙。即使是那種傢伙，派式神來殺我的這份工作，也令那傢伙稍微過意不去，耿耿於懷……」

這個神主愈說愈含糊。

總之，這方面我不予置評。

關於影縫的內心世界，某些部分不方便我這個外行高中生涉入……

即使如此，若要我老實說，我覺得以那個人的個性，搞不好比斧乃木還要不在意這件事。

「……這件事，我可以說出去嗎？」

「嗯？」

「說給斧乃木小妹，以及……如果能查明下落，也說給影縫小姐聽。你是人偶師，當時其實沒死……應該說是假死，假活。就我猜測，你不太想公開吧？」

「話是這麼說，不過事到如今，反正遲早會被發現的。這就是所謂的見好就收，應該說該認命了。如果你願意幫忙道歉就幫了大忙。」

「別強人所難好嗎？」

我為什麼非得道歉？

雖然常聽到「幫我向那傢伙道歉」這句話，不過仔細想想就覺得這種委託根本亂七八糟。

這才叫做替死鬼吧？

「要道歉你自己去道歉。你就算不能復活，只要使用人偶就可以隨意回到現世吧？」

「很抱歉，並沒有這麼簡單。死亡果然是一份沉重的罪過喔，光是下地獄還不夠。犯罪就要接受懲罰。」

「…………」

既然這樣，就代表這部分的機制沒有我想像的那麼簡單嗎？雖說理所當然，不過對於正弦來說，自己附身的其中一具人偶在那裡被打成粉碎，即使稱不上是艱難的決定，卻也絕對不是輕鬆的選項。

「所以，能以妖刀『夢渡』即時復活的你相當幸運喔。關於臥煙前輩沒好好說明這部分就殘殺你，我以學弟身分拜託你既往不咎吧。因為在地獄比較方便對你解釋……」

「……哎，沒聽多少說明就被耍得團團轉，這種事我已經司空見慣，所以我不計較，只是……」

「不用擔心。」

我還沒說，正弦就像是要搶先消除我的擔憂般回答。

「你復活之後，臥煙學姊不會要求你幫忙處理什麼難題，你不會面臨這種進展。如果臥煙學姊對我說的企圖不是假的，那麼你只要以人類身分復活就已經完成職責。你可以認定這趟地獄巡禮是去除吸血鬼性質的短期住院。臥煙學姊應該也不想強迫大病初癒的你做牛做馬。即將和敵人對決，得先消除禍根以絕後患，這就是臥煙學姊的目的。不，如果抱著惡意來解釋，或許某方面來說是想拿妖刀『心渡』與『夢渡』試砍吧。」

「…………」

這種想法不無可能……應該說以臥煙的個性，她沒這種想法反倒令人不安。

不過，雖然他的回答和我原本想問的有點出入，但原來不是這樣啊……

跳下香油錢箱的神主，就這麼從容不迫地走到天空垂下的絲線正下方，停下腳步。

然後朝我招手。

「阿良良木哥哥，走吧。」

八九寺也推我一把。這麼一來，我就不得不行動。是的，不得不行動。我現在的心情正是如此。

絲線已經垂到跳起來就抓得到的高度。應該說，這東西雖然不是繩子，卻也不是絲線。

是白色的蛇。

垂下來的是蛇的尾巴。

……要我抓這個？

雖然內心某處覺得要抓的不是蛇頭還算好，不過說得也是，畢竟這裡是供奉白蛇的神社……蛇或許比蜘蛛適任吧。

「阿良良木哥哥，怎麼了？瞧您一副受驚的樣子。被蛇嚇到了？」

「要說沒嚇到是騙人的……不過對我來說，蛇已經算是一種心理創傷了。」

「若您是對千石姊姊的事件耿耿於懷，我認為您用不著這麼自虐啊？」

我這裡說的心理創傷，始終是曾經被蛇的毒牙狂咬到差點沒命的那件事，八九寺卻說出這種話，觸摸到我內心更深層的部分。

「從結果來看，拯救千石姊姊內心的人是那個騙徒先生，但就算他沒介入，只要多花一點時間，阿良良木哥哥還是會拯救千石姊姊吧？我如此深信喔。」

「…………」

「所以關於這個事件，您當成功勞被搶走就好喔。放心，阿良良木哥哥是最強的，我保證。」

我沒有相互較量的意思……而且到頭來，這也不是輸贏或功勞之類的問題，不過八九寺願意這麼說是很好的慰藉。

使我覺得抓蛇也沒關係。

我伸出手，抓住白蛇的尾巴。

抽動了。

居然是活的？

「關於這方面，我也支持這個說法喔，阿良良木小弟。反倒是『敵人』應該也希望如此吧。不是希望你拯救千石撫子，而是希望你多花一點時間。可以說正因為貝木的介入打亂計畫，才會反常地輪到我出馬。在敵人的預定計畫中，你和千石撫子對抗的時間會更久，你會為了拯救她而繼續化為吸血鬼。我的出馬對於忍野來說是保險，不過對於敵人來說也是保險吧。」

正弦在我身旁說。

他在這個距離說話，我終究感受到不同的緊張。

「……這麼說來，我還沒問一件事。為什麼會出現偏移？」

「啊？」

八九寺出聲反應。

「沒有啦，就是必須由妳帶路的理由。為什麼在現世，在北白蛇神社被砍死的我，下地獄之後是在那座公園醒來？妳說過要修正偏移，在修正之後偏移，到頭來究竟是什麼意思？」

「唔～～畢竟沒時間了，我想過乾脆別說明這件事也沒關係，不過您這麼好奇嗎？」

「不到好奇的程度就是了……」

不對。

我知道的。我在拖延。

拖延抓著這條白蛇升天的時間，拖延復活的時間。

不斷往後延。

「可是，我會好奇。既然妳說多虧妳而修正完畢，偏移什麼的我不在意了。不過，如果妳知道那座公園叫什麼，希望妳告訴我。那是我和妳初遇妳的公園，我卻還不知道正確的念法。」

浪白公園。

不知道要念「NAMISHIRO」還是「ROUHAKU」。

八九寺說過兩者皆否，不過老實說，我想不到其他的念法。就算當成國語測驗，這一題解讀題也太難了吧？如果勉強要找其他念法，大概就是「ROUBYAKU」或是「NAMIHAKU」……

「SHIROHEBI公園。」

回答的是正弦。

「追本溯源，正確的念法是『SHIROHEBI公園』。」

「……咦？SHIROHEBI……白蛇？」

「不是虫字旁，是水字旁。不是『蛇』，是寫成『沱』的蛇。『涕泗滂沱』的『沱』——『沱白』。這是那個區域周邊昔日的地名。不知道是哪裡將『沱』寫錯變成

『浪』，才變得這麼難念。」

「『沱』與『浪』……」

要說像……確實很像。

就算不會寫錯，感覺也可能看錯。至少如果在電子字典用手寫方式查詢，這兩個字的「形」相似到會一起列入選字名單。

在日文裡，以兩個漢字組成的詞，發音有時候會倒過來。到頭來，橫書從左到右也是最近形成的習慣，這方面很可能因為經年累月而混淆……白蛇？

白蛇不就是……

「北……白蛇神社……」

「嗯，就是這麼回事。北白蛇神社原本位於那裡喔，所以是偏移。這座神社是移建之後的神社，這件事……你聽說過嗎？」

「啊啊，這個嘛……」

雖然忘記聽誰說的，但我確實聊過這件事。記得是連結出錯，成為扭曲的原因……

「是啊，連結出錯也要有個限度才對。因為這就像是將海神請到山上。但嚴格來說不是海，是湖。」

「湖？」

「所以不是虫字旁，是水字旁喔。」

正弦如此總結，但是另一個地方引起我的注意。湖？這我好像也在某處聽某人說過……

「那麼，阿良良木小弟，該出發了。」

不過在我想起來之前，正弦就開口催促。

「幫我向臥煙學姊問好，也向余接問好。雖然我實在不敢對余接這麼說，但你就連同我的份好好疼愛余接吧。」

「嗯，知道了……」

我反射性地對這種天大的事情打包票，也終於在這個緊要關頭說出真心話。

「……可是，我這種人可以復活嗎？」

011

「嘿呀！」

被打了。

我被八九寺真宵打了。

八九寺就這麼背著背包，沒助跑就往上跳，在跳到最高點的時候緊握拳頭打我的臉頰。

她好歹已經是小學生，毫不留情揮出的這一拳挺夠力的，至少足以將抓著蛇尾的我揍飛。我反射性地緊握蛇尾想撐住這一拳，還以為蛇尾會被我扯斷，幸好彈性（？）還不錯的樣子，只隨著我踉蹌的程度拉長。

「這拳是我的份！」

八九寺在著地的同時放話。

居然是妳的份？

那妳不就只是打爽的？

正弦目瞪口呆。或許他出乎意料不知道八九寺擁有如此積極的一面。這傢伙真會裝。

「慢著……八九寺？」

「請不用擔心，我的拳頭沒事。」

八九寺拳頭不斷開闔。

我沒在擔心這種事。

確實，如果不知道正確的握拳方式，以那種力道揮拳可能會骨折。

不過，這裡是地獄。大家都是不死之身。

被打的我也不覺得臉頰多痛。在這個環境，被金屬棍棒毆打都可以再生，更別說是小學生的拳頭。

不過，借用一個老套的說法，這一拳不是打在身上，而是打在心上。

比起臉頰的痛，胸口更痛。

「接下來依序是戰場原姊姊的份、羽川姊姊的份、神原姊姊的份、兩位妹妹的份、令尊令堂的份、老倉姊姊的份、血洗島姊姊的份。」

「妳應該直到剛才都不知道老倉這個人，卻也貼心把她列入名單，我個人非常欣慰，不過最後那傢伙我至今完全不認識，那是誰啊？」

「還有忍野先生的份、貝木先生的份、影縫小姐的份……」

八九寺屈指計算。一度攤平的手再度逐漸變成拳頭。

話說，妳連貝木的份都要打？

「斧乃木姊姊的份……請您復活之後找她本人打吧。」

「要是被斧乃木小妹打，我會屍骨無存吧？那孩子的破壞力正如字面所述是首屈一指。」

「『我這種人可以復活嗎』？您講這什麼話？」

八九寺一邊說，一邊真的握拳揍我的肚子。

噗咚噗咚。

雖然這麼說，但這次她稍微放水了。

……也可能只有「她自己的份」是認真打的。

「幸好聽到這種喪氣話的人是我。如果是戰場原姊姊，她會回到改頭換面之前，用滿滿的文具修理您喔。」

「…………」

噗咚噗咚噗咚。

打個不停。

感覺毆打次數已經超過人數，但我任憑她打。

「如果是羽川姊姊……大概照例會讓您摸胸部打氣吧，但我沒這麼寵阿良良木哥哥。」

「慢著，妳說照例，但羽川從來沒對我做這種事……為了那傢伙的名譽，也為了我的名譽，可以不要講得好像以往一直有這個慣例嗎？」

不過發生過大同小異的事情就是了。

「怎麼了，阿良良木哥哥？您害怕了嗎？不想復活繼續打造辛苦的回憶嗎？您累了嗎？」

她終於停止毆打，這麼問我。

辛苦的回憶……我當然不想打造這種東西。

正弦說，就算我復活，臥煙也不會要求我幫忙處理什麼難題，但我認為實際上沒這回事（那個人利用他人的手法高明到異常），即使扣掉臥煙的事，想到我復活之後該做多少事，我難免覺得煩。

大學考試也是其中之一。

如今就算復活也趕不上考試，而且這一場地獄體驗，使我覺得塞進大腦應付背誦科目的知識全飛到九霄雲外了。

只是，並非如此。

即使覺得煩，也不是感到害怕。真要說的話比較像是「累了」，卻也不是。

「這麼說來，您剛開始說過『這樣就解脫了』，所以不想留下更多辛苦的回憶？選擇不接關嗎？這遊戲禁止連續投幣嗎？」

「不，我確實有種『緊繃的線斷掉』的心情……」

我看著依然緊握的蛇尾，看著蛇尾連接的天上，同時這麼說。我不認為自己能正確說明現在的心情，但還是盡力而為。

「也不是沒有『終於能死了』的心情。所以面對接關的選擇，我並不是不感到猶豫。總覺得事到如今復活也沒意義，也可以說是倦怠感……」

地獄與天堂。知道這種世界存在之後，活著的意義並不是沒被撼動。

「也就是說，阿良良木哥哥寧願就這樣成為幽靈，把自己定位成在天上守護眾人活躍的立場？」

「居然說立場……不，我完全沒這個意思。」

「您不知道地獄多苦才講得出這種話耶？有時間的話，真希望您參加賽之河原一日體驗營。明明光是能夠復活就真的相當幸運了……」

「…………」

幸運。

對，就是這個。

最先說出口的話語，是我最真實的心聲。

我現在應該不是「不想復活」，而是質疑「我這種人是否可以復活」。

質疑我是否有這種資格。

「該怎麼說……明明除了我，還有其他更應該復活的傢伙，我這種人可以復活嗎？這就是我的心情。並不是不想復活，但是該說插隊、硬搶還是干涉……我覺得自己犯下打破順序的禁忌。」

正如至今的地獄巡禮所見。

當時救忍的人，如果是死屍累生死郎肯定比較好。

救羽川的是她自己——是黑羽川也沒問題。

戰場原有貝木。

雖然八九寺那麼說，不過千石的事件也是，如果我沒多管閒事，到頭來可能僅止於朋友之間的小摩擦。就算不是這樣，交給同世代的火炎姊妹處理，以結果來說或許才是正確解答。

神原所說「第二順位」的感覺。

這半年，我感受得非常透徹。

搶功勞的人，或許出乎意料是我。

說自己是「代打」或許太過分，但「不是我也可以」的想法深植我心。

我這麼認為。

即使如此，拯救她們的這個角色，我還是不會讓給別人飾演吧。不會讓給第一順位或是初代的他，只要面臨相同的局面，我就會做相同的事。

既然這樣，在我不講理地封鎖道理之前，我應該被封鎖在地獄吧？我無論如何都會這麼想。

有一次，我想把生命獻給吸血鬼。

有一次，我想為了羽川而死。

戰場原也是，在她改頭換面的現在，就算我死了，她也能活下去吧。

既然這樣……既然這樣，我應該要有自知之明，乖乖死掉才對吧？

「有喔。」八九寺說。「阿良良木哥哥擁有復活的資格。您有這種程度的資格。因為您至今的所作所為足夠擁有這種資格吧！是的，我很清楚您至今的所作所為！」

「………」

「和我分開之後的這半年，我想您各方面都很辛苦，但是以您的個性不會這樣就受挫吧？您不復活的話要換誰復活？毋庸置疑，您是第一順位！要是滿嘴這種喪氣話，我會討厭您喔！」

八九寺說到這裡深呼吸。

這是長台詞的起手式。

我做好聽到底的覺悟。無論是多麼嚴厲、多麼殘酷的說教，我都做好承擔這一切的覺悟。

「阿良良木哥哥，您聽好了。我認識的阿良良木哥哥喜歡少女、喜歡幼女、喜歡女童、喜歡裙子內裡、喜歡女生腰線、喜歡大奶、喜歡被粗魯對待、喜歡大隻妹、喜歡小隻妹、喜歡熟女、喜歡上半身赤裸、喜歡燈籠褲、喜歡學校泳裝、喜歡班長、喜歡男孩子氣的女生、喜歡貓耳、喜歡運動少女、喜歡繃帶少女、喜歡內褲、喜歡舔眼珠、喜歡跪在地上被踩、喜歡A書、喜歡騎肩膀與被騎肩膀、喜歡被女友虐待、喜歡整理學妹房間、喜歡剪女生頭髮、喜歡一起洗澡……」

「等一下，慢著慢著慢著慢著，我的心快要被重挫到一蹶不振了！」

面對的物量超過我的覺悟。

這傢伙到底多變態啊？死掉比較好吧？

想訓話激勵卻反倒害我更不想復活，這是怎樣？

既然講到這種程度，如果沒在最後好好扳回一城，我也很難回心轉意喔。

拜託了，喂。

雖然我這麼想，但八九寺違反我的期待，在這段長台詞的最後，她說出口的是令人期望落空、掃興、乾脆，對我來說如同理所當然，理應具備的嗜好。

「而且是最喜歡活在世間的人吧？」

不過，這樣就好了。

她理所當然地說出理所當然的事。

只要這樣就好了。這樣就夠了。
過於理所當然而忘記至今的事。
死了又死，每次都九死一生，因而完全忘記的事。
「活著真好」。
明明總是這麼認為的。
明明再怎麼裝自虐、裝可憐，我也沒謙虛到以忍氣吞聲的方式活在世間。
「說得也是……如果沒活下去，也沒辦法寵愛少女了。」
「啊，不，我想表達的不是這個意思。」
八九寺不敢領教。
這傢伙的進退拿捏得真明確。
不過，也有這麼回事吧。
即使地獄存在、天堂存在，活著的意義也絕對不會消失。
「活著的意義被撼動？我竟敢講這種話。光是活著就具備足夠的意義吧？既然喜歡活在世間，那麼光是這樣就好了。因為可以喜歡上各種不同的人事物。」
「但您的文理聽起來好像有點語病就是了。」

「嗯……」

此時，我再度握住蛇尾。

以雙手握緊。

接著，我看向完全被晾在旁邊等待的正弦。

「該不會是要我爬這個上去吧？」

我問。

「我終究沒有這麼強的攀爬能力……」

「不用擔心。你不是聽過了嗎？並沒有什麼復活的考驗。只要我這邊給個信號，臥煙前輩就會在另一邊拉你上去，就是這種感覺。你只要握穩蛇尾別放手就好。不過機會還是僅此一次，希望你小心千萬別手滑了。」

「……如果我手滑呢？」

因為順著鱗片生長的方向，要說滑確實很滑的樣子……

「天曉得。大概會墜落吧？在火焰裡持續墜落兩千年吧？所以雙手要抓穩，絕對別鬆手。」

「知道了……受你照顧了，正弦……正弦先生。」

「事到如今不需要必恭必敬喔。何況對我來說，你依然是不死之身的怪異，是私怨未了的敵人。只要你繼續想保護姬絲秀忒・雅賽蘿拉莉昂・刃下心，你就是我的敵人。」

「即使如此……」我說。「這次還是受你照顧了……因為我沒想過可以像這樣和你說話。將來有空的時候，我想再好好靜心和你聊。」

「……如果要一邊廝殺一邊聊，我不在意。」

「嗯……八九寺。」此時，我將視線移回八九寺。「妳今後有什麼打算？」

「啊？」八九寺裝傻般歪過腦袋。「我嗎？我的工作就此結束，所以目送阿良良木哥哥離開之後，我會回到賽之河原過著每天堆石頭的日子喔。」

「堆石頭……」

「哈哈哈，請不要這麼同情啦。雖然不輕鬆，而且老實說，我不記得自己傷天害理到必須做這種事，難免覺得罰則過於墨守成規，不過，雖然不是人類時代的行徑，但我徘徊世間十一年也挺內疚的，所以我會當成贖罪完成這份工作喔。我會把這份罪贖清。放心，我遲早會接受地藏菩薩的拯救，幸福地投胎轉世。」

雖說要贖罪……但八九寺長達十一年的迷路，肯定並非一定得接受制裁。

應該說，對於十歲的少女來說，比起在賽之河原堆石頭，迷路的這十一年更像是身處地獄的時間吧……

「說不定，我會投胎成為阿良良木哥哥與戰場原姊姊的孩子喔。」

「這還真沉重啊。」

「沉重嗎？具體來說約五千公克嗎？」

「不，我並不是在說新生兒的體重……」

「總之，如果阿良良木哥哥在我投胎之前先下地獄，到時候再一起玩吧。」

「不准以我會下地獄為前提講話……」

既然已經下過一次地獄，感覺這幾乎是既定事項……哎。既然確定死後會下地獄，或許反而會成為活下去的動力。

「那麼……」八九寺揮手說。「其實很想和上次一樣吻別，可是斧乃木姊姊不在，所以不夠高。」

「就叫妳別講這種事了……」

正弦都一臉疑惑了。

他在質疑我的品格。

雖然不是想要掩飾，但我慢半拍看向正弦。

「可以了。」我催促說。「隨時都可以給信號送我走。」

「嗯。雖然應該還有一些沒問到的問題，但這部分等你復活再找臥煙學姊補充吧。那就開始倒數讀秒喔。10，9……」

大概也是換裝的一環吧，正弦不知道從哪裡取出大幣左右擺動，隨著擺動的節奏開始讀秒。（註5）

看他這麼做，總覺得與其說是天上垂下蜘蛛絲，感覺更像是高空彈跳的逆向版本。比起像這樣握住，綁在腰際或許比較好。

不過即使是讀秒，依照念法也可以成為驅魔淨身的一種方式吧。

「8，7，6，5，4，3，2，1……Fire！」

不知為何，只有最後像是火箭發射的暗號。實際上，我被往上拉的速度就是這麼快。

雙腳離地，我真的差點手滑。

我想起斧乃木的「例外較多之規則」。不，正因為對她這一招習慣到某種程度，

註5　日本神社神主的祭祀用具。也稱為「大麻」或「祓串」。

我才承受得住離地瞬間的衝擊吧。

承受得住。

此時，我和八九寺四目相對。

「啊……」

八九寺面帶笑容目送我。

一臉大功告成的滿足表情。

大概是工作完成的關係吧。不過是工作嗎？

她說過她沒收錢。

先不提這個說法是否適當，換句話說，明明沒任何好處，也不是自己能因而復活，八九寺卻像這樣協助我復活。

沒錯。

雖然八九寺說應該復活的第一順位是我，不過至少我搶先八九寺復活了。

「八……」

這次將是第幾次和八九寺真宵道別？

「八……八九寺～～！」

我如此心想，腳在同一時間往前伸。

雙腳。

沒有深思熟慮可言，也不是基於犀利的遠見，更絕對不是從蜘蛛絲的故事得到啟發，試著逆向操作。

真要說的話，只是我的腿長了點。

「咦？呀啊，呀啊〜〜！」

八九寺發出哀號。

畢竟身體突然被夾住，就算不是少女也會發出哀號吧。何況就這樣被捲入逆向高空彈跳升向天空，驚嚇程度更不用說。

我以雙腳夾住背著大背包的雙馬尾少女，就這麼被拉往上空。北白蛇神社以及我們的城鎮，轉眼之間縮小到像是航空地圖。

「啊啊，阿良良木小弟，最後一件事！」

此時，遙遠的地面傳來聲音。

正弦的聲音。

雖然已經看不見，但不知為何，只有聲音傳入耳中。或許他擁有的音量超乎常人，也可能是半人半妖的技能。

「我再說……最後一件事就好！除掉化為吸血鬼的你以及姬絲秀忒・雅賽蘿拉莉昂・刃下心，委託我這麼做的『敵人』是誰，就由我告訴你吧！」

我雙手握著白蛇，雙腳夾著少女，聆聽他說的名字。

如同產生都卜勒效應，這個名字奇妙地在我耳裡迴盪。

「扇——忍野扇！」

012

接下來是後續，應該說是結尾。

與其說結尾，不如說重新開始，而且雖說是後續，實際經過的時間也還不到一天。在北白蛇神社境內醒來的我立刻看手錶，發現我在這裡被臥煙砍殺，是不到一分鐘之前的事。

三月十三日。

早晨七點多。

「真是的……居然將八九寺小妹帶回來、憑附回來，曆曆，你這傢伙總是遠超過我的期待。原本等你平安復活，我打算讓你下台一鞠躬以免繼續妨礙我，不過這麼一來，我就不得不對你抱持更進一步的期待了。」

悠哉又熟悉的語氣。轉身朝聲音方向看去，位於那裡的果然是剛才殺害我的凶手——臥煙伊豆湖。

不過，她身處的狀況不像她悠哉的語氣般平穩。因為她的脖子上架著長長指甲的手指，左右手各十根。

臥煙盤腿坐在主殿階梯處笑咪咪的。她身後是維持剎那就能割開她喉嚨的姿勢，高眺白皙的吸血鬼。

美麗無比的金髮金眼。

豪華禮服底下是修長的四肢。

鐵血、熱血、冷血的吸血鬼。

怪異殺手——活了六百歲，怪物中的怪物。

姬絲秀忒·雅賽蘿拉莉昂·刃下心——的「完整版」。

「總之曆曆，可以請這位美女收回指甲嗎？我以絕對會讓你復活為條件，拜託她暫緩行刑……不過我的天啊，沒想到這孩子氣成這樣。」

即使處於命在旦夕的危機，臥煙依然一派從容。

「喲，汝這位大爺。」

忍（雖然不知道是否可以這麼叫她，總之是忍）看見我起身，也露出淒愴至極的笑容。

……說得也是，既然我的吸血鬼性質完全被「砍掉」，忍野忍必然會取回完整的吸血鬼性質。雖然曾經斷絕連結，也曾經將彼此的吸血鬼性質提升到極限，不過像這樣看見完美形態的忍，魄力果然大不相同。

不是透過影子的連結斷絕，是主從關係本身完全斷絕了。

即使如此，她依然願意稱呼我「汝這位大爺」的樣子……只不過，幾乎從春假之後就再也沒見過的姬絲秀忒·雅賽蘿拉莉昂·刃下心完整形態，反倒令我緊張起來。

緊張。

或許也可以改為「緊迫」。

「喀……喀喀！怎麼啦，汝這位大爺？不照例玩吾之肋骨嗎？」

「不，這在視覺上終究……不對，我不記得做過這種事。」

「哼。總之，免於無謂之殺生或無益之砍傷了嗎……不過吾第一次看見『夢渡』之發動……」

忍說著，雙手離開臥煙的喉嚨。

看來如果我沒復活，她真的想殺掉臥煙……果然不能放這傢伙亂跑。

忍就這麼大步走向我。不經意以強調胸部般的模特兒台步走過來。

「蠢蛋。吾擔心死了。」

她說著用力摸我的頭。

……這麼說來，我好像是第一次被忍摸頭。

「而且吾擔心到最後，汝還從地獄擄回一名少女……實在亂來。」

「沒……沒有啦，該說是忍不住出手嗎……」

「在這個世界上，最不能忍不住出手之對象即為少女吧？」

聽她這麼說，我無從反駁。

但我實際上是出腳就是了……我看向依然被我穩穩夾住的八九寺。少女癱軟昏迷，大概是沒能承受逆向高空彈跳的衝擊吧。

看來她依然不擅長面對逆境。

話說，怎麼辦……

我從地獄帶她回來了。

「我說忍，這怎麼想都不太妙吧……」

「那當然。要自首汝自己去。」

「不要這麼冷漠啦。我不是這個意思，這麼一來，八九寺是不是又滿足『闇』的發動條件……」

「曆曆在『這方面』算是表現得很好。」

臥煙走過來了。

她的腰帶別著兩把妖刀。這樣的打扮莫名上相。

「原本把你送進那裡，純粹是要去除你的吸血鬼性質，沒有去除病根以外的意圖。不過多虧曆曆的夢幻表現，接下來的對決應該可以占不少優勢喔。迷路的少女，我一直想要這顆棋子。」

「……………」

「稱為『棋子』很失禮嗎？我沒特別的意思就是了。總之，改稱為『武器』也行。戰鬥用的武器。所以我再怎麼道謝都不夠……不過這麼一來，大概非得請曆曆，以及不用再加上『前』字的姬絲秀忒．雅賽蘿拉莉昂．刃下心，當然也要請八九寺小妹稍微幫忙了。總之……曆曆先去考試吧。」

她這麼說。

「要……要我去考試……」

慢著，這裡是有吸血鬼、幽靈少女以及雙刀專家的神社，要我突然像這樣回歸日常也太奇怪了。

「因為學生的本分是讀書喔。現在趕過去應該綽綽有餘吧，加油。」

「總……總之，我會努力。」

我在地獄的時候，這邊的時間完全沒經過，我完全沒想過這種事……不過既然趕得上，那我當然義不容辭。我就竭盡所能發揮戰場原與羽川鍛鍊出來的學力吧。

雖然身心狀況不算好，但人類只能以現有的武器戰鬥。

「曆曆就從明天開始行動。放心，一切都會在畢業典禮之前結束喔。武器已經到齊。雖然直到今天都被壓著打，但我們終於完成準備，就來做個了斷吧，曆曆。好巧不巧，明天就是白色情人節，昔日白蛇統治這座城鎮的物語，應該很適合在這個日子完結吧。」

臥煙露出不像她個性的好戰笑容說。

「開始反擊！」

第六話　黑儀・約會

SENJYOGAHARA HITAGI

001

我愛戰場原黑儀。我毫不害臊就敢這麼說。問我為何敢這麼說？因為這是事實。無須其他話語，也無須其他道理。詳細說明只會讓我覺得荒謬，我的心意就是如此明確。

不過，這種個性的我居然會將別人放在自己內心這麼重要的位置，我一年前完全沒想過這種事。比起吸血鬼的存在，比起地獄的存在，我更難以相信這種事吧。進一步來說，這或許是難以原諒的事。

我居然會愛上某人，這種事聽起來比都市傳說還要假。

我害怕喜歡上某人，害怕愛上某人。

如果不怕招致誤解，我可以說我甚至避諱遭遇這種事態。

至今我依然不擅長建立人際關係，但如果這種個性令我選擇刻意迴避他人，那我可以說自己到現在表現得還挺不錯的。

那麼，我為什麼像這樣沒膽去愛別人呢？簡單來說，應該是因為我寵愛自己。我害怕失去這個可愛的我。

害怕改變。害怕被改變。

我想應該是這麼回事。

話說在前面，這個想法本身至今也沒什麼變。

我知道，人與人的交集就是這麼回事。愛上某人與憎恨某人差不多，都是這麼一回事。

到頭來，必須拋棄寵愛自己的情感，才能去愛自己以外的某人。

關於這一點，或許反倒是戰場原黑儀比我更加認同吧。

而且，我認為這樣就好。

她的愛情如果只留給自己，大概太沉重了。

分一半給我剛剛好。

有人說過，如果沒有一個人獨力扛起來的意願，那麼即使兩個人協力也扛不起來。她的愛情肯定應該像這樣分享吧。

我如此想像時驚覺一件事。

我愛戰場原黑儀。我毫不害臊就敢這麼說。

不過相對的，我或許從某個時候，失去了寵愛自己的情感。

我是否能夠像是愛她一樣愛我自己？
如果答案是否定的……
那我身為人類，應該等同於已經死亡吧。

002

「我們去約會。」
戰場原黑儀這麼說。
不對，以這句話開場有點唐突過頭，或許各位聽不懂她在說什麼，所以我補充一點詳細的說明吧。
這天是三月十三日。
也就是我因為生前的所作所為而下地獄，緊接著多虧平常的所作所為而成功復活的日子。進一步來說，是我以癱軟無力的身心狀態（我妹火憐大概會斷言這是最佳的身心狀態）接受第一志願學校的考試，完成「總之答案卷全寫滿了！」這個目標當天的傍晚。繼三年前報考直江津高中之後的這場「大考」令我精疲力盡，不禁心想與其落得這種下場不如再下地獄一次，拖著狼狽的身體返家一看，在阿良良木家門前等我的是戰場原黑儀。

我的女友。

順帶一提，我這天並不是第一次見到戰場原。早上也共同行動過一次。應該說為了避免我被捲入無謂的麻煩事，她如同隨扈形影不離送我到報考的學校。在路上，她的右手總是插在口袋，我很希望絕對不是因為她隨身藏著武器……而且到頭來，她還沒來保護我之前，我就已經被臥煙切片，被捲入這個千載難逢的麻煩事了，但是不知道是否多虧戰場原送我，我在路上沒被捲入其他的麻煩事，如前面所說，得以寫滿答案卷。

回想起來，這一年左右的時間，戰場原和羽川一起陪我溫習功課……追根究柢，將「能畢業就好」這句話掛在嘴邊的我，考大學的動機有九成是「想和女友戰場原上同一所大學」，所以基於這層意義，也可以說我多虧她才得以報考，我不可能不給她好臉色看。

所以即使再怎麼疲累，精神再怎麼耗盡，我回家想做的第一件事也是要打電話給戰場原。豈知她如同先下手為強，如同搶得先機般站在我家門前。

我後來得知，這時的戰場原自認是以忠犬八公的心態在等我，不過就我看來簡直是野盜的埋伏。之所以這麼說，也是因為她雙眼隱含的光芒，從任何角度看都不是『阿良良木，你辛苦了！』而是『你這小子有膽回來了？』般目光炯炯。我在自家門前卻步也算是在所難免。

怎麼回事？雖然我還沒說，但她從別處打聽到早上我下地獄的事件嗎……難道臥煙在推特發文（感覺有可能）？我不能讓她擔心，應該說這件事單純會惹她生氣，所以我決定考完再說，沒在早上那時候說……不過以女友立場來看，男友下地獄應該是相當震驚的消息，我可以理解她表情為何這麼嚴肅。

我下定決心，抱持「還有一場仗要打……」的志氣，一邊慎重擬定名為「解釋」的謝罪一邊走過去。

然後，戰場原以和視線差不多的嚴肅語氣，或是以她昔日的標準語氣，和音調或重音無緣的平淡語氣開口。

「我們去約會。」

她這麼說。

是的，在六月，第一次和戰場原約會的那時候，她也是像這樣邀我……

「不對。不是這樣。」

依照我的記憶，後續的這句話或許也是完美重現。

「哪……哪裡不對？」

我臉紅心跳地回應。

阿良良木小弟常保新奇的反應。

這樣的我真可愛。

「沒有啦，畢竟好久沒有這種正常戲分，所以我忘了自己的角色設定。」

「…………」

講得好像斧乃木。

不過以那孩子的狀況，她就算有戲分也會失去自己的角色設定，算是很罕見的配角……

有戲分的配角與沒戲分的主角，哪一種比較好？

「我是什麼樣的傢伙？」

「這台詞真沉重……」

「記得是恣意揮動釘書機與美工刀的冰山美人？」

「要是回頭重現那麼久之前的個性，剛考完試的我，就非得從現在開始進行考前猜題，應付妳這個難關了……」

我提到考試的話題，所以滿腦子認定戰場原會在這時候問「啊啊，話說考得怎麼樣？有把握嗎？」這種問題，事到如今我給她消極的回答也沒用，所以我會回答「盡力而為了」並且向她道謝……我像這樣在心中模擬後續進展，但是對話方向沒照我的計畫走。

「給我一起去約會。」

戰場原如同不知道我剛考完試，重複這麼說。

雖說重複，但語氣變了。變得更強硬。即使是在改頭換面之前，真的是恣意揮動釘書機與美工刀，在這個年代可能要稍微管制的角色個性，都不會使用如此暴虐的語氣。

「給我一起去約會」？

這是單純的威脅吧？

「戰……戰場原小姐，妳是不是沒抓到自己的角色個性啊？」

「明天。」

我的這句吐槽，也就是將女友莫名其妙的發言當成搞笑收下，對她這番語氣展現的貼心被她斷然無視，回歸於無。

戰場原說「明天」。

「阿良良木，全力活用明天這一天，進行半年份的約會吧。聽得懂我在說什麼嗎？」

「不，很遺憾，完全聽不懂……」

雖說是男女朋友，卻遲遲沒能心有靈犀。若要把戰場原當成建立搭檔關係的對象，難度還是很高。

這也意味著她是聊再久也聊不膩的對象，原本應該歡迎這種事，不過在局面如此緊繃的狀況，這將成為引發意外的負面因了。

「那我就講解給你聽吧。像是副音軌那樣。」

「…………」

這部分我很少參戰所以不知道，但我聽說副音軌沒什麼在講解動畫本身……

而且可以的話，我現在希望妳講解的是我剛才考試的答案……但我在這種氣氛實在說不出這種話。

與其說氣氛，應該說寒氣。

雖說已經三月，但還是很冷⋯⋯

不過，戰場原似乎也不是完全忘記我在考大學。

「首先阿良良木，你辛苦了。」

此時，她終於出言慰勞。

雖說慰勞，但聽起來無論如何都有挖苦的感覺，總覺得像是在生氣⋯⋯

「直到今天都那麼努力，就算沒獲得相應的結果，也沒什麼好丟臉的，你已經盡力而為了。」

「不要以落榜為前提講下去好嗎？妳這樣不是慰勞，是安慰。不要埋安慰的伏筆。我什麼都還沒說吧？在結果出來之前還沒結束吧？」

「不，已經結束了。」

她堅持這麼說。

看來戰場原內心已經完全決定該走的方向，無論我說什麼都不可能變更路線。

既然這樣，我這時候也只能堅守「看」的立場吧。

在說什麼都沒用的時候，人應該保持沉默。

「你的戰鬥到此為止。」

「…………」

「所以阿良良木，我希望這半年來一直自制的約會活動可以重新開始。我要用光累積的點數。好巧不巧明天是三月十四日，是白色情人節。是最適合約會的紀念日。」

「…………」

「啊，你在想『我討厭紀念日』對吧？」

為什麼我沒講她也知道？

天底下有這種單方面的心電感應嗎？

不過這麼一來，即使是我疲累的思考能力也終於看出端倪了。原來如此，是這麼一回事啊。

戰場原絕對不是語出驚人，反倒是直接對我提出極為正當的要求。

考完試完全不留空檔就提出這個要求，她的敏捷度堪稱和改頭換面之前完全沒變。是的，從去年五月開始交往到現在，雖然因為當家教等因素，所以共處的時間很多，不過老實說，我與戰場原只進行過幾次像樣的約會。而且大都是第一學期的事，具體來說，我正式開始準備考大學之後，連一次都沒約會過。第二學期之後，我們這對高中情侶的交往形式要說相當節慾也不為過。

剛才提到，因為當家教等因素，所以無論在學校還是家裡，我們在相同場所共處的時間很長，卻完全沒有去哪裡遊玩或旅行。

我的立場是考生，戰場原的立場是要教導這個不成材的男友兼學生，所以彼此忍耐至今。除此之外，第二學期後半還有千石的事件，我與戰場原的生命都面臨極度危險，無法奢求約會的狀況持續了很久。

想說這個異狀（在我討厭的騙徒協助之下）終於解決沒多久，我的身體就逕自開始吸血鬼化……麻煩事接踵而來，準備考大學的期間完全沒有喘息的餘地。

「阿良良木，我們的畢業典禮就在後天喔。」戰場原說。「換句話說，這樣下去的話，我們幾乎沒約會多少次，就要結束繽紛的高中生活了。這樣不是很悲哀嗎？」

「哎，聽妳這麼說就……」

「學校在第三學期也幾乎沒課，所以時間轉眼即逝。俗話說得好，一月離、二月逃、三月去。」

「第三學期確實一轉眼就結束了。」

「俗話說得好，四月奔、五月GO、六月往、七月失、八月快、九月驅、十月快走、十一月縱走、十二月師走。」

「等一下，十二月太奸詐了吧！」（註6）

「我們雖然在交往，卻很少做情侶會做的事，就這樣從高中畢業。我要怎麼對將來的女兒講這種事？」

「居然提到女兒，妳這個問題好沉重。」

「哎呀？阿良良木比較喜歡男生？」

「不不不，我不是在講生男生女的喜好……」

「我連名字都想好了。」

「真的很沉重耶……」

昔日因為沒有體重的煩惱而受盡折磨的她，意外說出這種重量級的話語。

「順便問一下吧，妳想取什麼名字？」

「翼。」

註6　日文漢字的「師走」是十二月的別名。

「太重了太重了太重了太重了太重了！」

羽川也肯定會說太沉重了！

女生之間的友情不應該用這種方式發揮！

「所以……」

戰場原隨口回到正題。

這方面的品味是她專屬的。

「阿良良木，明天要一口氣進行這半年份的約會，也就是精華版。要進行我們高中生活的總集篇。」

「居然說總集篇……」

不存在的東西要怎麼剪精華？我難免這麼想，但也知道她想做什麼。

簡單來說，正因為現在考完試，所以想進行一直克制至今的約會，既然這樣就做好萬全準備，選在明天的白色情人節約會吧。這就是她的意思吧。

「阿良良木，我已經掌握證據了。」

「咦？」

我這裡的「咦？」不是在問「妳說的『證據』究竟是什麼」，而是「這個說法究竟是什麼意思」，但戰場原似乎解釋為前者。

「看來你的身體復原了。」

她說明剛才那句話的意思。

「……？啊啊，不……」

一瞬間，我聽不太懂「復原」的意思，但終究很快就知道，她在說我因為下了一次地獄回復為人類，原本不可逆的吸血鬼化體質順利復原。

發生在我自己身體的事，我當然知道。

可是，戰場原為什麼知道？

「因為，我送你去大學的途中，道路轉角的鏡子確實照出你的身影。」

這傢伙真機靈。

我想晚一點再說明所以隱瞞至今，但戰場原似乎也認為我即將應考的那時候不應該講這件事，所以保持沉默沒問。我們彼此意外都是很貼心的類型。

「換句話說，包括考試與體質，你掛念的事情都結束了吧？都完結了吧？那肯定沒理由猶豫和我約會。若要解除『絕約會』的狀態就要趁現在。」

「『絕約會』的狀態……」

這麼拗口的自創詞，她居然講得這麼順。

靈感來自『初約會』嗎？

不過……若問我掛念的事情是否結束，這兩件事確實已經結束……

不，這時候講這種事也沒用。

問題並不是在於有沒有猶豫的理由。我也很想和戰場原約會。我身為健全的高中生一直克制至今。真要說的話，我甚至想要現在就從這裡出發去約會。

若她真的這樣邀我，我或許會要求今天終究讓我好好休息（我不只是精疲力盡，現在又完全缺乏吸血鬼性質，也就是體力回復的速度明顯下降……更正，是回到正常水準），但如果是明天，也就是讓我休息一晚，老實說，無論是多遠的地方我都想去。

臥煙的事。

影縫的事。

八九寺的事。

姬絲秀忒·雅賽蘿拉莉昂·刃下心的事。

以及……「她」的事。

我該掛念的事情其實依然比比皆是，此外，如同直到回家都算遠足，直到考試結果出來都放不下考生心態。既然身分還是高中生，就要做高中生該做的事。我想好好珍惜自己這樣的心態。

一旦下定這種決心，我也不能遲遲不做判斷。必須當個男人中的男人回應她的心意。

「所以阿良良木，和我約會吧。」

戰場原似乎終於想起適當的語氣，重新這麼說。不，這種語氣絕對不適當，但我回想起剛交往的那時候，心情指數爬得挺高的。

「要是不約會，我就當場咬斷舌頭。」

「…………」

指數筆直下墜……

「你再也沒辦法和我舌吻喔。」

「要是妳咬斷舌頭，事情應該沒這麼簡單吧……」

不過如果是以前，她威脅咬斷的會是我的舌頭，這麼想就覺得戰場原黑儀現在真的變可愛了。不過個性應該也不是單純變得圓融吧。

原來如此，我與她都不能永遠待在相同的位置。

必須畢業。

也必須前進。

她說我討厭紀念日，我也真的很討厭，不過只有明天不能講這種話。這恐怕是高中生涯最後一次約會，就容我好好表現出高中生應有的樣子吧。

「戰場原，我知道了。與其說是總集篇，不如說是總結。就徹底利用明天一整天的時間，進行半年份的約會吧。」

「啊，對不起，一整天的話不太行。我晚上有事。」

我垂頭喪氣。

掃興到令我差點崩潰跪倒。

「所以，大概是從大清早到傍晚。放心，所有計畫都存在這裡了。」

戰場原說著輕敲自己的太陽穴周邊。這個動作看起來很聰明，但是說到戰場原的約會計畫，我不免難掩一絲不安。

因為在第一次約會的時候，就演變成天大的狀況……雖然這麼說，但要求變更現有計畫也會糟蹋她的心意，令我過意不去，那我只能期待她在這方面也變得「可愛」了。

總之既然這樣，我明晚之後也按照預定計畫行動吧。

是的，按照預定計畫行動。

「收到收到……阿良良木收到了。話說回來，妳明晚有什麼事？」

我不以為意地詢問。

「因為，明天不是白色情人節嗎？」

戰場原說出如今眾人皆知的事。

「所以晚上要和爸爸共進晚餐……」

她接著這麼說。

「…………」

這也是沉重到不知該如何接受的回應。

003

「約會？明天？喂喂喂，這種事拜託早點說，太突然了啦。我這邊也有自己的事情要忙喔。不過沒辦法，畢竟是為了鬼哥哥，我會勉強把時間空出來。」

「慢著，為什麼預設要當個跟屁蟲？妳究竟是什麼立場啊？」

我目送戰場原離開，得意洋洋地進入阿良良木家，慢吞吞回到自己二樓的臥室，在房內等我的是同居人，現在借住阿良良木家的式神女童——斧乃木余接。

她這個人偶，明明以「妹妹的布偶」這個設定待在我家，最近卻相當大方到處跑，今天也自由地在我房間，在我床上，看著我買的漫畫（還比我先看）悠哉打發時間。

用不著空出時間，到頭來，她這副模樣看起來根本是世界最閒的女童。

「有個怪女生在家門口等鬼哥，所以我扔著不管，不過那是怎麼回事？」聽到她這麼問，我據實回答。不過影縫將她留在這個家，應該是要她負責擔任我的貼身護衛才對，既然家門口有怪女生就不應該扔著不管吧？

而且現在的我有很多事該對斧乃木說。劈頭就報告明天決定約會也很奇怪。

不過，要從哪裡又如何說起呢……臥煙看起來沒刻意要我保密，正弦甚至拜託我代為道歉……要是我在這時候對斧乃木一五一十說出今天早上體驗的地獄巡禮，不會妨礙到臥煙現在擬定的計畫嗎？我內心某處殘留這樣的不安。

只是即使如此，身為當事人的我，覺得斧乃木應該要知道關於正弦的那些祕密……好啦，這下子怎麼辦？

「嗯？鬼哥哥，簡稱鬼哥，你怎麼了？」直盯著我的臉。我臉上憑附了什麼東西嗎？因為我是憑喪神。」

「沒有啦，那個……」

我下定決心說。在斧乃木說太多好笑的笑話之前說。

即使不可能消除所有的擔憂，但因應明天的約會，還是應該先把能完成的事情完成吧。

「斧乃木小妹，我要講一些正經事，可以嗎？」

「我總是很正經喔，沒講過正經事以外的事。大家都說我正經到卍字固的程度喔。」

就算她面無表情用死板語氣這麼說，也完全沒有正經感，而且她講出音近的

「卍字固」基本上就不正經了，就算不是這樣，她到頭來也完全在說謊，但我當成沒聽到，先簡短整理出可以提到的部分，向斧乃木說明今天早上造訪北白蛇神社之後的一連串冒險經過。原本擔心突然全部說明會說太久，但是整理之後就發現事情本身意外地很快就說完了。

即使我自己感覺真的是長達兩千年的旅程，但實際上是一瞬間發生的事，所以告訴他人的時候或許就是這麼短吧。花費的心思並非絕對和時間成正比。

「是喔～～」

而且斧乃木的反應很平淡。

不值得跟這種聽眾聊冒險過程。

「向布偶計較值不值得？這樣不太對吧？我也只有『放任鬼哥在外面逍遙，結果這傢伙居然又被捲進麻煩事』這種感想。」

「慢著慢著，正弦是製作妳的其中一人，妳聽完他的事情毫無感覺嗎？他還要我代為向妳問好耶？」

「沒什麼感覺。我說過吧？別對我要求這種人類的情感。無論那傢伙原本就是死的，或是就某方面來說是不死之身，或是他在現世是個活人偶，我至今所作所為的意義也不會改變。」斧乃木聳肩說。「對鬼哥的意義不會改變。」

「…………」

「哎，以鬼哥的立場大概有各種想法，也有種得救的感覺吧……但如果堅持要我說感想，這個嘛，我個人只覺得有種火藥味。」

「嗯？火藥味？」

我不太懂「火藥味」這個詞的正確意思（火藥是什麼味道？），但好歹知道不是什麼正面的意思。斧乃木面無表情，也就是無法從表情解讀內心，所以和她對話必須具備高度的溝通技能。

「沒事。我只是在想，這件事到哪個部分還在臥煙小姐的掌握之中。我和臥煙小姐幾乎只透過姊姊來往，所以老實說，我不知道那個人多麼老謀深算……或許連鬼哥帶小八回來都在她預料之中，她只是假裝嚇到而已。」

「居然叫八九寺『小八』……」

妳們都被副音軌影響太深了吧？

拜託，不要在我不知道的地方玩得這麼開心。

「坦白說，現在副音軌的數量反而比較多了。」

「別這樣。不准坦白說。」

「而且到頭來，我不相信『地獄』這種概念……或許只是鬼哥臨死之前看見的幻覺吧？」

「幻覺？所謂的『瀕死體驗』嗎？可是……」

「或者是……臥煙小姐讓你看見的幻覺。多想幾種可能性之後，有沒有開始覺得可怕了？」

「…………」

雖然開始覺得可怕……但這孩子為什麼要故意講得令我害怕？嚇我有什麼好玩的？

「唔～～不過別人受驚的樣子，基本上光看就很好玩吧？」

「妳個性太惡劣了吧？不准胡鬧，我會生氣喔。」

「別人生氣的時候，是最好玩的時候。心情會亢奮。像是被說教的時候，表面上會裝出正經的表情，內心卻是在想『唔哇，這個人在生氣耶～～失去理性了耶～～』露出笑容對吧？」

「天底下沒有比妳更值得生氣的對象！」

明明不會露出正經表情或笑容。

明明不只是面無表情，根本是死後僵直。這孩子真令人傷腦筋。

但就算露出傷腦筋的表情，她肯定也覺得很好玩吧。

「總之，反過來說，想到或許總有一天還見得到正弦，我也不會明顯感到抗拒啦。所以關於你告訴我這件事，我就說聲謝謝吧。」

「這樣啊……總之，既然妳願意說聲謝謝，我也算是得到回報了。」

「愛卿辛苦了。」

「這是哪門子的特別致謝？」

「不過對我來說，另一件事才重要。」

斧乃木切換話題。確實如她所說吧。既然斧乃木的「製作者」之一——正弦的事情已經說完，同樣是「製作者」之一，又是她這個式神的主人——影縫的事情，我也非說明不可。

而且，影縫現在下落不明。

甚至不在地獄。

既然這樣，心情應該很難放得開吧……

我如此推測斧乃木的內心，但這個推測完全落空。

「關於姬絲秀忒・雅賽蘿拉莉昂・刃下心完全復活的事，可以詳細說明給我聽嗎？」斧乃木說。「這件事直接關係到我的安危。」

「…………」

「我一直以為那傢伙是剩下渣滓的幼女，所以老是惡言相向，但她既然成為完整形態，我的態度就必須一百八十度大轉變。鬼哥，可以教我敬語嗎？」

原來如此。看到他人受驚的樣子，內心確實很痛快。

如果對方是囂張跋扈的式神女童更不用說。

「刃下心大人正在你的影子裡洗耳恭聽嗎？」

「『洗耳恭聽』的用法錯了。」

看來她真的不知道敬語的用法。

她大概在問忍是不是在影子裡。總之只要聽得懂意思，就不用計較言語上的細微差異。

已經不是考生的我這麼認為。

「不，她不在喔。」

我回答。

雖然想過可以再稍微嚇她一下，但是過於壞心眼也只是浪費時間。

「忍和八九寺一起待在臥煙小姐那裡，要為今後的事情進行 Meeting，也可以說是 Discussion……」

「或是 Destination。」

「不要連普通英文名詞的意思都搞錯。會搞錯的麻煩僅止於敬語就好。」

「別說搞錯意思，我本來就完全不知道 Destination 是什麼意思。是『命運』之類的意思嗎？」

「那是 Destiny。」

Destination。

意思是「目的地」。

為了考大學而吸收的這種知識，要是能用在實際生活的某處該有多好……我確實這麼想過，不過出乎意料真的有地方可用。

「剛才說到『今後的事情』也令我在意。鬼哥明明好不容易回復為平凡的男生，怎麼回事？今後還打算做某些事嗎？即使逃不出臥煙小姐的手掌心？」

「不，關於這件事，我自認還沒給個明確的回應……」

只是我認為也不能若無其事堅持置身事外。

無論接下來要做什麼，在處理八九寺與忍的事情時，都得藉助臥煙的能力。

只借不還的方法論，在臥煙身上不成立。既然有借，能還多少就要還多少。

「……而且，還有影縫小姐的事情。」

斧乃木遲遲沒問影縫的事，所以我不得已戰戰兢兢主動提到她的名字。

真讓我費心……

我為什麼對人偶費心是難解之謎，不過關於影縫的事，我也不能漠不關心，甚至可以說是我目前最關心的事。

影縫余弦，以及忍野咩咩。

他們現在在哪裡？

「說到忍野哥哥，他單純只是一如往常四處流浪吧？我是這麼認為的。」

「不，現在早就不是能夠這麼悠哉的階段了吧……因為就算像這樣用盡手段依然找不到他耶？連那個羽川都找不到耶？」

「啊啊，不是無所不跑的那個女生。」

「『不是無所不知』才對。」

「那個人又不是尋人專家……總之，我不想干涉鬼哥的想法。」斧乃木接著說。

「順帶一提，說到姊姊，我推測她是進行武者修行之旅。」

她說完再度準備回頭看漫畫。

慢著，不准企圖就此結束話題。

處事不驚也要有個限度。

知道忍不在現場的瞬間，妳也變得太冷漠了吧？話說在前面，全盛時期的那傢伙只要有心，可以像是瞬間移動一樣，眨眼之間前往全世界任何地方耶？

「我是自由的。話說在前面，我沒姊姊的指示就做不了任何事，所以無論今後要做什麼，我也幫不上鬼哥的忙，做好心理準備喔。」

「…………」

無須強調也確實是這樣沒錯，但妳為什麼要故意講得這麼討人厭……

「但如果無論如何都堅持的話，明天的約會我並不是不能撥空一起去。」

「為什麼妳不惜這樣也要跟著別人去約會？不准妨礙別人談戀愛。這是久違的溫馨橋段。」

嚴格來說，我很希望這是溫馨的橋段……不過老實說，我不知道能對戰場原規劃的約會抱持多少期待。

「咦～～因為別人的約會超好笑吧？天底下最蠢的事就是別人的戀愛。」

「我想，妳現在這個角色設定，基本上肯定受到我妹的影響，所以不能連著一起罵……」

不過，擁有那種個性的傢伙又多一個，這種現狀與其說難受應該說難過……我這個做哥哥的不知道是哪裡教育失當，才培養出那樣的妹妹。

雖然兩人都有這種傾向，但尤其是斧乃木的擁有者，也就是我的小隻妹的狀況，堪稱一天比一天惡化。

「該怎麼說……動不動就摩拳擦掌去做奇怪事情的人，在旁人眼中不是很有趣嗎？『這件事或許讓你認真起來了，但是對我來說怎樣都無所謂耶？』的狀況最令我亢奮。」

「影縫小姐把妳交給我保管到現在，我開始認為應該盡快讓妳遠離我的妹妹了……斧乃木小妹，順便問一下，什麼事情會讓妳認真起來？」

影縫身為專家，身為不死怪異的專業人士，在消滅不死怪異的時候總是嚴肅以對，斧乃木也和她共同行動，所以我不禁差點認定斧乃木也同樣和不死怪異誓不兩立。不過考量到她自己就是不死怪異，很難想像這是她的動力來源。

那麼，什麼事情會讓她認真起來？

「沒有想做的事，或是想要的東西嗎？」

「沒有沒有。」

「『沒有』說一次就好。」

「我只是依照姊姊吩咐的戰鬥機器喔。這部分鬼哥應該徹底體驗過吧？」

斧乃木一邊看漫畫一邊說。

感覺真的在和妹妹說話……

「鬼哥剛才的問題，就像是在問馬克杯比較喜歡被倒入紅茶還是咖啡。」

「………」

妳太不會譬喻了吧？

我知道妳想表達的意思，卻覺得有點莫名其妙。

「無論如何，我這次會貫徹袖手旁觀的立場，鬼哥，你就儘管起舞吧。不過是在臥煙小姐手上起舞，還是在其他人的手上起舞，那就不一定了。」

「……當然，以我的立場，我原本也不想勞煩妳就是了。」

不過，我想趁現在確認一件事。想在這裡確認她的意願，如果人偶沒有自己的意願，那就是確認她的功能。

「可是斧乃木小妹，如果影縫小姐就這樣沒回來，就這樣沒來接妳，妳要怎麼辦？」

這個問題就某方面來說很殘酷，我這麼問也於心不忍，但我遲早要問。

「到時候……」不過當事人斧乃木面不改色，以平淡語氣回應。「只能一直住在這個家吧。說來當然，如果鬼哥結婚外出成家，我就會跟著一起走。」

「不准擬定這種天大的生涯規劃。什麼叫做『說來當然』？」

「『說來愕然』比較好嗎？」

斧乃木轉身做出吃驚般的動作，但是面無表情。這幅光景真是另類。

為什麼明明可以做出這麼好的肢體動作，卻只有臉上一直沒表情？撲克臉也要有個限度才對。

「不過，我現在肩負的任務是監視鬼哥……在任務解除之前不能離開。換句話說，如果姊姊就這樣沒回來，鬼哥和我將會打交道一輩子。」

「一輩子……」

「喂喂喂，就算你不敢領教，我也會為難的。被賦予這個任務，頭大的是我才對。感覺好像被關進猛獸的籠子。」

「我的感覺也和妳完全一樣……我們個性真合。」

還是期待影縫能夠盡早回來吧……說得也是，果然不能永遠維持現狀。

這也是為了我的未來。

「話說鬼哥，話說回來鬼哥，考大學整體來說究竟考得怎樣？我還算是相當為你擔心的。」

「原來妳會擔心啊……我很在意妳為什麼講話這麼高姿態，不過，很高興妳願意關心我。」

因為戰場原到頭來，完全沒問我的考試好壞就離開了。不知道是否該解釋為她相信我。

「總之盡力而為了。受妳照顧了，謝謝。」

原本應該對戰場原或羽川說的這句話，不知為何變成對斧乃木說。總之，斧乃木這個同居人確實挺擔心我這個考生，向她表示謝意絕對沒錯。

「不用客氣。嗯，那麼事不宜遲，開始對答案吧。出了什麼題目？你說說看吧？我幫你驗算。」

「…………」

她絕對做不到吧？

說來抱歉，關於專業知識就算了，但是妳的學力，我想應該正如外表只有十二歲的水準。

「當天考的題目要當天對答案，不然記不住喔。」

「不要講得好像早就知道好嗎……」

「我認為最好盡早開始為明年做準備喔。」

「不准以我明年也要考大學為前提！」

每個傢伙都這樣。

拜託別在意我的將來好嗎？

「實際上，具體來說是怎樣？大清早進行盛大地獄巡禮的鬼哥，應該是以相當差的身心狀況應考吧？」

「我不否認，不過關於這方面，應該說我光是能參加考試就是僥倖吧……」

「居然講得像是考個意思而已……考試也不是免費，別為爸爸媽媽添太多麻煩喔。」

「妳終於站在家長的立場忠告我了？別這樣好嗎？不過，雖然聽起來像是說大話，但我自認相當有自信喔。數學以外的科日也考得還不錯……」

「是喔……」

「總之，戰場原與羽川教我功課，我在極為得天獨厚的這種環境用功，要是完全沒成果也太遜了……我自認努力到不讓她們丟臉滾泥巴的程度。」

「泥巴摔角就某方面來說也很有趣就是了。放榜是在畢業典禮之後？還是之前？」

「之後。」

「嗯。那麼早點約會或許是不錯的方案。要是其中一人落榜，果然不方便去約會吧。」

我希望戰場原並不是基於這個意圖，才將約會日期設定為明天……

「她說因為是白色情人節？你把這個藉口照單全收？」

「不，這不是藉口吧？是真心話中的真心話吧？」

「要求三倍回禮，確實可以說是女生會有的作風。」

「三倍回禮？啊啊，這麼說來是有這種習慣。」

我對紀念日本身沒興趣，所以不清楚白色情人節的細節。不過我上個月確實收到戰場原的真心話……更正，真心巧克力。

三倍回禮。

回想起來才短短一個月，這利率還真高，不過既然是法則，我也不能刻意違抗……我沒這種骨氣。不過這麼一來，就代表我在明天之前得買禮物準備？

「記得送糖果或是棉花糖就好？」

「送我冰淇淋就好喔。」

「慢著，我上個月沒收到妳的巧克力。零的三倍還是零。」

「真的是零嗎？你試算過嗎？」

「那個……」

聽她重新這麼問，我一瞬間感到不安。這是數學愛好者的悲哀習性。

但是用不著試算也明顯是零。

「若要去買回禮，因為明天約上午見面，這麼一來只能今天去買……但我終究累了，好想休息。」

「說得也是。真可憐，床在這種時候被我占領了。」

「我可以用蠻力驅離，所以沒問題……怎麼辦？不然拜託妹妹幫我買？」

「這樣就沒誠意了吧？禮物還是得自己選才行。」

「聽妳這麼說確實沒錯，可是……」

或許我應該更早為白色情人節做準備，但畢竟要求我專心準備考試的人就是戰場原……暑假之後就解脫的那傢伙，這幾個月也相當壓抑吧。

也因為這樣，所以我想要用心準備回禮……這下子怎麼辦？

「不用堅持一定要買糖果零食之類的吧？又不是萬聖節。」

「或許會對冰品有所堅持喔。要嚴格區別乳酸冰與牛奶冰。」

「那是妳的喜好。」

「哈根達斯直營店要收掉真是匪夷所思吧？雖然杯裝的也很棒，但是那麼好吃的甜筒究竟要去哪裡才吃得到？」

「我哪知道……國外嗎？」

不過回想起來，萬聖節也是不知何時就普及的。和我不一樣，重視這種儀式型紀念日的忍野那種人或許會很高興。

總之，找斧乃木商量也得不出什麼建設性的結論，所以我開始思考要怎麼趕她下床，思考要用相撲四十八絕招中的哪一招摔飛她，然而在這個時候，她突然趴倒。

放開看漫畫的手，像是電池沒電驟然脫力，大字形趴在床上。

這種趴倒的方式，簡直像是被看不見的敵人狠狠一招命中下巴。雖然我剛才想用相撲決勝負，但斧乃木難道是和看不見的敵人打拳擊？

當然不是這麼回事。

她是式神怪異，感官比普通人（也就是現在的我）敏銳數百倍，所以比我還早察覺某人接近這個房間，如此而已。

總歸來說，斧乃木在這時候進入「假裝成布偶」的模式。

緊接著……

「哥哥～～～！」

如同特殊部隊踹開門衝進我房間的，果然是我的小隻妹——阿良良木月火。

穿和服的超長髮女孩。

頭髮長得恐怖，剛洗完澡的時候看起來只像妖怪，一個不小心還可能踩到自己的頭髮跌倒。

「你又從我房間拿走布偶對吧～～！啊，找到了，果然！真是的，不要擅自闖進我房間啦！」

此時此刻擅自闖進我房間的她，就像這樣氣沖沖的。總之，我並不是從未擅自闖進妹妹的房間，但這次是布偶擅自闖進我的房間。

當事人斧乃木完全假裝成布偶。

她趴倒的姿勢，擁有意志的人體不可能做得來。

「還讓它躺在床上……哥哥，你該不會拿我的寶貝布偶做怪事吧？」

「不，反倒說我在盛情款待也不為過……」

「我收藏的布偶不算多，但是說來神奇，我對這個布偶感到共鳴，所以我不是說過很多次禁止拿走嗎？」

「共鳴啊……」

總之，我知道一些連她自己都不知道的祕密，就我看來，阿良良木月火與斧乃木余接有著明確的共通點，所以既然有所共鳴，我只能說她的直覺實在敏銳。

不過，月火自己忘記所以不知道，她一度差點被斧乃木殺掉，所以如果直覺正常運作，原本應該朝這個方向運作才對。

「不過月火，雖然妳三句話不離布偶，但妳既然這麼珍惜這個布偶，至少為它取個名字怎麼樣？」

「嗯？不不不，取名字的話會投入感情，扔掉的時候不就捨不得嗎？正因為感到共鳴，所以得考慮到不再共鳴之後的事。」

「…………」

這妹妹……

斧乃木原本就面無表情，加上現在維持「布偶模式」，所以不知道她在想什麼，但是聽到現在的擁有者──月火的意圖，總覺得她看起來一副不敢領教的樣子。

或許也包括我自己的想法啦……

「總之，如果不介意是二手貨，到時候也可以不扔掉，下放給哥哥。」

「這樣也叫做下放……？是上繳才對吧？」

「哥哥，你回來啦。」

原本氣沖沖的月火，在這時候突然變得平靜。如此強烈起伏的情緒，是無與倫比的獨特角色個性。

「考完試就可以大玩特玩了！哥哥下個月也要成為大學生了嗎～～？要好好慶祝一下！慶祝的準備工作進行中喔！今晚要召集在地的女國中生開派對！」

「真樂觀啊……」

說來意外，這個妹妹似乎最相信哥哥會金榜題名。如果中了萬一以上的機率落榜，受到的打擊將無法計算，所以我希望她別召集在地的女國中生開派對。

「火憐下個月也是高中生了～～感覺好像只有我一個人被留下來。啊～～我要不要利用跳級制度呢～～？」

「這制度可以這麼隨便就利用嗎？」

到頭來，記得日本沒有這種制度。

不過以月火的學力或許做得到。

「不說笑了，哥哥，怎麼樣？明天要不要久違不找外人，就我們三兄妹玩個痛快，慶祝哥哥升大學以及火憐升高中？」

「嗯。這提案不壞，不過很遺憾，明天我有約了。」

三十分鐘前才約好的。

「不過，如果是這個月挑一天，我可以空出時間給妳喔。」

斧乃木的語氣傳染給我了。

我對月火說話的語氣受到斧乃木的影響，斧乃木的語氣則是受到月火的強烈影響。總覺得這種構圖很像銜尾蛇的概念。

「喔～～哥哥的內心也從容多了嘛。明明不久之前只要妹妹邀你一起玩，你當場就一拳揮過來了。」

「我是這麼暴力的哥哥？」

我不記得。

只不過，我和兩個妹妹確實不像之前那麼交惡。無論是人或人際關係，果然不會永遠維持原樣嗎？

尤其這一年發生好多事。

包括火憐，也包括月火。

尤其是月火，在暑假……我看向斧乃木，但她在床上像是死掉一樣不動。

與其說她像是死掉，應該說她早就死掉了。

「那麼，就在這個月挑一天吧。」

「嗯，交給妳規劃了。」

我順勢這麼說，不過交給月火負責規劃遊玩行程，難免和交給戰場原規劃約會行程一樣令我不安。戰場原與月火在某方面有著共通之處。

「大致來說，哥哥，你想去山上還是海邊？」

「我想去海裡的山上。」

「海底鬼岩城？」

這句吐槽真痛快。

「這樣啊～～不過，哥哥明天要和戰場原姊姊約會啊～～真羨慕你們這麼甜蜜。哪像我和蠟燭澤交往久了，不知道是不是該說穩定下來，他明明約我在白色情人節出去玩，我卻隨口拒絕……」

「………………」

看來妹妹和男友分手只是時間問題。

居然隨口就拒絕……

我終究同情起對方了。

「慢著，咦？我說過先跟戰場原有約嗎？」

「不用說，我也大致猜得出來喔。既然三月十四日已經有約，對方不是戀人就是

愛因斯坦。」（註7）

「如果對方是愛因斯坦，那就是天大的新聞吧？這個事件會成為紀念日吧？不過如果語言相通，我就想和他聊聊……」

依照愛因斯坦的生平，由於他的遺言是德語，所以護士小姐聽不懂。但即使沒有語言不通的問題，我也不認為憑我的能耐可以和他好好聊。

如果是老倉，她大概會說她想和歐拉聊聊吧。我如此心想。

「總之，妳猜對了。」我說。「姑且問妳一下……我想問一個問題。小月，白色情人節的回禮，妳收到什麼東西會開心？」

「注入愛情的錢。」

「……………」

這妹妹挺貪婪的。

無法當成參考。

只不過，這似乎並不是說出真正回答之前搞笑用的前菜，而是發自真心的主菜。

「好，那我明天就去探望撫子吧。」月火切換心情說。「她雖然出院了，卻還在自

註7　愛因斯坦的生日是三月十四日。

家療養中，說要到新學期才會上學。一個人窩在家裡應該很孤單，所以我要去幫她熱鬧一下！」

「……妳很常去找她耶。」

我說出率直的感想。

由衷的感想。

「老實說，我很意外。妳和千石雖說是朋友，不過就我的印象，妳們交情沒好到那種地步。」

「沒那回事喔～～我們是死黨喔～～」

月火笑嘻嘻這麼說，完全沒有認真感，不過千石歷經那種事件，也勉強達到可以回歸社會的程度，無疑是多虧月火吧。

畢竟不是騙徒的功勞。

我當然什麼都沒做。什麼都做不了。

了不起。

總之，身為火炎姊妹參謀的這個妹妹，可不是平白受到當地國中生的一致支持……大概是這麼回事吧。

「而且啊，她上次還告訴我一個祕密喔～～」

「祕密？那是什麼？」

「因為是祕密，所以我當然不能說啊！」

「…………？」

「好了好了，撫子的事交給我，哥哥就去和戰場原姊姊甜蜜恩愛吧！不在場證明準備周全了！」

「慢著，我不記得拜託妳製造不在場證明……」

「要轉搭很多班電車喔！」

「意思是要我運用時刻表的詭計嗎……」

這是哪門子的約會？

不過，鐵路迷或許會這樣玩吧。但我不知道戰場原是不是鐵路迷。

「順便問一下，小憐明天有什麼計畫？我想想，那個某人叫做……」

「瑞鳥。」

「對，她要和那個某人約會嗎？」

「你老是不肯記妹妹男友的名字耶……唔～～不，火憐說明天要去道場。這樣應該不是慶祝升學，是慶祝畢業吧？掌管道場的師父貼心安排，要讓她挑戰百人組手。」

「那傢伙為什麼要在白色情人節做這種事？」

這兩個妹妹一點情趣都沒有。

這麼一來，就像是我這個哥哥一個人在窮緊張。

不提火憐，想到月火要去探望千石，我就不得不說內心有點過意不去……

「火憐之前就挑戰過百人組手，但這次好像以全勝為目標喔。聽說全勝的話可以和師父認真打一場。」

「做這種充滿戲劇性的事……」

乾脆給那傢伙當主角吧？

至於我，感覺像是單方面被狀況耍得團團轉，劇情也幾乎臨場發揮的即興短劇演員。

「總之，看來哥哥與火憐都確實成長、確實前進，我這個做小妹的感到無比驕傲。」

月火這麼說。

「完全沒變的只有我嗎……」

004

就這樣到了第二天。

三月十四日。

白色情人節，也是愛因斯坦日。

高中生活最後的約會日。

或許有人不知道或是忘記，所以趁機補充一下以防萬一，說到我為什麼對於戰場原擬定的約會計畫感到如此不安，因為她在六月擬定並且付諸實行的首次約會內容非常震撼，她居然找了父親同行。

前往約會目的地必須出遠門，所以拜託父親開車。戰場原給我這樣的辯解與理由，不過我、女友以及首度見面的女友父親，三人待在車內這個密閉空間，究竟是多麼喘不過氣的高壓面談，應該也不用刻意費脣舌說明吧。

不只是三人共處，甚至一度和伯父兩人共處。至今回憶當時的狀況，背脊依然會發寒。

首次約會當然並非壞事連連，綜合來看反倒堪稱成為美好的回憶，但也確實在某方面造成心理創傷。

總之，我不認為那樣的戰場原會擬定相同的計畫，假設真的設計這種驚喜，我在那之後和伯父見過好幾次面，也聊過好幾次，我有自信可以比當時表現得更好。

是的，我有所成長。禁止和戰場原約會的這半年，我也不是白白度過。

即使這次她的父親也同行，甚至爺爺奶奶也加入成為全家出遊的約會，我也面不改色克服這道難關吧。

戰場原黑儀沒什麼大不了的。

我懷抱這樣的志氣，在三月十四日上午九點，抵達戰場原黑儀現在居住的公寓——民倉莊。我擁有的兩輛腳踏車都已經報廢，必須用走的，所以我大幅提早出發，而且路上還得提防斧乃木跟蹤，所以感覺走到這裡花了不少時間，不過今天接下來才是重頭戲，所以我出門至今的過程就省略吧。

順帶一提，挑戰百人組手的火憐比我早出門，月火則是下午再去千石家。這天的阿良良木兄妹可以說是東奔西跑忙碌不已。

總之，我抱持覺悟抵達名倉莊，所以即使發現公寓前面停著一輛陌生汽車，內心也沒有慌張。

從車牌號碼判斷，是租來的車。

「…………」

真是的，看來這次的約會也非同小可……我重新提高警覺。不過，最近總是在戰場原面前出糗，這次就展現雅量包容這一切，讓她重新喜歡上我吧。

要讓她重新喜歡上我的前提，就是得先讓她喜歡上我，總之，無論她安排什麼樣的約會，我都想給予這種程度的信賴。

不過實際上，在那天、那時候的那座公園，戰場原為什麼要求和我交往？我至今依然有點猜不透……

我面不改色，也就是視而不見，經過這輛車旁邊，走到二樓二〇一號室的戰場原家敲門（她家沒裝門鈴）。

「歡迎來到美妙的今天。」

隨著這句莫名做作台詞登場的戰場原，打扮得還算出色。整體的搭配是白色系。她在暑假因為某個契機將長髮剪短，不過如今也隨著時間留長，今天是久違看見的辮子頭。

而且是麻花辮。

我的眼睛為之一亮！

「我試著參考以前的羽川同學。」

「就說妳的友情感有點沉重……」

「想說我走羽川同學的風格，你也會比較開心。」

「這段話也很沉重……」

我不想過於深入。

這種世界觀太深奧了。

「因為今天想放縱自己玩個痛快。關於講話內容，也想營造一些自由自在以及前途無光的感覺。」

「自由自在就算了，可以不要前途無光嗎……我們正要邁向未來耶？」

「這要等你考上大學吧？否則我們也可能邁向過去。」

「…………」

沒遭遇什麼障礙就保送上大學的傢伙，講起挖苦的話語還挺酸的。

「無妨吧？因為也只有放榜前的短短幾天，可以享受這種關於考試的輕快玩笑話。」

「如果真的落榜，就不只是玩笑話了吧？考試笑話會變成考試創傷吧？」

「好了，出發吧。我必須在晚上七點之前回來這裡，和爸爸的約不能遲到，所以心情上得加快腳步，分秒必爭。」

「那個……可以不要把晚上和父親共進晚餐的約定視為今天的重頭戲嗎？妳要這麼做也行啦，但是別說出來。」

「呵。那就用接吻讓我閉嘴吧。」

「…………」

要不要真的讓她閉嘴呢……

我雖然內心這麼想，不過解讀這番話背後的意思，會發現和我至今的預測不太吻合。

必須回來這裡？和爸爸的約？

這麼一來，接下來迎接我的，並不是戰場原父親駕駛公寓門前那輛車和我們一起出遊……不是這樣的演變？

我原本也想過，最壞的狀況就是白天三人出遊，到了吃晚餐的時候只有我先行退場……不是這樣嗎？

那麼，門前那輛車是公寓其他住戶的車，和我們完全無關？總之，這麼推測應該還算妥當吧。

不過，雖說已經改頭換面，但戰場原黑儀是令人捉摸不透的女孩。事情比我想像的最糟狀況還糟。

走出家門的她，以指尖轉著車鑰匙。這麼一來，果然是要開那輛車出門嗎？

那麼，究竟是誰要以這把鑰匙開車？

「好啦，坐副駕駛座吧。」

戰場原說著坐進駕駛座。

她坐進駕駛座。

然後繫上安全帶。看起來確實是遵守交通法規的稱職駕駛。

啊啊，鑰匙確實在她手上，所以當然也是由她坐駕駛座吧。我應該察覺這種事才對。

可是！可是！

「咦咦？咦咦咦？咦咦咦咦咦？慢著原小姐，慢著慢著慢著，說不定可能是我想像的那樣，不過今天該不會是由妳開車吧？由妳打方向盤？妳今天是駕駛原小姐？」

「對。」

她直截了當地點頭。

這聲回應很明顯不想繼續聊這件事，但如果我這時候說「這樣啊，那今天麻煩妳當個安全駕駛喔」並且退讓，我剛才就不會用那麼誇張的反應表達內心的驚訝了。

就某方面來說，比起下地獄還要震撼。

開車？妳來開車？

還不如由伯父開車，我比較有接受的心理準備！

「怎麼慌張成這樣？我有繫好安全帶喔。」

「慢著，我想說的是妳也放縱過頭了吧！」

我慌張到語氣都變得怪怪的。原本下定的決心，我感覺正逐漸雲消霧散。

車上沒有別人，換句話說約會本身是只由我倆進行，不過如今我由衷期盼第三人出現，也就是另一位駕駛出現。

「無照開車約會，妳到底想多麼放縱自己啊？這是在開玩笑吧？始終是為了嚇我一跳，展現類似迎賓飲料的服務精神，所以妳現在就會下車對吧？會改成搭公車出門，像個高中生一樣健全對吧！」

「我討厭開玩笑，這種事你應該最清楚吧？」

不。

妳喜歡開玩笑，而且最喜歡開惡質的玩笑，這種事我應該是最清楚的……

「而且你斷定我無照駕駛，我很不高興。」

「咦？」

「噹噹噹～～～！」

戰場原自己製造音效，同時從口袋取出一張卡。

是叫做「駕照」的物體。

戰場原黑儀。這個名字和她的大頭照一起印在卡面。

不是自排限定，是一般的自用車駕照。擁有這張卡的人，可以依照道路交通法開車上路。

「呵呵，嚇到了？也就是說，你努力唸書考大學的這段期間，我也努力考到駕照了喔。」

「…………！」

若問我是否嚇到，我確實嚇到了。這番話對我造成的震撼，足以把我考大學硬塞的知識全扔到九霄雲外。

居然考到駕照！

原來這傢伙瞞著我跑去做這種事！

「一次就過。」

她咧嘴驕傲地說。全身洋溢著「稱讚我稱讚我！」的暗示。

慢著，可以的話，我也想以男友身分稱讚女友立下的成果，而且原來在考場奮戰的並不是只有我，所以我也想分擔彼此的辛勞，不過說來遺憾，這時候先占據我心思的是常識。

不對不對不對不對！

既然這樣，無照駕駛還比較好！

「妳……妳……妳知道校規嗎？」

「當然知道。因為我筆試拿滿分喔。指的是沒有紅綠燈，主要來說都會收費的汽車專用道路對吧？」

「慢著，我現在不是要考妳道路交通的基礎知識！」

妳說的是高速道路。（註8）

依照直江津高中的校規（應該說我認為升學學校大多這樣規定），嚴禁學生考駕照。

確實，現在是高中三年級，生日七月七日的戰場原現在十八歲，是可以考汽車駕照的年齡……就算這麼說，她不可能不知道還在學就考到駕照的危險性。不只是保送的大學可能被取消，連畢業都有問題。她的行徑就是如此魯莽。

我的天啊，真的有人做出這種事？而且這種人是我的女友？

該怎麼說，雖然我一直說她改頭換面說到煩，不過該怎麼說，這個女的怎麼做出我這種人完全比不上的離譜行徑？

「咦～～這樣真的會前途無光吧？搞不好只有我一個人上大學吧？總覺得繞了一圈又來個後空翻，我甚至感到佩服，不過到頭來，妳為什麼做這種事？」

「因為，第三學期可以不用去學校，所以我閒到發慌……？」

註8　日文「校規」與「高速」音同。

戰場原歪過腦袋回應。

看來我女友就是「小人閒居為不善」這句話的實際例子。

「而且你想想，你應該沒辦法考駕照，所以我想搶先一步……不過以結果來說，似乎是我白操心了。」

「？」

我聽不太懂她說的意思。

「沒辦法考駕照」是什麼意思？真沒禮貌……我差點冒出這個想法，但立刻明白她的意思。

直到昨天，我都因為身體化為吸血鬼，罹患無法拍照的症狀。換句話說就是沒辦法發行駕照的意思。看來戰場原在這方面以她的做法顧慮到我。

想到這裡，我就不方便責備她的離譜行徑……不對，沒這種事。

別以為我會礙於情面不敢講。

我也不會礙於愛情不敢講喔。

就算這麼說，在學期間就跑去考駕照，這判斷也太心急了吧……要是妳沒辦法畢業不就本末倒置了？

「到時候我會和你分手，改去和神原要好，所以沒問題的。」

「不准隨口就說要和我分手。而且要是妳和神原同班，她終究會嚇到吧？」

「那孩子應該會天真地感到開心吧。」

戰場原毫無反省之意說出這種話。應該說她不可能為這件事反省吧。

看來只能由我讓步。

距離畢業典禮還剩一天……我滿心祈禱校方千萬不要發現。

今天就只思考如何享受今天這一天吧。但我不知道以這種事開頭是否做得到就是了。

這種做法是放棄思考，不過世間偶爾會有令人想放棄的思考。

「阿良良木，我才要說你別忘記繫好安全帶喔。」

「嗯，我知道的……我也不敢沒繫安全帶就坐新手駕駛的車，我沒這種膽量。總是被叫做猛牛的我，也只有今天是弱雞。可以的話我甚至想坐安全座椅。」

我說到這裡，不經意想到一個問題。

「話說回來，方便先告訴我目的地嗎？」我問。「雖然不是不相信妳，但如果妳打算和上次的天文台一樣去那麼遠，我還是非得全力阻止才行，非得破壞妳的方向盤才行。」

「車是租來的，破壞的話我會很困擾。放心，我不打算去那麼遠。畢竟白天去天文台也無濟於死。」

「無濟於死？」

「無濟於事。」

「…………」

她自由自在的發言經常很嚇人……

該不會變得自暴自棄吧？

「所以，目的地是哪裡？Destination 是哪裡？」

「Planetarium。」

還以為戰場原會繼續賣關子，她卻很乾脆地告知了。不過背地裡的原因，似乎是必須在導航機輸入目的地，所以沒辦法隱瞞下去。

「Planetarium？」

「沒錯，天文館。」

戰場原一邊說出 Planetarium 的譯名（我考英文的時候都沒聽過），一邊踩下油門。

就這樣，恐怖的開車約會開始了。

005

雖然標榜「恐怖」，但幸好不愧是足以炫耀自己考一次就過，戰場原的駕駛技術沒有不周之處。至少就我坐在副駕駛座所見是如此。

沒有不周之處。應該說無懈可擊。

因為和羽川走得很近所以難以明白，而且因為第一印象過於強烈所以難以這麼認為，不過到頭來，這傢伙也是規格超高的完美超人。

打檔的動作看起來超漂亮。

租來的車子不是手排而是自排，令我感覺到強烈的自我主張，總之算是和低調謙虛的羽川最大的不同點吧。

為求謹慎，我詳細詢問之後得知一件事。戰場原雖然嘴裡那麼說，但若校方得知她考到駕照，她也不是完全沒準備對策。具體來說，在事情鬧大的時候，她似乎會拿出「為了挽救貧困的家計」這個名義。

連自己弱點都敢利用的靈活手法，老實說就我看來大大加分……不過這麼一來就變成是我重新喜歡上她了。

我認為開車時最好別經常對她說話，所以安分坐在副駕駛座，但戰場原開車時被搭話也似乎不以為苦（這方面也是優等生），反倒是她主動找我聊天。

「真要說的話，因為可以放鬆緊張心情，所以我比較希望你和我說話喔，華生老弟。」

「居然叫我華生老弟……雖然坐在副駕駛座，但我不想負責記錄妳的冒險事蹟。何況妳完全沒有福爾摩斯的要素。」

「確實，福爾摩斯或許不是我，而是羽川同學吧。啊啊，這麼說來，阿良良木，羽川同學昨晚打電話給我。」

「咦？是嗎？」

「是的。她說應該可以勉強趕回來參加畢業典禮。」

「是喔……」

羽川翼。

我與戰場原共通的這個朋友，正在國外各處流浪。雖然以全國頂尖，應該說全世界屈指可數的頭腦傲視眾人，卻不願意漫無目的就讀大學，預定在畢業之後進行沒有目標的旅程，因此在三年級免除上學義務的整個第三學期，應該說從第二學期途中開始，就努力到各地踩點。

……居然到各地踩點。

危險到像是聰明過度反而出問題的這種生涯規劃，或許比戰場原考駕照的行為還要放蕩不羈。

話是這麼說，但是原本應該最放蕩不羈的我，卻意外地最認真走上升學這條路，真是諷刺。

我不知道這是在諷刺誰就是了。

只不過，羽川這趟旅程同時也是尋找忍野咩咩的旅程，基於這層意義來說，幾乎算是為我進行的旅程，既然這樣，只有我沒資格出言阻止。

總之，關於千石的事，以及我化為吸血鬼的事，現狀已經勉強算是解決，所以可以說不需要繼續尋找忍野了……

只是，正弦說過。

忍野在今後也是關鍵人物。

「總覺得好久沒見到羽川了。她待在國外，我想說會添麻煩，所以很少和她聯絡，不過這是怎樣？換句話說她打電話給妳，卻沒打給我？」

我大受打擊。

如果畢業典禮能回來，真希望她知會一聲……但我一直隱約認為她連畢業典禮都不會參加。

「是啊，為什麼羽川同學沒打電話給你？說不定是因為我說我會轉告你？」

「只可能是因為這樣吧？」

「具體來說，是因為我拜託她別打電話給你？」

「居然講到這種程度？居然講到這麼具體？為什麼要這樣？」

「不用擔心。關於你解除吸血鬼化這件事，我這邊告訴她了。」

「我不擔心，但是想說妳幾句……我真想自己告訴她。這次考大學得以順利結束，我也想對她道謝。」

「這我終究沒說，所以你在畢業典禮見到她的時候告訴她吧……啊，對了對了，承蒙羽川同學要我幫忙轉告一件事。」

「承蒙?」

這敬語怪怪的。

看來不只是斧乃木不懂敬語的用法。沒有啦，如同我因為羽川而改頭換面，戰場原改頭換面也可以說是羽川的功勞，所以我們確實再怎麼尊敬她都不夠。而且以我的狀況，不只是改頭換面，我這個人的組成要素都像是被她全面更新了。

這麼想就覺得羽川翼是相當恐怖的女生。

那樣的傢伙，將來究竟會成為什麼樣的大人?

「所以，她要轉告什麼事?」

「她說她找到忍野先生了。」

「這樣啊……啥?」

我一瞬間差點當成耳邊風。

幸好開車的不是我。如果現在是我手握方向盤，肯定會自撞肇事吧。

相對的，戰場原面不改色，現在是單手在打方向盤。慢著，這種重大消息，妳為什麼沒在昨天告訴我?

新聞明明是速度至上吧？

「真的？」

「真的。總之，正確來說，好像是查出忍野先生潛伏在什麼地方……但我記不得了。」

「拜託想起來，盡全力想起來。」

居然說「潛伏」，把忍野講得像是罪犯……換句話說只是查出藏身處，還沒有找到本人嗎？不過光是這樣就相當了不起了。

「是否能在畢業典禮之前帶他回來，以時間來看很難說……總之，事到如今就算帶忍野先生回來，也沒什麼要他幫忙的事，或許不需要硬是拉他回來吧。」

戰場原這麼說。

我還沒對戰場原說明昨天早上發生的事，也就是我的那趟地獄巡禮，所以她個人或許會這麼覺得吧。

或許最好在約會剛開始的階段就說明一下。然而關於我恐怕又會被捲入臥煙的工作，我還在猶豫該怎麼委婉說明……

只不過，如果是忍野，應該不會使用「被捲入」這種像是受害者的說法吧。因為我無疑是當事人。

但是聽斧乃木指摘就覺得，確實很難判斷臥煙是否原本就想拉我參與計畫。即使是臥煙，終究猜不到羽川可能找到忍野吧？

聽說羽川與臥煙之間，即使不到產生糾紛的程度，也確實存在著略微緊張的氣氛。這究竟會不會演變成羽川對臥煙還以顏色的結果？

當然，依照戰場原的說法，羽川還沒逮到忍野，那我的推測也可能落空。

我提出這方面的問題。

「沒錯，好像還沒確定。但她說經過再三推理，已經將忍野先生可能的藏身處縮小到兩個地點了。」

戰場原回答說。

「兩個地點……？」

「嗯。我沒興趣所以沒詳細問，但她確實這麼說。」

「…………」

拜託有點興趣好嗎？

我回過頭來才想到，戰場原原本就不喜歡忍野這種個性的人。既然這樣，在應該不需要忍野協助的現在，她或許理所當然會採取這種冷漠的立場吧。

兩個地點……會是哪裡與哪裡？

不知道是否能在畢業典禮之前帶忍野回來，應該是因為候補地點還有兩個。說來當然，也可能兩個地方都落空。

「再三推理啊……確實是名偵探的調調。」

而且是實際行動型的偵探。

在這個時代很少見。

「她沒說是哪裡與哪裡嗎？」

「嗯。不過阿良良木，別誤會喔。羽川同學並不是模仿名偵探賣關子，她原本想正常告訴我，但我沒興趣，所以對她說不用告訴我。」

「我超在意羽川聽妳這麼說的時候做何反應。」

名偵探遇到這種人真是不幸到有剩。

羽川，妳選錯對象打電話了。

如果是我，想必會做個很棒的反應給她吧。不，我這邊也因為剛考完（加上應付斧乃木）而精疲力盡，或許會做出和戰場原大同小異的反應……

羽川終究也不可能在海外得知我的考試結果，以她的個性，或許是顧慮到我的狀況，才會聯絡戰場原，讓戰場原阻止她打電話給我……這麼一來，羽川現在可能誤以為我考得不好。

她從以前就出乎意料愛鑽牛角尖。

「她說了什麼呢……記得她說『逆向』什麼的。」

大概是終究看出我情緒過於低落，戰場原將她身為才女的記性總動員，為我想起羽川說過的片段。

「逆向？」

「嗯。說什麼『逆向思考』……講得一副語帶玄機的樣子。」

「只是因為妳沒好好聽她說，結果才變得像是語帶玄機吧……逆向？這是什麼意思？」

如果以推理小說的風格來解釋，可以解釋成「丈八燈臺照遠不照近」嗎？雖然特地出國找，但忍野出乎意料在國內……而且在這座城鎮附近，是這樣的推理嗎？

不，很難認定是這麼單純的意思。

應該說，如果找那麼久都找不到的人，實際上躲在這座城鎮某處的話，我可是會生氣的。何況既然這樣，羽川只要立刻回來就好，不必擔心是否趕得上畢業典禮，陷入進退兩難的局面。

「她好像還說過『This is a pen』之類的嘉言。」

「居然說這是嘉言……『This is a pen』？」

這是什麼句子……又不是在考英文。

唔～～……

各方面引人深思，而且令人擔心，但現在的我應該做不了什麼事，只能期待羽川自我處理的能力了。

不過，這件事瞞著臥煙應該比較好。

不是無所不知的羽川翼。

無所不知的臥煙伊豆湖。

盡可能將兩人的交集減少到極限比較好。並非無所不知但至少知道雙方個性的我，在當前做出這樣的判斷。

「總之，站在朋友的立場，光是沒有二度遇難就應該慶幸了吧。即使認定以羽川的能耐應該萬無一失，但是一個女生獨自旅行還是令人擔心。」

「是啊……阿良良木，話說你知道迷路時的鐵則嗎？」

「迷路時的鐵則？不是別人迷路時的尋人鐵則？」

不過以忍野或是影縫的現狀，不知道是否能判定他們「迷路」。

「嗯。這也是羽川同學語帶玄機告訴我的……」

「就說了，那傢伙講話變得語帶玄機都是妳的錯。」我說。「說到迷路時的鐵則，不就是『留在原地別動』嗎？這正是避免二度遇難的對策。」

「對。大家是這麼說的，但實際上不能說得這麼單純。和同伴走失的時候，尋找彼此可能會出乎意料更早會合。」

「嗯？是嗎？但我認為效率應該很差。」

「如果彼此亂找，效率當然非常差，不過人們實際上並不是漫無目標，而是一邊思考『對方在哪裡』，也就是一邊推測一邊找吧？換句話說，彼此都是縮小範圍在找人，所以彼此都行動會比較早會合……羽川在電話裡說了這樣的話題。不過這麼做的前提，是在推測對方去向的時候不能出錯。」

戰場原說。

確實，感覺有人會說，就是因為做不到這種事才會迷路。

既然這樣，「逆向思考」是什麼意思？

總之，這也是推理。

而且我這種貨色再怎麼推理，也跟不上羽川的思考。我能做的真的就只有靜觀其變，等待羽川在畢業典禮的時候回來。

「除此之外，妳和羽川還說過什麼？除了忍野的事情，她還說了什麼嗎？」

「電話費很貴，所以沒辦法聊得太深入……對了，我找她商量過今天的約會計畫。坦白說，其實去天文館是羽川同學的提議。」

「是嗎？」

「嗯。依照我當初擬定的計畫，預定是要去看火山口。」

「…………」

我並不是不對火山口感興趣，不過這次得感謝羽川……戰場原這傢伙，居然擬定這種不得了的計畫。

「我想我說出來會被阻止，所以沒說今天由我開車。」

「可以的話，真希望這件事妳也找羽川商量……」

「羽川同學告訴我各種推薦的天文館，我從清單挑了一間。所以阿良良木，放心吧，不用露出這種不安的表情，接下來沒準備太大的驚喜，也確實經過羽川同學的檢閱。」

居然說「檢閱」……

這個詞和約會格格不入，但我得知羽川檢查過，確實稍微放心了。

「她唸了我好久，我也滿消沉的。她愈生氣，我就愈不敢說我考了駕照。」

「我理解妳的心情，但是為了將來，妳應該給她唸一唸吧……」

「我個人平常就常去天文館，所以對我來說缺乏紀念性，不過和你一起去也別有一番風味。」

「嗯……雖然這樣講，不過這次的約會對妳來說就沒什麼樂趣吧？」

之前神原也說她喜歡天文館，所以聖殿組合大概一起去那裡玩過吧……我如此心想並且這麼問。

「總之，我去天文館的時候，與其說是去玩，另一方面也是為了做學問，所以偶爾也想放鬆欣賞人造的星星，並不會興趣缺缺，這部分你也放心吧。」

她回應說。

「另一方面是為了做學問……啊，對喔，記得沒錯的話，妳的理科選修科目是地學，以本校學生來說算是挺特別的選擇……」

就我看來，我甚至不知道「地學」這個科目在學什麼東西……

戰場原很珍惜小時候全家一起去天文台的回憶，這樣的她果然對天體抱持特別的情感吧。

我也不討厭星星的話題，欣賞星空的時候卻不像戰場原那麼投入……

「嗯。所以原本預定去看火山口的約會行程，也打算觀察地質露頭喔。」

「原本居然有這種計畫？完全是去做學問的吧？這是實地調查吧？我剛考完試，妳是想帶我進行什麼樣的約會啊？」

「不過很有趣喔。確實，多虧羽川同學，這次的約會行程變得正常又健全，但也無法否認失去趣味性。被我耍得團團轉是阿良良木無上的喜悅，對於這樣的你來說，這種約會或許不夠刺激吧。」

「至少別用『喜悅』這種字眼好嗎？」

「慶悅？」

「這也不對……」

「七轉？」

「要這麼說的話，至少連著後面的『八起』也一起說吧？」（註9）

「不過，天文館總是和科學館共同設立，現在要去的地方也是這樣，所以某方面來說也可以算是去做學問。哎，你突然停止做學問可能會對心臟不好，所以至少接觸一下最先進的科學，然後慢慢冷卻下來比較好。」

「突然停止做學問會對心臟不好？我沒想過這種事……」

確實是羽川會設計的約會計畫。

科學館是兼具遊樂與學習功能的行程。雖然不免思考高中生約會究竟應該是什麼樣子，不過我與戰場原這種不擅長玩樂的人，去科學館或許是非常適當的選擇。

不只如此，還加上戰場原獨特的巧思（自己開車），所以用不著擔心，完全不會缺乏刺激。

即使戰場原的開車技術再怎麼值得信賴。但是開不習慣的車子還是會緊張。

「我平常沒去科學館，所以很期待那裡的內容。會有什麼樣的飛天車呢？」

「妳對科學館的期待真大……」

飛天車本身確實並非虛構的樣子。

註9　日文是「七轉び八起き」，不屈不撓的意思。

「不過，就算不會飛天，這時代的車子也很厲害吧？我不知道這輛車有沒有搭載，不過像是感覺到危險就自己煞車、完全無死角的感應器，或是自動駕駛功能……」

「是啊，足以稱為未來車了。是白崎小弟。」（註10）

戰場原畫蛇添足加了最後一句。

海底鬼岩城。

「在導航機輸入目的地，車子就會自動載我們抵達的這種系統，或許總有一天會成真。就像是只有起降要手動的飛機，只有停車與起步要靠人力操作。」

「輸入與人力嗎……如果可以這樣，暫時不想考試的我就不用考駕照，真是太好了……」

假設這種車真的問世，相關法規大概不太容易補齊吧。

感覺科技的進步逐漸超越人類社會。

我完全不知道智慧型手機如何使用，也可以說是一個例子。

車子也是最新科技的結晶，所以這種交通工具今後或許逐漸和我無緣。

註10　哆啦A夢大長篇電影「大雄的海底鬼岩城」登場的未來智慧車。

「說這什麼話？希望你務必在春假期間考到駕照，然後下次希望由你開車載我兜風。畢竟好不容易可以拍照了。」

戰場原說。

「戰場原小姐，您明明可以自己開車，卻要我開車？」

「身為女生，果然很嚮往坐在男友的副駕駛座喔。」

她說出有點少女情懷的這番話。

「跟『逆後宮』一樣令女生嚮往。」

「這也是一種少女情懷的嚮往，但很難說這兩者是同類吧？」

「希望將來阿良良木可以開車載我到火山口進行露頭觀察。對吧？」

她或許是認真這麼說，不過她這樣徵詢我的同意，我很難做出「是啊，真想去」這種回應……

「我想知道一件事，戰場原，『地學』是在學什麼的？應該不是單純只學習天體方面的知識吧？」

「嚴格來說是『地球科學』的簡稱。換句話說，主要是學習地球身為天體的相關知識。但我的興趣總是傾向於整個宇宙就是了。我的夢想是在將來畫出完整的宇宙地圖，被大家稱為『第二代伊能忠敬』。這是我在大學想做的事。」

「……第二代伊能忠敬？」

「總之，我聽過伊能忠敬對北海道不求甚解就完成全國地圖的遺憾經歷，但我在這部分不想偷工減料。我想鉅細靡遺對整個宇宙進行露頭觀察，然後再完成地圖。」

「到了這種程度，根本不叫做『露頭觀察』了吧？」

不是伊能忠敬，而是異能真勁。

……而且伊能先生也沒有偷工減料。

雖然我是第一次聽到，不過原來我的女友想當太空人嗎……真的嗎？聽起來像是臨場隨口說說的。

「話說，宇宙地圖是什麼？有這種東西？是常見的那個嗎？行星並排在太陽周圍的那種圖……」

「不是那個，那是想像圖。我說的是描繪整個宇宙的地圖……總之，你沒選修地學的話應該不熟吧。」

「嗯，我沒聽過。」

「宇宙幾乎是真空，銀河與星群零星配置在內。依照機率，總覺得星星是平均散布在真空的宇宙，但實際上不是這麼回事，星星會聚集在一起，分布得不太均勻。依照分布狀況畫出來的就是宇宙地圖。呵呵，說不定星星和人類一樣害怕寂寞喔。」

「就算妳講得像是在開導，但我沒看過實際的宇宙地圖，所以完全不懂妳在說什麼。」

「順帶一提，宇宙地圖不像世界地圖或日本地圖是長方形，而是扇型。」

戰場原平淡地說。

扇。

我沒對這個字起反應。

006

「好的好的，阿良良木學長您好，我是忍野扇。那麼今天來上星座課吧！」

小扇笑咪咪地以手上的雷射筆指向映在半球狀圓頂的滿天星斗。就讀直江津高中一年級，下個年度升上二年級的她，為什麼成為科學館職員在天文館工作？我對此感到疑惑，卻立刻察覺這是夢。

戰場原沒依賴車子的輔助功能，就在科學館停車場漂亮開入縱向停車格，我和這樣的她順利進入和科學館共同設立的天文館，不過大概是昨天至今的疲勞反映在身體上，加上今天早起，雖然正在約會的男生絕對不該這麼做，但我似乎在變得漆黑的天文館裡打起盹了。

日文將打盹形容為划船，那麼因為這裡是天文館，所以我應該是划太空船吧……不行，我在夢裡還是很睏，完全無法妙語如珠。

「阿良良木學長，請不要睡覺喔～～我要丟粉筆喔～～我手上沒粉筆，所以會丟雷射筆喔～～」

希望她別這樣。

要是被那種東西打中，我會失去意識清醒過來……

「哈哈，然後您醒來的時候就會想，究竟和戰場原學姊約會的現在是現實，還是和我打情罵俏的剛才是現實。這就是搞不懂自己是人類還是蝴蝶的『莊周夢蝶』對吧？」

小扇在夢裡也是正常發揮。

「好啦，那麼來增廣見聞吧。」

說到夢與現實的區別，在現實的現在——現實的天文館，大概也聊到類似的話題吧。

因為我在半夢半醒的時候聽到，才像這樣影響到夢境嗎？哎，既然這樣，我想期待小扇接下來進行的說明，足以讓我在睡醒時對戰場原解釋。

「如學長所知，從地球看得見的星座共八十八個，和聖鬥士星矢一樣。學長能全部說出來嗎？」

不，別強人所難。

就算是聖鬥士星矢，八十八人也沒有全部登場吧？

「是的。阿良良木學長住在日本，要您說出南天的星座應該很難吧。我的死對頭羽川學姊，說不定現在正在澳洲那邊欣賞南天星座就是了。」

小扇愉快地說。

雖然掛著笑容，但她如今毫不掩飾自己和羽川的對立。

「沒有啦，南半球有許多陌生的星座，所以真的很有趣喔。例如那邊有蝘蜓座這樣的星座。」

蝘蜓座？

這還真厲害……

「此外還有繪架座、船帆座……」

小扇以雷射筆指向她提到的各個星座，算是挺像樣的解說員。或許她原本就擅長這方面的演講，也喜歡對別人說明事情吧。

不，如果這是夢，就代表我下意識將小扇當成這樣的人。

這些奇怪的星座……不，在南半球應該是司空見慣的星座，小扇就像這樣滔滔不絕地依序說出不太熟悉的星座名稱。

「也有叫做『水蛇座』的星座。」

接著，她這麼說。

水蛇。

水字旁的……「它」。

「比較像是這邊的長蛇座吧。學長知道長蛇座吧？八十八星座之中最大的星座。」

圓頂的星空大幅變化。

大幅變化之後，成為我熟悉的星空。

小扇指向長蛇座的區域。

「不過，星座大小要怎麼測量也是一個難題。要是以立體角度來看，還頗為眾說紛紜的。不過，這個長蛇座的存在感，會令人聯想到姬絲秀忒・雅賽蘿拉莉昂・刃下心對吧？」

她開始在「星座」的說明混入「怪異」的說明。

我不認為這段說明和現實連結在一起。科學館裡的天文館，不可能這麼輕易提到我所熟悉，昨天完全復活，鐵血、熱血、冷血的吸血鬼名字。

這也是我對小扇的印象，覺得如果是她就會聊這個話題嗎？那麼就某方面來看，也可以說是和現實的連結愈來愈強。

「到頭來，雖然稱為長蛇座，不過這裡說的長蛇是傳說中的九頭蛇。學長知道嗎？九頭蛇。是稱為不死之身也不為過，再怎麼砍也會再生的怪物。就像是日本的八岐大蛇傳說吧。不過除掉這條九頭蛇的不是素盞嗚尊，而是有名的、勇猛的海格力斯。海格力斯再怎麼砍掉頭，都會不斷從砍掉的部位又長出頭的怪物，就是這個九頭蛇。」

小扇說。愉快地說。

說到要如何打倒不死之身的怪異，影縫應該很熟吧，那麼英雄海格力斯究竟是用什麼方法打倒那條長蛇——打倒九頭蛇的？總不可能到後來沒打倒，以徒勞無功結束那場戰鬥吧？

「不，打倒的方法非常正統喔。不過這種做法應該打不倒姬絲秀忒·雅賽蘿拉莉昂·刃下心就是了。海格力斯每砍下一顆頭，就以火焰焚燒切口阻止再生，以這種方式依序砍掉九顆頭，順利除掉九頭蛇。」

確實是正統派。

以火焰焚燒傷口。

小扇說這個方法對姬絲秀忒·雅賽蘿拉莉昂·刃下心不管用，實際上或許也不管用，不過理論上「用火燒」是除掉吸血鬼的正確方式。

不死之身的怪物，應該被火焰燒灼。

如同我曾經墜入據稱四面八方只有火焰的地獄——阿鼻地獄。

「或許只有傳說中的英雄，可以打倒傳說中的吸血鬼……說個題外話。」小扇補充說。「海格力斯和這條九頭蛇交戰的時候，巨蟹座的魔蟹站在九頭蛇那一邊，攻擊海格力斯。用牠的大螯砍向海格力斯。」

巨蟹座——蟹？

「區區螳臂……更正，區區蟹螯對上傳說中的英雄海格力斯當然不管用，魔蟹輕易就被海格力斯反擊踩爛。據說螃蟹就是因為這個打擊而變成扁平。不過，魔蟹挑戰海格力斯的勇氣受到女神的讚揚，成為天空的星座留名至今。」

小扇說。

一邊說，一邊擴大顯示巨蟹座。

這方面的配合度，算是天文館的優點吧。觀看實際的星空，一次或是各季節看得見的星座數量有限，不過如果在天文館只要輕鬆操作，無論是南天或北天、夏季或冬季、深夜或拂曉的星座都可以自由看個過癮。

「以小小武器挑戰大大敵人的構圖，這正是戰場原學姊本人耶。學長清醒之後，請務必把這個小故事帶回去，說給戰場原學姊聽喔。」

居然請我帶回去……

這個故事確實耐人尋味，但我不認為戰場原聽螃蟹被踩扁的故事會高興……

我不確定現實的天文館和這場夢連結到什麼程度，但若現實世界也正在以這種方式說明巨蟹座，不知道戰場原究竟是以什麼心情聆聽的。不過她只是曾經被螃蟹的怪異纏身，並不是喜歡螃蟹或是對螃蟹有特殊情感就是了。

不過，戰場原的生日是七月七日。

巨蟹座。

要將這個解釋為某種暗示，可以說有點牽強過度。依照我的記憶，我敢說戰場原從來沒有站在姬絲秀忒・雅賽蘿拉莉昂・刃下心……也就是忍野忍那一邊。

反倒是即使在忍迷路的時候，只有戰場原沒有加入尋找忍的行列。在改頭換面的前後，她始終貫徹討厭小孩的立場。

假設戰場原撞見忍陷入危機的現場，我也不認為她願意冒著被踩扁的風險幫助忍……

「說得也是。雖然我不清楚，不過和千石小妹對立的時候，戰場原學姊出面保護的始終是阿良良木學長，保護前刃下心只是順便的附屬品。」小扇點頭說。「耐人尋味耶。當時的蛇神，也就是統治北白蛇神社那時候的千石撫子，如果和現在完全復活的姬絲秀忒・雅賽蘿拉莉昂・刃下心對決，不知道誰會獲勝。照常理判斷，應該是足以毀滅世界的怪異殺手會贏，不過從不死的意義來看，蛇神也不相上下喔。不過這邊的蛇不是海蛇，是陸地上的蛇。」

蛇對海蛇。

如果兩者都有毒，聽起來很像是練蠱……雖然小扇講得像是夢幻對決，但與其說這是夢幻對決，我只覺得是不死大戰不死的無聊爛仗。

就像是永無止境的同類相殘。

「說得也是。不是長蛇座的另一個巨蛇座，雖然不是九頭蛇，卻也是不死之身的象徵。」

圓頂的夜景再度變換。

小扇以雷射筆指向巨蛇座。

「而且在所有八十八個星座當中，這個巨蛇座具備某個堪稱獨一無二的奇妙特徵。阿良良木學長，您知道是什麼特徵嗎？」

不知道。

我這麼心想。

但是回想起來，如果這是夢，小扇說明我所不知道的知識也很奇妙。如果這是我以睡眠學習的方式聽到現實世界天文館播放的內容，內容也太偏向怪異層面了。

天文館的星座介紹是這種內容？

巨蛇座的特徵。

我認為小扇絕對沒選修地球科學，不過她知道嗎？

「我一無所知喔。」小扇露出漆黑的微笑說。「知道的是您才對，阿良良木學長。其實您肯定知道喔。看，就像這樣……」

小扇將雷射筆的光點大幅左右晃動。以方位來說就是大幅東西晃動。

「巨蛇座是分開存在於東西兩側的唯一星座。是被『砍斷』的蛇。」她這麼說。「上半身在西方、下半身在東方，分開存在於兩側。換句話說，這看起來就是不死之身。身體一分為二居然還活著……不過阿良良木學長的身體似乎也經常一分為二就是了。」

不只是一分為二，我昨天甚至還被切片。不提這個，巨蛇座居然是以腰斬的形式存在於星空，我第一次聽到這個知識，而且也嚇了一跳。

為什麼是以這種形狀放到星空？其中也有巨蟹座那樣的故事嗎？如同螃蟹變得扁平，也有什麼蛇被砍斷的傳說嗎？

扇如同回答我這個疑問般開口。

「是的。老實說，分成兩部分的這個星座中間是另一個星座喔。我想阿良良木學長絕對知道，就是蛇夫座。」

蛇夫座。

十三星座的那個嗎？

我清楚記得曾經聊到這個話題讓神原捧腹大笑，應該說記憶猶新。因為神原至今也常常重提這個話題挖苦我。

「整體構圖是蛇夫雙手各抓著蛇的上半身與下半身。說明一下缺乏幻想的幕後細節吧，好像是因為蛇夫座插入巨蛇座原本的位置。蛇應該也很困擾吧。」

小扇這麼說。確實，這樣看來與其說是巨蛇聽命於蛇夫，比較像是被蛇夫覆寫殺掉吧。

不，即使如此還是沒被殺，所以才具備不死特性嗎……

蛇是神祕到會被人類尊崇為神的生物。是生物，也是怪物。

這麼說來，雖然我孤陋寡聞到不知道巨蛇座的特徵是分開存在於東西兩側，卻多少具備蛇夫座的相關知識。對了對了，記得那位蛇夫是被稱為醫聖的阿斯克勒庇俄斯？

「是的，不愧是阿良良木學長，真是博學。」

小扇說得酸溜溜的，但我似乎說對了。

「所以雖然叫做蛇夫，不過真要說的話，阿斯克勒庇俄斯某方面來說是向蛇學習。因為他是看見蛇瀕死卻復活的過程，才正式踏上醫學之路。」

原來如此。

我沒知道得這麼詳細。

「但也是因而惹禍上身喔。可以說不得志，也可以說才華被扼殺，阿斯克勒庇俄斯的醫術磨練到爐火純青，甚至達到能讓死人復活的境界。死而復生說穿了是極致的再生醫療，不過這樣做得太過火了。」

做得太過火。

小扇重複要點。

「犯規。該說是違反世間法則嗎……阿斯克勒庇俄斯惹怒冥王黑帝斯，因而被天雷打死。或許可以說他是因為看見不死之身的蛇才喪命。這樣就跟智慧果的傳說一樣了……」

智慧果。

被逐出伊甸園以及化為星座，兩者都好不到哪裡去……

不過，從醫生本分的角度來說，我認為再生醫療絕對不算是違反法則，但是冥王黑帝斯為什麼氣成那樣？

實際上剛從地獄復活的我，認為怪異性質的不死之身和醫療性質的不死之身是兩回事……

「當然是因為如果死人全部復活，冥界就空無一人了。記得阿良良木學長墜入的地獄沒有其他人？但如果沒有其他人，那裡就不是地獄，而是鬼城了吧？總之，雖然被天打雷劈的阿斯克勒庇俄斯自己不是不死之身，不過讓別人復活——量產不死之身算是很嚴重的罪過喔。」

小扇說到這裡，像是忽然想起來般補充說。

「斧乃木余接小妹也是。她是死後復活的一人，不過讓她復活的當事人全部遭到報應，承受了詛咒。」

嗯？小扇在說什麼？

詛咒？

我好像聽正弦說過，影縫不走地面是一種詛咒……

「總之，也可以討論究竟是被詛咒比較好，還是被雷打比較好……不過這麼一來會如何呢？讓阿良良木學長從地獄復活的臥煙小姐，今後究竟會遭到什麼樣的報應呢？對於臥煙小姐掌控一切的現狀，阿良良木學長或許覺得不是滋味，但是那個人也絕對不是沒背負風險，請別忘了這一點喔。」

小扇為什麼講這種話？

為什麼講得像是在袒護臥煙？

當然，若是我質疑這一點，就得討論小扇為何知道我下地獄的事，以及臥煙讓我復活的事……

「哈哈！」

小扇笑著將雷射筆收進口袋，從容走向我的座位。

然後準備坐在我身旁。

現實世界的天文館從上午就幾乎客滿，但是夢中的客人只有我一人，所以館內空蕩蕩的，但小扇準備坐在我身旁。

「小扇，要坐就坐左邊。」

「嗯？為什麼？」

「因為那裡是戰場原的座位。」

「哎呀哎呀，那就不能隨便坐了。總之，請不用擔心，我一點都不打算覬覦第一女主角的寶座。雖然可以把目標設為妹屬性角色，但是不提火憐小妹，我不想和月火小妹競爭。」

小扇一邊這麼說，一邊依照我的要求，坐在我的左邊。看來她已經卸下天文館職員的職責。

「話說回來，阿良良木學長是什麼星座？」

或許因為如此，所以她聊的話題不是天文小故事，比較像是閒話家常。哎，對我來說，這樣的隨和話題也比較好聊。

「唔……那個，我想應該是金牛座或牡羊座吧。」

「真含糊耶。」

「對星座占卜沒興趣的話就是這樣喔。像是自己的血型，不知道的傢伙就真的不知道吧？」

「是嗎……阿良良木學長不太相信占卜？」

「很難說……我原本就持否定態度，不過既然承認怪異與地獄真實存在，如果唯獨不承認占卜的話，總覺得說不通……」

「哈哈，以推理小說來譬喻，就是明明承認超能力偵探真實存在，卻不承認超自然現象的矛盾心態吧？」

小扇以推理作品譬喻，很像她的作風。哎，這樣舉例或許最好懂吧。

「以阿良良木學長的個性，您下地獄的時候，肯定會覺得既然死後的世界真實存在，活在現世就沒有意義了吧？」

「我沒想得這麼極端……不過，確實想過類似的事情啦。可是……」

「嗯。正因為您認為不是這樣，所以才復活回來吧……總之，沒智慧的人大多苟且偷生對吧？就我來看，就像是犯下過錯之後以更大的過錯掩飾。」

小扇坐在我左邊，仰望圓頂的星空說。

「不是恥上加恥，而是錯上加錯。」

「…………」

「只不過，臥煙小姐就是因為錯上加錯才引誘我吧。雖然明顯是請君入甕，但我不得不對這個陷阱起反應。這就像是訴諸本能的行為。不愧是專家，各方面想得真周到。」

小扇輕聲笑了。

這個舉止完全是高一女生的舉止。

然而，她的真面目是——

手折正弦說了。

在地獄底部告訴我了。

他說出要求除掉我與忍的委託人名字——

「阿良良木學長，您認為什麼是『正確』？」

小扇這麼問。

如今完全離開星空的話題。

不，這始終是夢裡的對話，並不是和實際的她對話……不過，「實際的她」是怎樣的人？

我知道忍野扇的什麼？

忍野咩咩的姪女。

專家的家系。

神原駿河介紹給我認識的轉學生——

「不，可以不用太認真思考這個問題喔。畢竟『正確』的意思經常會變。畢竟就算大家說正義必勝，其實也常常會輸。就算這麼說，『勝者就是正義』這種話也意外膚淺。講『正確』挺微妙的，所以大概壓低到『正當』這樣的層級，或許比較容易討論吧。」

不過，就算她這麼說，我也聽不懂。

「正確」或「正當」，「錯誤」或「過錯」，我們平常生活的時候都不會想這種事。但我無法否認就某方面來說，我就是因為沒想這種事，才會陷入現在這種狀況。如果我平常判斷事物的時候，就徹底重視正確、聰明、美麗或帥氣這種要素的話，絕對不會成為這種錯綜複雜的狀況。

但我不認為這麼做比較好。

並不是沒這樣假設過。

「做正確的事情好難。」小扇說。「尤其是『只做正確的事情』更難。只要想做正確的事，就會附帶被迫做一些錯誤的事情、不正確的事情。過於追求正義而做出不當行為的例子，翻開報紙比比皆是。套用在『正義必勝』這句話，就是如果要贏，就一定要在其他地方輸。百戰百勝是不可能的事。」

臥煙也這麼說過。以將棋譬喻過。

再著名的棋士對上再外行的新手，也無法不被吃掉任何一顆棋子就獲勝。當時是這麼說的。

那時候她一說完就將我切片，所以我以為自己正是臥煙的「敗北之處」……

「所以說，阿良良木學長，想當個正確的自己，就不應該做正確的事喔。因為到頭來，只要想做正確的事情，就一定會伴隨著錯誤，那麼到最後只會相互抵銷罷了。」

那麼，應該怎麼做？

我這輩子一路走來，完全沒有走得正確，也因此對於「正確」抱持強烈的嚮往。

比方說像是影縫。

或者像是火炎姊妹。

相信自己正確，筆直貫徹己身作風的生活方式，說我完全不嚮往是騙人的。

「這個嘛……是的，所以說，在影縫小姐或火炎姊妹實踐的生活方式，雖然她們自稱是正義，卻絕對不是『在做正確的事』。她們讓自己維持正確立場的方法，並不是做正確的事，而是矯正錯誤、矯正不正確的事物。她們選擇了這種生活方式。」

小扇這麼說。

這是我和八九寺在地獄那段對話的延長線。

是延長線，也是延長戰。

「糾正，或者可以說是質問。換句話說，雖然敵人的敵人不是自己人，不過藉由和『邪惡』為敵，成為『邪惡』的反義，就能為自己冠上『正義』的名號。即使走錯一步就會變成純粹在批評自己看不順眼的事物，但還是可以沉醉於正義感之中。」

沉醉於正義感嗎……

這正是我經常對火炎姊妹說的話……確實，她們身為正義使者進行的活動，大多是肅清以騙徒為代表例子的「壞蛋」，或是將「壞事」收拾妥當。

無論是火憐、月火或是影縫，個性上完全不是正義，也不屬於「正確」。

基於這層意義，具備「正確性」的人應該是昔日的羽川翼吧。那麼確實如小扇所說，羽川為了維持這份正確，不得不製造「黑羽川」這個怪異。

為了正確，不得不犯錯。

我無法矯正這份錯誤（我甚至選擇讓羽川維持這份錯誤），所以當時的我果然不正確。

小扇接著說。

「而且，我也在追求『矯正錯誤』這種類型的『正確』。我的職責是命令違反規定的人退場。」

違反規定。

退場。

這些詞令我差點聯想到某些事，但或許因為身處夢境，我的思緒無法整合。思緒擴散——消散。

「不過，我也不是魔鬼心腸。不是吸血鬼，也不是地獄的鬼。不會因為犯錯一兩次就命令退場，也會給一段寬限期……阿良良木學長，星座介紹快結束了。您最好先醒喔。」

聽她這麼說，我反射性地看錶。

我不知道夢裡的錶有多少可信度，不過介紹開始至今確實將滿三十分鐘。

「館內開燈的時候，要是您還在呼呼大睡，戰場原學姊會失望的。難得約會卻睡著，您就算被甩也不奇怪。所以差不多該醒了。」

小扇說著朝我伸出手，輕輕搖晃我的身體。女生這樣碰男生挺隨便的，但她是貼心要叫醒我，所以我沒訓誡她。

「接下來請努力享受這場和心上人的約會喔。不過難得有這個機會，所以阿良良木學長，有空請思考一下『正確』是什麼吧。在現實世界見面的時候，我們繼續聊這個話題吧。」

嗯，我知道了。

如果我醒來還記得的話。

我在心中如此回答。

而且我順便（就這麼完全不期待她回答）問小扇一個問題。

不過，妳究竟是什麼人？

「這也等下次見面再說明吧。和阿良良木學長一起玩的這幾個月挺快樂的，只是說來遺憾，我的存在意義不是享樂。哎，不過，如果硬是要說我現在能透露的真相……」

我是宇宙的法則喔。

小扇雖然面不改色，卻做出這個浩大的回應。

宇宙地圖。

扇型。

漆黑的真空，不均勻的銀河。

「這部分也請不要想得太深入。因為從地獄復活，如今回復為完整人類的阿良良木學長，如果順利的話，或許出乎意料免於繼續和我有所牽扯。所以拜託學長，請不要被臥煙小姐的花言巧語騙了。」

小扇說。

「成為完整形態的姬絲秀忒．雅賽蘿拉莉昂．刃下心，以及升天之後再度沿路回到這個世界——迷路回到這個世界的八九寺真宵。阿良良木學長，我由衷期待您這次確實做出『拋棄她們』的正確判斷喔。」

007

我醒了。

我醒了？

糟糕，剛才不小心打起盹……即使我再怎麼累，加上身處於天文館這個舒服環境，在約會時睡覺也太離譜了。

我居然做出這種事……不，即使是我也不該做出這種事。

看來我剛好在介紹結束的時間點清醒，但是剛才放映什麼樣的內容，圓頂映出什麼樣的星空，我完全沒記憶。

我熟睡到連夢都沒做。

好丟臉。

我該如何面對坐在我右邊的戰場原？假裝自己醒著，配合她的話題適度搭腔？還是坦承睡著，為自己搞砸久違的約會道歉？

我就這麼沒做出決定，轉身面向她。

「…………」

戰場原也在睡。

無聲無息地睡。

她的睡相缺乏生理反應，我一瞬間還以為她死掉……我不經意察覺這是我第一次看見戰場原熟睡的樣子，原來這傢伙是這樣睡啊……

老實說，我會怕。

雖然完全沒有睡美人或白雪公主那種美感，但她看起來像是進入假死狀態，令人覺得可以這樣形容。

話說，她該不會真的死掉了吧……

「戰場原……」

「我沒睡。」

她的雙眼無預警地同時睜開。

比起睡醒更像是覺醒。

好像一秒開機的電腦。

「完全沒睡。完全沒睡。我只是閉著眼睛想事情。」

「…………」

這個辯解很老套，但是她一臉正經這麼說，我就覺得或許真的是這樣……

不過，光是這麼小聲就能叫醒，她睡眠也太淺了。

哎，想到她過去的經驗，以及那段總是受到危機感折磨的漫長人生，我可以理解她為何改不掉這種像是野生動物的睡眠習慣。

「對不起。其實我睡著了。」

大概終究覺得瞞不住，戰場原率直道歉。她現在已經會道歉了，真的和當時比起來率直許多。

以前她是與其道歉不如一死的傢伙。

角色個性也太強烈了。

而且我至今都不敢相信，我就是在那時候下定決心和戰場原交往……

總之，多虧戰場原睡著，感覺剛好和我的打盹抵銷，真要說的話，我甚至想謝謝她……不過，如果只有我放輕鬆，害得戰場原一個人受到罪惡感的苛責，總覺得也不太對。

「沒關係，因為我也睡了一下。」

所以我坦承了。

其實不是睡了一下，而是睡了好多下，不過也只是稍微縮水，請各位原諒這種程度的俏皮行徑。

「這樣啊。也就是彼此都累了。看來發生那些事情沒多久就約會，終究是操之過急。」

戰場原說完伸個懶腰。看來座位坐起來絕對不算舒服。

我也學她伸個懶腰。

「我想也是因為內心放鬆了。因為阿良良木的考試以及身體的吸血鬼化，這兩個問題都在同一天順利解決。」

「說得……也是。」

關於這部分，戰場原或許比我還要操勞。回想起來，這半年總是害得戰場原非常擔心。

我是不及格的男友。

確實，我在五月接住腳滑摔落階梯的戰場原，或許協助她解決一直深藏內心的煩惱，戰場原或許因而覺得我對她有恩，但是從相互抵銷的觀點來看，或許我更受到戰場原的照顧。

獲得三倍回報的或許是我。

這麼一來，天底下也沒有情侶比我們更不登對了。只送棉花糖當回禮完全不夠。

「阿良良木，怎麼辦？雖然計畫會亂掉，不過既然我們都睡著，那要不要再看一次？」

「不……」我搖搖頭。「今後來這裡的機會多得是，所以改天再看。不提這個，今天就致力於完成妳設計的約會計畫吧。」

我試著強調「今後」兩個字。不知道是否聽懂我的意圖，戰場原說「也對，畢竟不知道現在訂不訂得到下一場的票」輕輕起身。精神抖擻的動作，不像是幾分鐘前還在睡覺的人。

我心想自己也得向她看齊，跟著她離開。

「所以，接下來預定是什麼行程？」

「如我在車上說的，要在共同設立的科學館學習現代最尖端的科學。先不提有沒有飛天車，不過裡面好像可以進行各種體驗學習。」

「嗯。哎，確實必須常保求知的態度就是了……因為升上大學之後也得繼續吸收知識。」

「沒錯，為了成為太空人。」

戰場原微笑說。

聽她掛著微笑這麼說，我真的搞不懂這番話當真到什麼程度。只不過，雖然還沒確定考上，不過即將成為大學生的這時候，或許也得開始思考這種事吧。

思考所謂的「將來」。

以我的狀況，我並不是想做什麼而就讀大學，所以這四年會拿來尋找目標，不過想到好幾次差點失去未來的這一年，這四年肯定可以說是夢幻般的時光吧。

「阿良良木有什麼將來的夢想嗎？」

或許是看透我的內心，我們走出天文館的時候，戰場原這麼問。

將來的夢想。這是令人難為情的話語。

「不，這種東西我不太……」

「嚮往的職業之類的。」

「沒有耶。畢竟我也沒想過成為棒球選手……我長大的環境不太能培養對於職業的憧憬。」

「也對，你父母的職業挺特殊的。我也沒資格說別人就是了……像羽川同學那樣崇拜忍野先生，到最後立志成為除妖專家的這種想法，我個人希望避免。」

戰場原低姿態地提出這樣的主張。

總之，這是沒辦法的事。

怪異相關的專家，至今讓戰場原吃了五次苦頭，所以她無論如何都對這方面抱持不信任的態度。

雖然在回歸社會的時候借用忍野的力量，不過這和個人情感是兩回事。

「包括這一點在內，忍野先生對我的天使羽川同學造成負面影響，所以我很難原諒他。羽川同學跑去各地踩點，所以這個年度後半幾乎沒和羽川同學親熱就結束了。」

「…………」

妳這是亂發脾氣吧……

「我的天使」是怎樣？

而且，畢業後出國流浪的未來計畫就算了，羽川在學期間跑去各地踩點的行徑，很難說是忍野的責任。

真要說的話，責任應該在同樣姓忍野的忍野扇……

是的，如今真相大白。

和忍野咩咩不在的時候一樣，羽川翼不在的這段期間，也如同填補空檔般發生各式各樣的事件。

「即使羽川同學那邊為時已晚，不過可以的話，我希望你別選擇那種生活方式。」

「嗯……我也不認為自己能實踐那種生活方式。」

我之所以不經意含糊回應，是因為我認為今後這輩子，我很難……應該說絕對不可能和怪異毫無交集。

光是有忍野忍，我就敢斷言。

考慮到我和她的關係，我就不能和怪異斷絕來往。

即使死後會下地獄。

「與其讓你被迫選擇那種生活方式，那你別工作了。我養你一輩子。」

「……記得世間把這種人稱為『小白臉』？」

「而且我會被稱為有包容力的女人。」

「不，我認為不會形容得這麼好聽吧？雖然我也很慘，但妳也會被講得很慘吧？」

「有什麼關係？小白臉配魚乾女，不是很登對嗎？」

「就算登對……」

完全是破鍋配爛蓋的感覺吧？

唔～～……

對喔，即使（暫定）達到考上大學的目標，之後還是得思考各種該思考的事情嗎……我重新覺得人生只有中途點，沒有終點線。

正因如此，所以很難一直獲勝，非得在某些地方敗北……嗯？這是什麼？是臥煙說過的話嗎？

不對，我剛才好像做了一個夢……但我做了什麼樣的夢？我不是熟睡到連夢都沒做嗎？

「逛科學館一圈之後吃午餐。總之即使不是速食，也請認定只是吃簡餐。因為要是白天吃太多，會影響到晚餐。」

戰場原再度回頭說明約會計畫。

該注意的是這裡的「晚餐」指的是和父親用餐，戰場原理所當然地認為和男友一起吃的午餐必須為此少吃一點。

……哎，這也是在所難免。

應該說，我個人應該支持這件事。

六月第一次約會的時候，戰場原和戰場原父親的關係依然尷尬，既然現在朝著如此融洽的方向前進，我這個男友即使稍微被冷落也應該樂於承受。

月火昨天也說過，我和妹妹們的感情原本不算好，如今彼此的關係已經修復到至少願意一起出門，也覺得這樣不是壞事，所以我可以理解到家族和樂融融的可貴。

希望戰場原也能如此。

尤其是她已經失去母親，更應該珍惜父女的羈絆。不，話是這麼說，但我依然難以拭去遺憾的感覺。

我還沒辦法這麼懂事。

所以我期待下午的計畫內容足以彌補午餐簡單解決的缺憾。要是她說晚上赴約不能太累，所以下午行程也得精簡的話，我終究會顧不得他人目光，不顧一切地發飆吧。

不過，戰場原說她希望趁著還是高中生的時候體驗一場像是高中生的約會，這番話不是謊言。

「上午是吸收知識的行程，所以下午主要安排遊玩的行程。」

她如此說明。

「開車到大一點的城市，前半打保齡球，然後喝個下午茶，後半去ＫＴＶ唱歌。」

「喔喔……」

我深感佩服。

先不提保齡球，戰場原不太像是會去ＫＴＶ唱歌的人，所以我嚇了一跳。

「嗯。總之，打保齡球是我提的，去ＫＴＶ唱歌是採納羽川同學的建議。」

「建議……」

「聽羽川同學說，你好像常常和她去唱歌？這方面該怎麼說，我身為女友，有一種即使對方是羽川同學也不想輸的心情。」

「…………」

這樣的話，絕對不是採納建議而這麼安排的吧……

既然妳抱著這種心情提議去ＫＴＶ唱歌，我就有點難盡情享受……哎，反正我也想聽戰場原唱歌，那就這樣吧。

「那麼保齡球呢？妳是會打保齡球的人嗎……？」

「升高中就沒打了，不過在國中生的時代，像是和神原，或是田徑社舉辦慶功宴，我打得挺習慣的，還創下藝術般的高分喔。所以我想久違重新試試身手。阿良良木你呢？」

「嗯？」

「保齡球。最高記錄幾分？」

「不，我是保齡球的初學者，記得應該是沒打過……所以可以的話，我想請妳教我怎麼打。」

「我知道了。輸的人要接受懲罰遊戲。」

「不准知道我是初學者就設定懲罰遊戲！」

「敗者一定要服從勝者的命令。」

「這懲罰遊戲太沉重了！」

整理一下吧。

今天戰場原設計的約會行程是「開車移動↓天文館↓參觀科學館↓午餐（簡餐）↓開車移動↓打保齡球↓移動↓下午茶↓移動↓唱KTV↓解散」。雖然吃的是簡餐，不過行程緊湊到讓我吃得撐。

「其實還有很多想去的地方跟想做的事……但是也沒辦法，畢竟就算愛情無限，時間也有限。」

即使後續還要和父親共進晚餐，戰場原也自己設計了這麼緊湊的行程。但她似乎依然有所不滿，輕聲這麼說。

「算了。雖然這是高中生活最後一次約會，不過今後想約會幾次都可以盡情約會，可以每日每夜從早到晚通宵盡情約會。對吧，阿良良木？」

「…………」

聽她這麼問，我當然得這樣回應。

「嗯，是啊。那當然。」

不過，我這時候抱持的確信，沒有嘴裡講的這麼堅定。

想到接下來的事，想到忍野扇的事，我說不出任何確切的保證。

008

雖然犯下在天文館睡著的離譜過失，不過後來沒出什麼大錯，我與戰場原（至少我是如此）成功度過快樂的時光。

說到科學館，從初期階段就不抱什麼期待當然是原因之一，但我意外地玩得很愉快，這是我發自內心的感想。這種設施基於性質，大部分的展覽內容比起高中生更適合國中小學生（或是全家福），所以我擔心像我與戰場原這樣的十八歲來這裡體驗是最尷尬的年紀，不過或許該說果然是羽川建議的約會行程吧，館內的展覽令我備感充實。

這麼一來，我愈來愈懊悔剛才在天文館睡著。不過關於這部分，光是能看見戰場原的珍貴睡臉，就勝過欣賞任何星空了。我就以這種方式解釋吧。

當然並不是我逕自覺得充實，戰場原也逛得很開心。總之，這算是理科女生會有的反應，但她以前絕對不會展露內心，應該說不會在他人面前或是公眾場合（連在我這個男友面前也一樣）表現出開心的樣子，所以對我來說，能看見她這一面或許就是無上的喜悅了。

「再逛一圈吧！」

她一反剛才在天文館的態度，頗為強硬地如此要求，我終究不得不拒絕……明明自己訂好計畫卻不太遵守的這種態度，對於以當機立斷的判斷速度為賣點的她來說，或許是長處必然附帶的短處，也就是應當存在的另一面吧。

以這時候的興致為優先接受這個提議，真要說的話或許可行，不過身為健全的高中生，在科學館待一整天玩到閉館只令人覺得健全過頭，所以我勉強說服。

「今後要來多少次都可以。」

我說出今天成為定例，應該說成為鐵則的這句話之後，戰場原也讓步了。

然後吃午餐。

她說要吃簡餐，所以我這時候也將期待標準設定得比較低，然而不知道是否是戰場原的作戰，她帶我進入一間看起來氣氛很好的店。

她說過不是速食店，但我能吐槽的頂多只有這間店是比較適合女性光顧的咖啡廳（顧客除了我都是年輕女生），餐點很好吃，價格也非常實惠。

順帶一提，約會過程的開銷完全是平均分攤。關於這方面不只是今天，我不免認為身為男生應該全額負擔（考慮到戰場原的家計問題就更不用說），不過戰場原非常抗拒接受任何人的施捨。

就我推測，這種個性似乎受到昔日和某騙徒打交道的影響。那個（半冒牌）專家對她造成的影響，說不定比羽川或忍野造成的影響還大。

不過應該是負面教材的意思吧。

總之，雖然沒計較到以一圓為單位，但是付錢時是我與戰場原各半。考量到租車以及加油的錢，她的開銷或許比我大。

想到這或許是我成為小白臉的前兆，我就不得不繃緊神經下定決心。不過，戰場原目前還沒給人魚乾女的印象就是了。

總之，雖然她看起來興趣缺缺，但女生果然都會注意這種店吧……在咖啡店吃的這頓飯令我如此心想。

再來是下午。遊玩時間。

前半是打保齡球。

說來恐怖，那場賭真的付諸實行，不過先說結果吧，我贏了。

「可惡……沒想到你居然對我說謊……完全不是初學者嘛……」

戰場原吐出這樣的怨言。

她忿恨不平地看著我，就某方面來說反映出她的表情變得豐富，使我會心一笑（我想起斧乃木說過，看別人生氣是自己最亢奮的時候），不過基本上我還是會想起以前的她而心驚膽跳。

不過我沒說謊。

我是初學者，甚至從沒打過保齡球，這是如假包換的事實，但我還是贏了，如此而已。哎，老實說，她這樣氣沖沖地瞪我，那我乾脆輸給她算了。

命令妳的權利？我不需要這種東西。

而且關於這方面，堪稱是戰場原自作自受。她似乎美化了過去的記憶。居然說什麼「藝術般的高分」。

美化。若要說得嚴厲一點，應該說她只記得美好的部分。

不，實際上，她從第一格到第五格都打得很好。完美到即使擁有專用球也不奇怪。

我不太清楚要怎麼稱呼，好像叫做「全倒」還是「火雞」吧，總之直到比賽的中盤，連續都是一球擊倒十瓶的結果。

即使嘴裡吐槽「妳這傢伙太專業了吧」，但她展現這麼漂亮的技術，我也不禁大方認為聽妳一兩個命令也無妨（順帶一提，我是後攻，一直打出不好不壞，不驚人也不好玩，非常平凡的成績），不過在第六格之後，她的表現大幅變化，大幅走樣。

簡單來說，從第六格之後，戰場原黑儀每一球都洗溝。

接近尾聲的時候，她投出的球虛弱無力，甚至差點滾不到盡頭。

是的，總歸來說，戰場原累了。

手臂好像麻了。

她原本是短跑選手，所以缺乏持久力與耐久力。雖然這是原因之一，不過追根究柢應該是肌力不足。

途中她靈機一動改成用左手投球，但是球的軌道可沒因而變得機靈。

結果，腳踏實地累積得分的我追上她，最後反敗為勝。以上就是比賽過程。

夢幻逆轉勝。

不照劇本走的戲碼，看來不是只屬於棒球的專利。

「好吧，我認輸。」

不愧是那個神原的直屬學姊，戰場原強烈表現出不服輸的個性，但是接下來即將成為大學生的她（只要學校沒發現她偷考駕照），最後還是接受自己的敗北。

「要下什麼命令悉聽尊便。好啦，你會提出多麼下流的要求？我好期待。」

真亂來。

順帶一提，為了當成參考，我詢問戰場原在獲勝的時候打算提出什麼要求。

「當然會提出下流的要求啊！」

她有點惱羞成怒地這麼說。

那麼無論如何，對妳來說都沒差吧？我不得不這麼說。雖然心想之前好像也發生過類似的事，但我決定要求她在前去喝下午茶的途中都挽著我走路。

今天的主題好像是「健全」，我們在離開科學館的時候都貫徹這個主題。

下午茶。

以英式風格來說就是「Afternoon Tea」。

抱歉容我從價格的話題說起，出乎我的預料，下午茶比午餐還貴。若有人說本來就是這樣，那或許是這樣吧，因此對於戰場原來說，下午茶似乎才是重點。

我優雅品嘗好茶，享受時尚的茶點，並且在這個時間點，對戰場原詳細說明昨天一連串事件的詳細。像是為什麼停止吸血鬼化，以及原本不可逆的變化為什麼變得可逆。

有些事當然不能說，所以我不能坦承一切，但是只要是能說的事，我大致都在這裡分享給她。

「是喔……考試當天居然上演這種大冒險，該說意外還是很像你的個性……搞不懂你在做什麼。」

看來，果然稍微惹她生氣了。

總之，任何家教得知自己的學生以這種自由奔放的態度應考，心情應該都好不到哪裡去。

不過，大概是覺得不應該對昨天剛下過地獄的人講得太嚴厲吧。

「辛苦了。」

她僅止於這樣回應。

不過她這樣同情，我就某方面來說不知道如何應對。

何況就算她慰勞我說「辛苦了」，但是這一切還沒結束，這應該不用強調才對。我還不知道臥煙的詳細計畫，但我肯定得在計畫裡盡到某些職責。

「也對。想到金髮蘿莉奴隸或是八九寺小妹的狀況，肯定是這麼回事吧。尤其是八九寺小妹，實質上等於是成為臥煙小姐的人質。」

她的說法令我不以為然（「蘿莉奴隸」這個說法也令我不以為然），不過聽她這麼說就發現正是如此。

可以說一點都沒錯。

「總之，說到欠不欠的問題，你現在應該是欠人情的狀態，所以非得還這份人情吧……就像我再怎麼厭惡也得付錢給忍野先生一樣。」

說真的，妳到底多厭惡啊？

太厭惡了吧？

我甚至覺得妳比以前還厭惡忍野……羽川去各地踩點讓妳這麼寂寞？

既然這樣，妳已經不是和神原搭檔，是和羽川搭檔了吧？要叫什麼組合？

「不過，人情問題始終是人情問題……但我有一個地方不懂。那位臥煙小姐究竟想做什麼？是基於什麼目的採取行動？是工作所需嗎？」

聽她重新這麼問，我不知道該如何回答。我當然不是不知道答案。關於臥煙的目的，應該說她的目標理念，我聽她以及她周圍的人說過好多次。

只不過，她的目標理念太高了。

就某方面來說過於高尚，我這種小人物無法理解透徹。總歸來說，她應該是想平定這個充滿怪異的城鎮吧，不過這樣簡直是正義使者。

正義。

正確。

以及因為正確而產生的錯誤。

犧牲。

……怎麼回事，我好像在最近，而且是不久之前才講過這種事？

「依照我昔日抱持危機管理意識……以風險管理的精神面對日常生活的經驗來

說，世界上最恐怖的人，就是摸不清目的的人。不管是任何人，不管是要人還是壞人，只要明確知道他想達成的目的，知道他的欲求與慾望，那就可以應付。但或許單純只是大人看事情的角度和我們這種小鬼頭不一樣吧。」

戰場原擔心地說。

她還在擔心我。

這個事實令我內心過意不去。

害她心痛的這個事實令我痛心。就算這麼說，但我已經允諾關於怪異的事情盡量不當成祕密，所以也不能對她有所隱瞞。

由於和我這種傢伙交往，造成她非常大的困擾……要是我這麼說，可能會再度落入自虐心態，變得像是被害妄想吧。

「雖然不確定臥煙小姐在和什麼東西戰鬥……不過，她戰鬥的對象說不定是阿良良木你喔。」

唔。這是什麼意思？

「沒有啦，與其說有什麼意思，不如說這是我的直覺……你只注意眼前事物的態度，和臥煙小姐綜觀一切的立場，感覺無論如何都處於對立關係。對立……說得嚴肅一點就是『敵對』。」

……聽她這麼說，我就無法否定這個可能性……應該說是已經發生的事實。徒有空殼沒有神的北白蛇神社，臥煙當初想要拱立忍坐鎮神社當神，我反對這個方針，結果就是殃及毫無關係的國中生千石。所以如果將這件事判斷為我與臥煙敵對的構圖，那麼完全是阿良良木曆的敗北，而且是留下後遺症的敗北……

不過就算這麼說，如果臥煙這次又想打這種主意，若是想讓回復為完整形態的姬絲秀忒·雅賽蘿拉莉昂·刃下心坐鎮那間神社，我果然同樣會反對吧。

……這是很可能發生的事。

到頭來，北白蛇神社的前身是那座浪白公園，而且當時的地名是白沱。

如果這意味著「水蛇」，而且長蛇意味著「九頭蛇」的話，與其說這是暗示或符合，應該說單純是反映歷史。

這麼一來……

唔……慢著，「長蛇意味著九頭蛇」這個知識，我是從哪裡學到的？長蛇與九頭蛇明明是完全不同的生物才對……這是在說什麼？

「……總之，我是阿良良木派，所以這方面不會多說什麼，但我說幾句話鼓勵你吧。臥煙小姐這種俯瞰一切、綜觀全體的思考方式，或許比較受到多數人支持，不過，我認為人們不只需要這種思考方式，有時候也得將眼光放近一點。不吃今天的飯就在思考明年元旦要怎麼過，這只能說是妄想吧？」

這番話比起鼓勵更像安慰，不過她肯這麼說就令我信心大增，能抱持樂觀的心情面對今後的對決。但我還不清楚接下來是否要和某種東西對決，一切都還在五里霧中。

「好啦，阿良良木，既然享受完紅茶，那就去唱歌吧。話說在前面，在包廂裡不要點吃的喔，不然會影響到我和爸爸的約會。」

她和父親的夜晚行程，終於也叫做「約會」了。這是哪門子的雙重約會？到了這種程度，所謂的雙重約會也變得像是普通的雙重預約了。

「我個人會形容為雙重比賽就是了。」（註11）

戰場原用了這個女生很少用的棒球術語，但我們的目的地不是打擊練習場，而是ＫＴＶ。

和戰場原在昏暗狹小的房間共處有點臉紅心跳，使我覺得自己沒有忘記最初談

註11　Double header，球隊同一天連續出賽兩場的意思。

戀愛的感覺，但是不提這個，現在要注意的是戰場原的歌喉。順帶一提，未來成為世界主席呼聲很高的羽川唱歌超好聽。

我還以為在聽ＣＤ。

羽川不只是做學問有完美表現，娛樂方面也是得心應手，使我覺得不能抱著隨便的心態找她玩。

不過，在普通約會抱持這種程度的期待很過分，而且戰場原應該也和羽川一起去過ＫＴＶ，肯定不會冒出競爭的念頭……

我貿然這麼認為，然而戰場原反倒才是我不能抱著隨便心態一起玩的對象。她以明顯生疏的動作操作遙控器，將伴唱機設為「評分模式」。

為什麼要把自己逼入絕境……！

她想看客觀的數字！

……聽說機器評分和人們對於歌喉好壞的觀感意外地不一致，所以不能一概而論，即使如此，若是以數字顯示結果，我會很難打圓場。

我如此心想的時候……

「唱兩個小時比總分，輸的人要完全服從贏的人。」

她又提出這種條件。

原來和我對立的人是妳？

這傢伙昔日是這麼喜歡較量嗎……應該說，這女人沒在剛才的保齡球對決受到教訓嗎？

這種愛挑戰的態度，或許有我應該學習的部分，不過她老是下戰書，我不禁質疑今天的活動是否可以稱為約會。

我該不會被當成她晚上和爸爸約會的練習對象吧？這個疑問也湧上心頭，不過總之我不能不接受戰場原提出的這場復仇戰。

只要有所虧欠，應該說只要被抓到把柄，就真的處於劣勢了。

或許應該說是戀愛造成的弱點吧。

「我先攻。洗耳恭聽吧。」

戰場原拿起麥克風。

看她這副模樣，總覺得像是自暴自棄的人。

「阿良良木，說這什麼話？你接受我挑戰的勇氣值得嘉許，但你會後悔喔。動畫版的主題歌，你以為我至今唱過幾次了？」

那是動畫版的設定。

很遺憾，不會反映在小說文字上。

因為終究不會連這一集都改編成動畫吧。

順帶一提，戰場原的選歌是玩真的。這裡不講歌名避免造成問題，不過她明明大放厥辭，卻選擇音域與節奏都不會特別刁鑽的好唱歌曲。

到底多想逼我完全服從？

我難免覺得她連保齡球輸我的懊悔都加進去了。至於結果則是……

「82分。」

很普通。

不，我至今沒用過評分模式，所以無從判斷82分究竟是普通，還是很好或很差的分數。

不過當事人一陣錯愕，看來對她來說是相當丟臉的結果。

「不會吧……82分，不就是沒及格嗎？我這輩子第一次低於85分。」

這個優等生……

82分就沒及格，這是哪門子的考試？

「阿良良木的高中生活，大半都是抱著這種心情度過嗎……？原來低於85分會變成這種心情啊。難以置信。我至今都沒理解。早知道應該對你更好一點。原來我一直都對你說得那麼過分……」

妳現在就說得很過分。說不定是至今講得最過分的一次……

我的高中生活，大半連80分都很少考到。

總是拿到真正不及格的分數。

總之，不提伴唱機打的分數，戰場原的歌喉沒什麼好挑剔的。從「萬能」這一點來看，她的才華果然絕對不輸給羽川。

所以我直接將這個感想說出口。

「我不需要什麼存恤。」

但我遭受意外的拒絕。

被她用這個陌生的詞拒絕……「存恤」是什麼意思？

無論如何，戰場原每當遇到對決就會認真起來。接下來輪我唱，不過這部分應該可以省略吧。

自己評論自己的歌喉應該會冷場無比，就像機器一樣只顯示分數當結果吧。

82分。

以上。

對於約會中的情侶來說，同分是耐人尋味的結果，或許可以從這個事實找出會心一笑的意義……實際上我本來也想說幾句話，但是看到戰場原咬牙切齒的嚴肅表情就說不出口。

她面對勝負的態度也太認真了……

還是說和勝負無關，是我這個家教學生居然和她同分的事實令她火大嗎？

總而言之，依照機器的判斷，我與戰場原的歌喉似乎不分上下。

不只是第一回合，第二回合之後的結果，雖然當然沒能剛好平手，但我們接連唱出差不多的分數。

這如果是運動比賽，可以說是一場精彩的拉鋸戰，但我們是在進行KTV比賽，所以整個過程沒什麼起伏，以微幅差距沉悶收場。

說到微幅差距的比賽結果……

勝利的又是我。

只差三分。勢均力敵也要有個限度才對。

「怎麼可能……優秀如我居然一天輸給阿良良木兩次……」

從這句話就可以知道，女友似乎相當瞧不起我。哎，我老是對她露出丟臉的一面，所以這也是當然的。

既然這樣，那就當成平手吧。雖然我如此提議，成為勝負魔人的戰場原卻對自己的敗北毫不妥協。

「好啦，儘管命令我做任何事吧。」

她說。

真灑脫。

就說了，妳的灑脫和自暴自棄只有一線之隔……

「選擇先攻的話，或許會因為時間關係，所以在我唱完的時候結束比賽。我就是因為打這種投機取巧的主意，才會遭受報應吧。」

她隨口坦承自己的惡毒企圖。

搞不好真的是遭受報應。神全部看在眼裡。

不，神應該也不會逐一審視這種沒營養的企圖吧。

何況真要這麼說的話，這座城鎮現在是沒有神的城鎮。

總之，現在是約會結束的時間。

高中生活最後的約會。

下午比賽兩次，而且是我二連勝作結，所以氣氛變得有點險惡，不過行程按照預定計畫結束，基於這層意義，我有種進度順利的成就感與滿足感。

「阿良良木，等一下。為什麼要營造出結尾的感覺？不要做總結好嗎？你還沒對我下令吧？快讓我完全服從啊？」

…………

哎，畢竟約定就是約定……

到最後還在計較這件事也挺扯的。

就算這麼說，要在我的詞庫找到超越「挽手」又符合健全標準的要求，應該相當困難吧。

「用新娘抱的姿勢，抱著我走到停車場如何？」

完全服從的一方如此提議。

就說了，這樣的話誰輸誰贏還不是一樣？我冒出這個疑問，不過這種程度的命令或許恰到好處。

「確認一下，不是我對你新娘抱，是你對我新娘抱吧？」

那當然。

如果角色反過來就不是新娘抱，而是新郎抱吧？這是哪門子的懲罰遊戲？不對，新娘抱也是十足的懲罰遊戲了。

不過，感覺戰場原的受創程度會比我嚴重，還是別這樣吧。

「敢說我重，我就殺了你。」

好久沒聽戰場原說出「殺」這個字了……還真的很難浪漫起來。

不提戰場原的體重，我現在完全喪失吸血鬼性質，臂力不太可靠，要是摔到她就糟糕了，所以我吩咐她摟住我的脖子，然後以新娘抱的方式，走數百公尺抵達停車場。

「不愧是阿良良木，平常就習慣抱幼女的你果然有兩把刷子。」

這種形容會招致誤解。

希望她別這樣。

「不過，既然小忍變成前凸後翹的尺寸，今後要抱要背或是騎肩膀都不容易了。你也得鍛鍊身體才行。」

我終究不認為今後會以這種方式帶著完美形態的忍移動……光是想像就覺得是一幅不得了的光景。

我與戰場原這樣聊著這樣的話題，暴露在好奇的視線中，在下午抵達租來的車所停放的停車場。至少停車費由我出了。

「呼，好害羞。」

戰場原坐進駕駛座就這麼說。

這就是妳對新娘抱的感想？

我只能說確實是這樣啦……

「我看見地獄了。」

需要說成這樣嗎？

總之，可以說比地獄更像地獄。

然後，接下來真的只剩回家了。雖然不是因為聽過戰場原的要求，不過看到她開車的樣子，我也想考駕照了。

但看她愉快開車的模樣，或許不是因為開車很愉快，而是滿心雀躍期待接下來和父親約會的預定……

只不過，如果只有駕照沒有車，也沒辦法自由出遊吧……每次都租車也不方便。

雖說接下來只剩回家，但我在最後一刻想到有件事得在回家之前說。

當初，這是我今天首先想到要對戰場原說的事，也是非得首先對她說的事，卻因為戰場原黑儀考到駕照的事件嚇到我，所以完全錯失對她說的機會。

她對此隻字未提，所以或許可以就這樣不說……這樣的不當念頭瞬間掠過腦海，但我當然不能這麼做。

「戰場原……」我突然開口。「我要講一件重要的事。」

「如果是求婚，我OK喔。」

「不，沒這麼重要。而且妳也答應得太快了。其實是關於妳在情人節送我巧克力的回禮……我沒準備。」

我想過各種說法，不過到頭來，這種事只能老實說。

「對不起。我沒時間準備。想著想著就想太多……如果努力一點，買現成的棉花糖之類的並不是趕不上，但我覺得這樣也不對……想太多之後就想得更多，最後什麼都沒做……」

我也想過在今天找機會去買，卻沒這種機會。想在戰場原身旁找機會離開，根本是不可能的任務。

要說唯一的機會，就是在天文館的那時候……但我當時也睡著了。

「所以方便等我兩、三天嗎？這段時間的利息，我當然會加算的。」

「什麼嘛，你在掛念這種事？這種事你完全不用在意喔。居然說利息，我很清楚你討厭這種紀念日。」

一反這邊的決心，戰場原的反應非常平淡。

「說我不抱期待的話就不好聽了，但我沒想過你會有什麼表示，所以光是今天陪我約會就夠了。等你哪天有心再送吧。我做巧克力送你並不是期待回禮。」

戰場原重視禮尚往來，我不認為她這個意見出自真心，不過送禮或許原本就是這麼回事。

「到頭來，就是因為你討厭紀念日，我才和你建立起現在的關係。記得嗎？你和我是在母親節正式交往吧？」

「啊啊，這麼說來……」

我記得。

但是，如果我進一步回憶，到頭來，我那天就是因為是否要慶祝母親節的問題，和妹妹大吵一架之後離家。

現在回想就覺得這個行徑很幼稚……但我就是在離家走到的公園，在浪白公園巧遇戰場原。

而且，戰場原後來對我表白。

對喔。

所以，「我因為不太會過母親節，所以開始和戰場原交往」這種說法確實成立。同時我也不得不感受到人際關係的奇妙緣分。

和妹妹吵架居然暗藏這麼重要的契機……想到如今和妹妹維持一定交情的現狀，我頓時反省以前為什麼不能和這兩個傢伙和平相處，不過這麼一來，我就不會在那天遇見戰場原以及八九寺……

真奇妙。

如果貫徹做正確的事就無法避免犯錯，那也可能因為犯錯而走上正確的路。

……我又想問了，這是我從哪裡聽來的想法？

「沒關係啦，我不會成為逼男友過紀念日的難纏女友……紀念日這種東西，我自己記得就好。例如你接住我的日子是五月八日、表白開始交往的日子是五月十四日、第一次約會與初吻的日子是六月十三日、第一次舌吻的日子是……」

「這樣夠難纏了吧！」

與其說難纏，應該說恐怖。

不過以戰場原的狀況，或許只是記性的問題。

「遺憾的是明明從一年級就同班，我卻沒有對你的第一印象……只記得你當年經常和老倉同學吵架。雖然想設法將記憶篡改成我從那時候就專情於你，不過有什麼好方法嗎？偽造日記？」

「不過我從一年級就對妳印象深刻……妳就像是深閨的大小姐。」

「什麼？你說你一直專情於我？」

「我沒說到這種程度……」

哎，過去無從改變，也只能展望未來。總之，如果是抱怨或生氣還算好，但我害怕戰場原因為我沒能準備禮物而內心受創，所以看到她現在的反應，我鬆了口氣。

「白色情人節的回禮，我從爸爸那裡收到了，所以沒事的。」

這段發言令我忍不住略感不安，不過即使包括這一點，沒有發展成什麼大麻煩堪稱萬幸。

她說等我哪天有心再送，但我當然不能無心，所以很感謝她給我緩衝時間。老實說，羽川也送我友情巧克力，所以我也得思考如何回禮（友情巧克力也要三倍回禮吧？），既然羽川會在畢業典禮回來，我就得在這之前準備戰場原的份，所以雖說獲得緩衝時間，也始終只是一、兩天而已。

「唔……」

就在我鬆懈的這一瞬間，戰場原似乎靈光乍現。

只要靈光乍現，她的行動就迅速無比，立刻踩煞車將車停在路肩。

只不過，從副駕駛座無從知道她想到什麼事。突如其來又驚濤駭浪的事態發展，使我倒抽一口氣。

「阿良良木。」

戰場原說。她的語氣變了。

低沉，低沉，低沉，低沉。

直到剛才那種寬宏大量的感覺完全消失。

「不可原諒。」

「咦？」

「在情侶三大節日之一的白色情人節，居然沒準備任何東西給情人，我不得不懷疑你是否真的愛我。」

「咦？咦咦？」

「聽說某些男生一旦開始交往，就再也不會對女生這樣貼心，沒想到阿良良木就是這種人。我好失望，藏不住內心的失落。今天一整天，我心跳加速忐忑不安滿心期待你究竟會準備什麼樣的驚喜，結果卻毫無準備，掃興也要有個限度才對。我一直以為你大概會送一艘遊艇給我……」

「這……這種期待是不是巨無霸過頭了？」

「啊～～啊，我要不要自殺呢～～」

戰場原無力趴倒在方向盤。做作到這種程度，看起來只像是一場短劇……正弦演給我看的鬧劇就很逼真，我真想叫戰場原向他學學。

大概是想到什麼點子，才會一個人演起這種短劇吧……我即使這麼心想，卻也不能扔著不管。

「對……對不起，所以我剛才不是道歉了嗎？」我回應說。「請不要自殺。不……不然，我要怎麼做，妳才肯原諒我？雖然沒辦法準備遊艇，不過只要是我做得到的事……」

總之，雖然我詫異她為什麼一度原諒卻再度翻臉，但基本上這件事肯定完全是我的錯，所以我只能像是搗蒜般頻頻低頭道歉。

「你剛才說……只要是做得到的事都會做？」

戰場原緊咬這句話不放。

一副計畫成功的樣子。

看起來像是今天最開心的一刻……

如果這時候是最開心的一刻，那麼今天一整天到底是怎樣？

「你說絕對會服從我？」

「呃，不，我沒說……」

「…………」

「說了。我說了。就是我這張嘴說絕對會服從妳！」

順帶一提，「…………」時的戰場原臉蛋，簡直快要哭出來了……表情豐富到這種程度，足以形容為千變萬化了。

不過，原來如此。戰場原不惜這麼做，也想要我絕對服從她嗎……打保齡球以及唱歌時都沒成功的計畫，她似乎抓準現在這個機會再度挑戰。
挽手暫且不提，但我認為剛才的新娘抱就算是實現了妳的願望……但妳不惜收回一度原諒我的發言，不惜這麼做也想要求我做某件事嗎……真恐怖的執著。
想提出下流的要求？
不，現在回想起來，那應該是僅止於那時候的玩笑話吧……
「這樣啊。不愧是阿良良木，此等度量正是讓我愛上的男人。我重新愛上你了。」
「…………」
今天「讓女友重新愛上我」的目的，似乎在最後的最後達成了……不過剛才如果應對失當，這裡說的「最後」可能是我人生的終點，想到這裡，我就不太能夠單純感到高興。
「明明不知道會被要求做什麼，卻答應一輩子絕對服從我的願望……」
「一輩子？」
一輩子絕對服從？這種願望已經超越願望的範疇了吧？可以說是奴隸契約或是空白支票，總之我把天大的決定權交給戰場原了……不，不對，我要相信。
要相信戰場原黑儀，相信我的女友。

她已經不是昔日的她了。

肯定不會提出無理的要求！

不過，在她要求我一輩子服從的時間點，就已經是相當無理的要求了……

「喔，嗯，一輩子。知道了。所以我要怎麼做？」

「叫我的名字。一輩子。」

戰場原說。

臉上滿是嬌羞。

「用名字叫我。」

「……咦？我一直是這樣叫啊？叫妳『戰場原』。」

「不是姓氏，是名字。直接叫。」

「…………」

這應該是第一次約會時沒達成的目標。

也是想在高中時期達成的目標吧。

想以情侶身分達成的目標。

所以她才想在打保齡球與唱歌時設定懲罰遊戲嗎？企圖製造契機提出這個要求

嗎？

這確實是高中生活的遺憾。

確實事到如今會難為情。

如果沒有這種契機，或許就說不出口吧。

一輩子絕對服從。一輩子以名字稱呼。

這個要求，也正合我意。

正如我所願。

「黑儀。」

曆，謝謝。

不用我多說什麼，黑儀也理解我的意向，如此稱呼我。

009

接下來是後續，應該說是結尾。

我送黑儀到家（應該說我只是坐在副駕駛座，所以事實上是黑儀送我），在夜幕低垂的天色中走路回到阿良良木家，卻在這裡體驗到似曾相識的光景。

昨天也發生過這種事——這樣的感覺。

說得詳細一點，某個人影埋伏在阿良良木家的玄關前面等我。雖然天色昏暗無法辨別來者何人，不過位於那裡的當然不可能是剛才道別的黑儀。

怎麼回事？是擔心我而走到家門外的斧乃木或妹妹們嗎？

我如此心想走近一看，漆黑的人影是……忍野扇。

小扇。

「嗨，阿良良木學長。我等您等好久了喔。我都快等得不耐煩了。等到精疲力盡了。」

這種說話風格，和她的叔叔一模一樣。可以形容為輕鬆或輕佻的笑嘻嘻表情也一模一樣。

「怎麼樣？和戰場原學姊的最後一場約會還快樂嗎？我姑且貼心克制自己別在現實世界介入，真希望您感謝我一下喔。」

小扇聳肩說。

「我會感謝……不過，『最後一場約會』這種說法會招致誤會。這始終是高中生活的最後一場約會。」

「是這樣……嗎？嗯，但願如此。但願兩位擁有未來。」

「…………」

「不不不，別看我這樣，我可是由衷這麼認為喔，請別曲解。只不過，為此或許還要處理一些不安的要素，這是我個人的見解。無論如何，這麼一來應該沒有遺憾了吧，哈哈！」

小扇說。

「那個，阿良良木學長……」她接著問。「我想請教一個問題做為參考。您接下來有什麼打算？」

「……？什麼意思？」

「沒有啊，就是字面上的意思喔。請不要想太多。這算是『正確是什麼？』這個問題的變化型，應該說變化球，也可以說是位於延長線的衍生題。」

「延長……」

「以及延長戰。」

「正確」是什麼？

沒錯，她問過我這個問題。

還說等到下次見面，再繼續聊這個話題。

不過，她究竟是在哪裡對我說的？

如果不是在現實世界……那麼是在夢中嗎？

還是在地獄？

「……小扇，妳原本想除掉我嗎？曾經向專家提出這個委託？」

「哎呀，這種謠言，您是聽誰說的？不過這是悲哀的誤報，希望您聽我解釋。我不可能做出危害阿良良木學長的事情吧？」

小扇說。

絲毫沒有慌張的模樣，面不改色地說。

「所以我不是說了嗎？我說我期待您沒被臥煙小姐的花言巧語欺騙，期待您退出這次的事件。」

「……妳說過嗎？」

哎，既然她堅持說過，那就應該說過吧。

而且即使沒說過，我這時候應該做出的回應也不會變。無論這樣是對是錯，我的回答都只有一個。

「但是，不可能。我不會選擇拋棄忍與八九寺。我沒有選擇的餘地，我的內心沒有這種餘力。雖然我不知道『正確』是什麼，卻知道自己該選擇哪條路。」

「希望您不要這麼急著下結論……不過，哎，說得也是。我個人也只是不抱期待問問看罷了。雖然這麼說，但還是很遺憾。」小扇一副不太遺憾的樣子說。「我個人希望阿良良木學長在這時候勇敢退出就是了，但我過度勸說會超出我的本分……那個，阿良良木學長，您或許誤會了一件事，所以請讓我訂正。」

「誤會？我誤會……什麼事？」

「我不是『闇』喔。」

「！」

我的驚訝……應該完全沒顯露在言表。

不過，我很難維持平常心。

比起發言內容，小扇主動告知這件事的行徑，更令我受到震撼。

這個學妹至今的發言也經常遊走於紅線邊緣，但剛才的發言明顯踩到紅線。

簡直是宣戰布告。

如同宣告開戰的訊號。

不過，當事人小扇似乎不覺得自己這句發言多麼重要。

「話說回來，阿良良木學長……」

她很乾脆地換了話題。

話題換得乾淨俐落，我還以為她剛才的發言是我聽錯。

「我沒有嗎？」

「唔……咦……沒有什麼？」

「白色情人節的回禮。您想想，我不是送您巧克力嗎？歌帝梵的。」

「歌帝梵……？」

我有收到這麼高貴的巧克力？

雖然不記得……不過既然小扇自己說她送過，肯定只是我忘了吧。居然忘記收到巧克力，我身為男生可以說非常丟臉。

「哈哈，看您的樣子好像沒準備。真遺憾。」

這次小扇真的說得很遺憾。

這副模樣令我心痛。

「那麼，我也和戰場原學姊一樣，請學長聽我一個願望當成回禮吧。您意下如何？」

我不知道她什麼時候得知這個情侶間的約定，不過聽她這麼一說，我就難以拒絕。無論願望內容為何，我都不能敷衍了事。但如果她在這時候希望我勇敢退出，我當然會一口回絕。

然而，小扇說出的願望完全是不同類型。不，或許位於延長線上，不過這條線延伸的方向，和我想像的完全相反。

「阿良良木學長下過地獄，又和女友約完會，或許已經了無牽掛，但我現在對這座城鎮有一個牽掛。」

「……牽掛？」

「牽掛的事。留戀的事。我是為了完成這件事而誕生的。或許您覺得意外，但我具備堅定的目的以及目標理念。」

小扇說。

我默默聆聽。

聆聽她的目的，她的目標理念。

「若是為了達成這個目標，我不惜一死。阿良良木學長，您有不惜一死也要達成的目標嗎？我有。這是最後一個目標。所以無論如何，我都非做不可。正因如此，專家總管臥煙伊豆湖如果要設下陷阱，一定會設在那裡吧。是的，我知道的。即使早就知道，也只能去踩那個陷阱。我只能甘於承受這個反擊。」

「…………」

「換句話說，我即將光明正大，毫不取巧地和無所不知的大姊姊戰鬥。阿良良木學長，到時候您願意站在我這邊嗎？」

請救救我。

忍野扇掛著滿不在乎的笑容這麼說。

第七話 扇·黑暗

OS H I NO OUG I

001

因為有忍野扇，所以造就了現在。那個神祕女孩，如同以真身不明的面紗包裹不明真身的她待在我們的城鎮，我以及我們才得以走到現在。

造就現在──造就未來。

總有一天，我肯定會這麼想吧。雖然現在還辦不到，不過想到她做過的事、闖過的禍，我實在不認為這樣一天會來臨，即使如此，我今後肯定會像這樣回想起她這個人。

我是這樣的傢伙。

她則是這樣的人。

忍野扇。她是我青春的象徵。

我會這樣想起她這個人。

是的。將來回憶高中時代的阿良良木曆時，我首先想到的應該不是戰場原黑儀，不是羽川翼，不是神原駿河，不是忍野忍，也不是八九寺真宵，而是忍野扇的笑容吧。

不知道在想什麼。

也不知道是哪裡好笑。

甚至不知道目的與經歷。

她那張笑嘻嘻的笑容。

話是這麼說，不過她究竟為什麼像那樣掛著笑容，即使在現在，在此時此地也已經昭然若揭。她肯定是覺得我的愚蠢很好笑。我愚蠢到經過這麼久都沒察覺她的真實身分，她肯定捧腹大笑。

實際上，這是令人不禁失笑的事。

我自己也笑了。

捧腹大笑。

那麼，到最後或許是一場笑話。

我度過的青春，高中生活的最後一年，從我遇見傳說吸血鬼開始的這一年，是有煎熬、有悲傷、有痛苦、有醜陋，也有無奈的一年。

即使如此，在將來某天回憶起來的時候，在告訴某人，傳達給大家的時候，或許是充滿平凡無奇的自愛，應該以笑容述說的一場笑話也不得而知。

「不得而知？不，您肯定知道喔。」

小扇肯定會這麼說。

「雖然我一無所知，不過阿良良木學長，您知道的。」

是的。我知道。

即使是忍野扇的真實身分，我也肯定從一開始就熟知了。

真好笑。

002

閉上眼睛回想，這一年遭遇的各種奇特光景就歷歷在目。事到如今我不打算全部列舉，不過在今天，也就是和戰場原黑儀約會結束的三月十四日晚上，我在天黑之後目睹的光景，是比起至今奇特經歷也毫不遜色的奇特總結。

這裡是浪白公園。

長期不知道名稱念法的這座公園，追溯時代過程的誤念與錯別字之後，我得知不是「ROUHAKU」也不是「NAMISHIRO」，是「SHIROHEBI」——也就是沱白公園。這是我昨天在地獄底部得知的，總之，我在這座公園的廣場目睹一幅光景。

打棒球的光景。

總之，因為人數完全不夠，所以或許不該說是打棒球，而是類似棒球的一種遊戲。總之三個人分別擔任投手、打者與捕手愉快打球。

在公園打棒球。

這幅光景本身算是相當健全，不過打球的人物與道具很奇特。是缺乏真實感的超現實主義。

投手是臥煙伊豆湖。

雖然頭戴的帽子像是棒球帽，身上的衣服卻寬鬆得像是和運動員唱反調，加上身材偏瘦，而且即使看起來年輕，基本上也不是在公園純真玩樂的年紀了。就是這樣的成熟大姊姊。

打者是忍野忍。

如果是以不久之前的幼女外貌打球就算了，但她現在身材高䠷，穿著華麗的禮服，留著金色長髮，是耀眼到令人想移開目光的絕色美女，而且腳上穿著高跟鞋的

她，握著球棒以金雞獨立的打法等球，所以是手術臺與縫紉機云云的構圖。如同手術臺擺在縫紉機上頭，毫無平衡可言。（註12）

有個地方說錯了。粗心說錯了。

不是球棒，她現在如同划槳般手握的長條狀物體不是金屬球棒，是日本刀的大太刀。

外行人也看得出來是武器。

名為「心渡」，通稱「怪異殺手」。

這正是所謂的「如虎添翼」吧。身為純正吸血鬼，而且完全取回吸血鬼性質的她，健康、軒昂、痛快地享受這場夜間球賽。

雖然這麼說，不過這位怪異之王，昨天早上在北白蛇神社的境內看起來也大致面不改色，看來身為珍貴又最強的傳說種族吸血鬼——鐵血、熱血、冷血的吸血鬼完整形態，只要做好防禦措施，即使面對陽光也意外地撐得住。

「嘿嘿～～投手嚇到了喔～～！」

而且，飾演捕手這個搭檔角色，卻不知為何敲打手套說出攻擊性字眼挑釁投手

註12　原文是「縫紉機、蝙蝠傘邂逅於手術臺」，出自散文作品《馬爾多羅之歌》。

的人，是唯一從年齡來看即使在公園打棒球也不奇怪的雙馬尾少女——八九寺真宵。

明明穿裙子卻打開雙腿蹲著擔任捕手，所以內褲完全被看光。

太粗心了。

應該說，我看到這種走光一點也不開心。

到頭來有個更基本的問題，我認為她背的那個背包，好歹在打棒球的時候應該放下來吧？還是說，她是以那個背包維持這個不穩定的姿勢？

在這個時間點，這幅奇特的光景就奇特得很完整了，不過沒有最奇特只有更奇特。她們拿來當球打的東西，是大小適中的石頭。

居然是石頭。

投石頭給日本刀打嗎……

這是哪門子的棒球？

與其說是棒球，這種運動更像是野外比試。

總覺得我這個善良的小市民，目擊這幅光景的瞬間就應該第一時間報警，不過其中有我認識的人……應該說都是我認識的人，所以我至少應該視而不見轉身回家，甚至心想乾脆參加戰場原的父女約會。

「不行。」

但是，旁邊的女童——斧乃木余接留下我了。

她捏著我的衣襬一小角。既然以這個可愛的方式留我，以勇猛聞名的我也終究不得不留下。

即使不是如此，斧乃木表面上是可愛的人偶，力氣卻一反外貌剛猛無比，即使只是捏著衣襬一小角，留住我的力道就像是打樁般強力。

「今晚要做個了斷吧？」

「哎，是沒錯啦……」

「姊姊不在的現在，我幫不了任何忙，不過至少可以見證鬼哥的戰鬥喔。所以快加入她們吧。」

斧乃木說。要加入她們的行列，應該需要非比尋常的勇氣，但是不提內在，外表只有我一半高的女生對我講這種話，我就不能退縮。

我踏入球場。更正，踏入公園的廣場。

「喔喔！汝這位大爺！這不是吾之主嗎！」

首先發現的是忍。

美如天仙、天生麗質、嫵媚豔麗……總之用盡華麗詞藻也不足以形容，身材傲人的金髮美女，天真爛漫地揮手（應該說揮刀）這樣叫我，我不只害羞更嚇了一跳。

「這麼晚才來！吾等好久了。因為閒著沒事，所以正在跟大家打板球玩！」

原來是板球嗎……

據說是棒球的原型，但我對板球陌生到可以說是一竅不通。

「哈！「哈哈！「哈哈哈！」

忍跑過來，將我抱起來轉圈。

這個動作很像摔角的大旋轉招式，應該說是大人和小孩嬉戲，不過我與忍現在的身高差距做得到這種事。

體格逆轉的現象。

話說忍小姐，妳真亢奮啊。

堪稱春假至今久違這麼亢奮。

記得當時也是因為回復為完整形態而開心到亢奮……回復為完整形態果然是一件開心的事嗎？

八九寺與斧乃木以五味雜陳的表情，看著我像這樣如字面所述被忍耍得團團轉的模樣。

在她們眼中，這幅構圖如同我平常對她們做的事發生在我自己身上，除了單純覺得我活該，或許更是一幅悲哀的光景吧。

感覺大概像是恐怖的學長對更恐怖的學長低聲下氣……不過基於這層意義，忍這樣對待我或許堪稱是適當的報復。

痛快的復仇戲碼。

甚至連受害的我都覺得舒服。

總之，想到我平常對待幼女忍的方式，即使就這樣搭配成又背又抱的全餐，我也無從抱怨。

不過，大概是成為完整形態的忍如外表所見寬宏大量吧，她盡情享受一段時間之後就放開我了。

她說過自己的行為受到外在年齡影響，所以我個人感到非常落寞，不過現在的忍果然無法和幼女狀態同日而語吧。

……哎，要是外表年齡二十七歲，內在卻依然是幼女，就不只是超級奇特那麼簡單了。

雖然我沒這種親戚，但我覺得像是在暑假見到活潑亢奮的表姊。

「八……八九寺……」

被徹底耍得團團轉並且賞玩殆盡的我，即使完全喪失平衡感，依然朝著該處的少女伸手。回想起來，八九寺從我硬是把她拖出地獄之後就昏迷不醒，所以我在現實世界像這樣見到她，其實是久違半年的事。

我頭昏眼花，沒辦法照慣例抱住她，我對此扼腕不已。

「不對，您已經在地獄抱個痛快了，這時候就免了吧，帶刺小鬼哥哥。」

「慢著，雖然聽起來很帥氣，不過八九寺，不要把我叫成像是少年時代的土方歲三，我可配不上這個綽號。我的姓氏是阿良良木。」

「抱歉，我口誤。」

「不對，妳是故意的……」

「我狗誤。」

「還說不是故意的！」

「我腳蹲。」

「確實是捕手的姿勢沒錯啦！」

幸好這方面的互動很完美，感覺不到空窗期。

不過這也在地獄玩過了。

「還以為妳口誤的題材該用光了，卻出乎意料用之不竭……」

「不，但是在實體世界玩起來的實感果然不同喔。」

「不准把現實世界說成實體世界。」

為什麼要把地獄當成虛擬世界？

就像現代把書店說成實體書店的感覺嗎？

我可無法歡迎這種說法。

「斧乃木姊姊也好久不見。之前那件事受您照顧了。」

「嗯。很高興妳回來喔。」

斧乃木這樣回應。

我不知道她是以哪種立場回應（甚至不知道是不是高姿態），不過也對，斧乃木、忍與八九寺像這樣齊聚一堂，剛好也是久違半年的事。

當時我因為女童、幼女與少女湊齊而樂不可支（我也太扯了），但因為忍現在的體型急速成長，所以相較於那時候不太一樣。

……話說回來，講到這裡，我就在意起一件事，想要檢查一件事。這原本是昨天就該確認的事項。

我朝八九寺的胸部伸手。

被她逃了。

「怎麼了，八九寺？」

「我才要問您的大腦怎麼了。為什麼突然想一把抓住我還在發育的乳房？」

「沒有啦，想說妳現在是什麼狀態……雖然我當時隨手把妳拖出地獄，不過妳也像我這樣復活嗎？還是說……」

「曆曆，是『還是說』的狀態喔。」

至今以成熟態度旁觀我們這場短劇的臥煙，從投手丘上（沒有真的堆高就是了）插嘴說。

從相對位置來看，感覺像是被她投球牽制。

「說來遺憾，因為以八九寺小妹的狀況，她的身體已經火葬了。啊哈哈，如果是土葬，或許構圖會更悲慘一點，變成喪屍或殭屍之類……總之，她現在的狀態，和你第一次在這座公園見到她的時候一樣是幽靈，是鬼魂。」

臥煙說著，手上的石頭就這麼掉到地上。

「因為不無可能，所以這方面我在今天徹底調查過了。曆曆，是在你和戰場原小姐熱戀約會的時候調查的。」

「熱戀約會……」

她的形容真誇張。

可不是這種甜蜜的感覺。

是更令人發毛，更奇怪一點的約會。

不過，原來如此，終究沒能這麼順心如意嗎……不，八九寺在這時候復活是好是壞，其實是見仁見智。十一年前死亡的她，如今復活也沒有歸宿，從這一點來看，和身為幽靈的現在沒有兩樣。

復活反倒會被臭皮囊束縛，更找不到容身之處也不一定。

即使如此，還是比待在地獄好……嗎？

「……不過，八九寺，對不起。」

即使這麼想，我依然低下頭。

或許可以說是垂頭喪氣。

「我沒想太多就帶妳回來，不過回想起來，我害妳這半年堆石頭的勞動化為烏有了。要是妳就這樣努力下去，地藏菩薩肯定會讓妳投胎轉世吧……」

但我卻只因為看不下去，就帶著八九寺逃走了。

若要接受懲罰，受罰的人將不會是我，而是八九寺。

這次的懲罰，甚至連自作自受都稱不上。

「阿良木哥哥，沒關係啦，請不要在意。關於這部分，我已經和臥煙姊姊說好了。」

「啊？說好了？」

和臥煙？

這番話聽起來著實激發我的不安，我不禁轉身看向臥煙，但她只像是裝傻般聳肩。

「我不覺得您救我造成我的困擾喔。」八九寺繼續說。「因為地獄真的是地獄。實際上，天上垂下拯救的絲線時，老實說，我甚至不惜推開阿良木哥哥也想抓住那條線上去。」

「妳居然打這麼恐怖的主意？」

比犍陀多還過分。

哎，她應該在開玩笑吧。不過即使聽她這麼說，我也很難完全拭去過意不去的心情。

「好了好了，包含這件事在內，開始進行簡報吧。畢竟曆曆也來了。要在今天結束一切，所以加快步調進行吧。首先曆曆，可以請你命令你那位長大的美女奴隸，不要繼續欺負我學妹的式神嗎？」

轉頭一看，忍野忍無緣無故，而且毫無意義地掐著斧乃木余接。

看來忍是在報復夏天遭受的各種消遣與謾罵。這正是斧乃木一直害怕的事。

我收回前言。

看來我的搭檔即使成為完整形態，即使成為大人或是任何模樣，個性似乎都很陰險的樣子。

003

雖然形容為「吳越同舟」或許過當，我也難免覺得像是烏合之眾。不過想到聚集在這裡的成員多麼驚人，這樣的組合原本可以形容為「人才濟濟」。但我無論如何都有種雜亂的感覺，應該是因為彼此沒有共通點，互不協調的關係吧。

忍野忍——來自海外，完整形態的傳說吸血鬼。

八九寺真宵——從地獄復活的幽靈。

斧乃木余接——主人潛逃不知去向，屍體人偶的式神。

臥煙伊豆湖——收拾怪異的專家，居於總管地位。

我阿良良木曆則是當過人類，也當過吸血鬼的人類。彼此好像有利害關係又好像沒有，彼此好像有共識又好像沒有，總之站在客觀的角度，看起來只像是幾個怪胎群聚在公園吧。

「我設了結界，所以沒問題喔。這方面的安排萬無一失。這裡暫時由我們包場，禁止局外人進入。」

臥煙愉快地說。

結界嗎……這種形容，我也聽得挺習慣了。

一行人從廣場移動到長椅。

臥煙讓斧乃木坐在大腿上。

雖然面無表情所以看不太出來，但斧乃木有點不自在。我不確定人偶有沒有心情可言，卻很能體會她的心情。

因為我和她一樣，被抱在成人體型的忍大腿上。

……畢竟我以往經常這樣對待忍，所以找不到藉口拒絕這個姿勢，但我是已經快要高中畢業的年紀，還像這樣被年長女性抱著，使我覺得害羞又丟臉，應該說希望八九寺不要以那種眼神看我。

忍理所當然般環抱我的身體，而且將下巴放在我頭頂般穩穩固定，以免我脫離她的懷抱。

臥煙抱著斧乃木，忍抱著我，只有八九寺自己坐在長椅。哎，在場人數是五人，兩人一組的話難免有人落單，這麼一來，被忍抱著的我甚至想將八九寺抱在大腿上，不過八九寺反倒在提防我這麼做吧，她仗著自己被排擠，所以坐在有點距離，無法動彈的我伸手搆不到的位置。

我們這群人原本就很怪，這樣的配置更是奇妙至極，如果沒架設結界，外人確實會立刻通報相應的單位吧。

「好啦，接下來大姊姊我，要對你們公開這兩天努力擬定的計畫。如果你們願意照著做，那我會很高興，不過我當然不會強迫。在這之前我想確認一下，曆曆，我說的東西，你幫我帶來了嗎？」

「……帶來了。可是臥煙小姐，因為『那個』原本就是您的東西，我才會拿來還給您……我不知道您在想什麼，卻不是贊成您的想法而帶來的，這方面請您知悉。」

我一邊說，一邊拿出一個長信封交給臥煙。老實說，我好幾次想要撕毀，但是做不到。畢竟我沒那個膽量，也沒有那個實力。

現在成為完整形態的忍，或許可以「吃掉」信封裡的東西，不過這樣也太冒犯了。

因為，封在「那個」裡面的東西，是「神」。

「嗯，曆曆這樣就對了。我就是期待你這種不講道理的奇蹟。」

無所不知的大姊姊講得像是早就知道，同時取出信封裡的東西。是符咒。

畫著蛇的符咒。

不是普通的符咒，其效果已經證實不是開玩笑的。是曾經將平凡無奇的國中生千石撫子升格為蛇神的靈驗符咒。

暑假剛過的那個事件結束之後，臥煙交付給我這張符咒，但我沒能善用。說成我故意不使用聽起來很帥，實際上卻應該說我嚇到沒膽使用比較正確。

「嗯，看狀態……確實保存得很好。看來你很用心保管。」

臥煙取出符咒之後，就這麼塞進自己的口袋。動作很粗魯，一點都不用心。總之，她這位專家應該不怕這種事吧……不對，正因為是專家，所以更應該對這種東西抱持更大的敬意吧？

真搞不懂這個人的立場。

「哼。」

忍輕呼一聲，感覺心情不太好。

忍在幼體時代吃了那張符咒不少苦頭，或許是想起這段往事吧。

我原本這麼以為，但實際上似乎不是這麼回事。

「真是的……聽汝這麼說就確實如此。沒察覺才奇怪。畢竟事情發生在許久之前了，何況也不是吾想回憶之往事。」

她說得莫名其妙。

看來今天在我和黑儀約會的這段期間，和臥煙「說好」的人不只是八九寺。我難免覺得狀況外。

被排擠的反倒是我嗎？

我猜八九寺的感想也和我一樣，但她始終面無表情，看起來甚至像在發呆。

或許她不在乎這種事。

「放心吧，汝這位大爺。吾等亦不是已完全知曉，只是聽過大概。尤其是這個專家今後之計畫，這方面之細節是和汝這位大爺會合之後才說明。」

即使連結斷絕，身心都已各自獨立，忍也說得像是看透我內心的疏離感。

「沒錯。白天的時候，我的戰略也還在建設階段，所以這也是我沒說的原因之一。我是聽過八九寺小妹與小忍說明狀況，在不久之前才完成整個計畫。」

臥煙這麼說，不過很遺憾，我無法相信。即使是她即將說明的「不久之前完成的計畫」，我也懷疑其中的真實性。

若說她其實從八月就打好算盤，我也不會嚇到了。讓我抱持這種想法的是小扇嗎？

忍野扇。

「忍野扇。」臥煙開始說明。「這就是我們即將面對的『敵人』，要戰鬥的對手。是應該除掉、應該憎恨的對象。曆曆，我說得沒錯吧？」

「……………」

聽她明確說出小扇是「敵人」，我難免覺得怪怪的。她在我心目中的形象，依然是我的學妹之一。

無論正弦對我怎麼說，甚至當事人怎麼說都一樣。

「汝這位大爺看起來沒受到驚嚇。果然打從一開始就知道嗎？」

忍從後方緊抱我這麼說，不過很遺憾，她猜錯了。她太高估我了，我從來沒懷疑小扇。

只不過，我或許早就知道了也不一定。

一無所知的我，或許早就知道小扇的事。

我感受著背後的忍，如此心想。

「……………」

斧乃木保持沉默。

臥煙是她主人的學姊，被這樣的人物拘坐在大腿上的現在，她或許是認清自己的身分而自制……只是我也在想，斧乃木應該不是這種個性。

尤其是我妹妹自由奔放的角色特性強烈影響到斧乃木，所以現在的她即使坐在臥煙的大腿上，應該也會在我們討論時毫不客氣打岔。

「不過，接下來是重點……別忘了『忍野扇』這個名字始終只是為求方便，極度隨便取的一個假名。不對，形容成『假名』不正確，是為了避免被名字束縛所設定的，就像是使用者ＩＤ那樣。」

被名字束縛？

我聽過相同的事。

姬絲秀忒·雅賽蘿拉莉昂·刃下心失去本身存在的時候，被賦予「忍野忍」這個新名字，因而被束縛到動彈不得。即使是再度取回本身存在的現在，這個束縛本身似乎依然有效……

「忍野扇的本質正是真身不明，所以失去真實身分，是她唯一擁有的個人特質……不對，這裡使用的『她』這個稱呼，也只不過是當成代名詞，沒有任何特別的意義。」

「……您講得好像早就認識小扇，但您沒見過她吧？」

我問。

這是我早就想問的問題。

就我所知的事情經緯，以及就我聽小扇所說，她們兩人之間肯定沒有直接的交集。

當然，既然臥煙無所不知，她或許應該以這種方式說明小扇的事。不過，聽她說我認識的人說得好像比我還熟，該怎麼說，我難免不太舒服。

真要說的話，這份情感或許近似鬧彆扭。

「沒有喔。因為她迴避我。應該說，像她那樣的存在，無法出現在我這種盡忠職守，安分守己的人面前。」

「…………？」

「不過，雖然沒見過，卻不是不認識。包含這部分在內，我必須向曆曆說明很多事，不過先照順序來吧。沒時間了，我只說明一次，要仔細聽喔。」

臥煙說著取出一台尺寸比較小的平板電腦。看來她照例要一邊在平板書寫，一邊說明她的計畫。

我想起八月的事。

記得當時，我在北白蛇神社的境內，聽她說明忍第一個眷屬的事。不過這次似乎會接受更複雜、更難懂，規模更大的講解。

「我想簡短結束討論，盡早前往『現場』。哎，我也知道世間凡事都沒這麼順心如意……不過還是得在某處畫下基準線才行。」

「……我想確認一件事。應該說請讓我確認。您確信小扇今晚會行動嗎？無論設下什麼陷阱，要是她沒行動就不會有下文吧？」

「會行動。與其說是確信，不如說這是單純的事實。只有今晚。如果她沒在這時候行動，反倒可以說這樣就不是她了，威脅也會隨之消滅。」

臥煙毫不猶豫地回應。

我感受不到她這麼說的根據，也就是她完全沒說到重點，即使如此，她大方的態度依然令人失去追究的動力。我不禁覺得她最突出的優點不是知識量或情報量，而是對自己的這份自信。

強烈到不容反駁的自負。

和她散發的鬆懈氣息相反。

……總之，關於這件事，我只是問問看，其實也已經有所確信。我確信小扇會在今天，也就是三月十四日行動。

因為，她本人就是這麼說的。

就在剛才——我來到這裡之前，在阿良良木家的家門前說的。

——阿良良木學長。

——您願意站在我這邊嗎？

——請救救我。

「…………」

「唔，曆曆，怎麼了？瞧你表情這麼複雜。不用這麼緊張，並不是要挑戰什麼難關喔。對於通過大學窄門的你來說，反倒是很簡單的長文閱讀測驗。我只是想淺白說明某個複雜奇怪的狀況。要說這是對答案也不太對，不過真要說的話，就像是推理小說的解謎階段喔。」

推理小說的解謎。

這正是小扇扮演的角色。

或許應該說是羽川翼扮演的角色，但她不在這裡。羽川翼沒趕上這次的解決篇。

但光是掌握到找出忍野咩咩的線索，就已經是相當高明的偵探了。總之，原本我或許應該讓臥煙知道這邊可能找得到她的學弟，卻不知為何避而不談。因為可能會空歡喜一場——這是我的藉口，但本質上是提防臥煙而保密。並不是想站在小扇那邊。

「好啦。」

臥煙說著露出微笑。

名偵探般的笑容。

「那麼，首先說明這座公園和北白蛇神社的關係吧。從演變成現在這種悲劇的濫觴說起。從北白蛇神社的前身——沱白神社四百年前遭遇的悲劇說起。」

004

「雖然這麼說，不過曆曆在疑似地獄底部的地方，應該聽半桶水正弦進行某種程度的說明了，或許你已經有某種程度的猜測吧。直覺敏銳的人，光是聽到這座公園的正式名稱，就可能得出正確答案。

不過，要是擅自臆測進行推論，招致不應有的錯誤，在這個緊要關頭可不是鬧著玩的，所以姑且容我從頭說明吧。這麼一來，感覺這段過程或許和忍野扇無關，不過這是事件的起源，是一切的開端，所以希望你用心聽下去。

四百年前。

說到這個時期，當時發生什麼事？

曆曆應該沒有脫線到連這個題目都答錯吧。是的，就是傳說的吸血鬼——姬絲秀忒·雅賽蘿拉莉昂·刃下心來到日本。如果是現在，應該會是驚動機場的大事件，很可惜當時的日本沒有機場。

雖然這麼說，但這也不是半開玩笑的比喻。因為實際上，她在那個大航海時代沒走海路，而是千里迢迢走空路前來。

這段過程，你應該聽她本人說過吧？當事人就在這裡，所以也可以請她親口再度說明，不過這份榮譽就讓給在各方面費盡心力的我吧。因為對於小忍……更正，對於忍小姐來說，她大概也不太想主動說明這段往事。

概要是這樣的……當時約兩百歲的姬絲秀忒·雅賽蘿拉莉昂·刃下心閒到發慌，

展開周遊世界各地的旅程。總之，兩百歲左右是不死吸血鬼活得最厭倦的時期，這也是原因之一吧。

她最不平凡的地方，在於環遊世界的時候去了南極大陸。不過這也是一條自我毀滅的路。

原因在於南極沒有任何個體能夠認知她這個怪異。怪異只能在人類的認知下存在，所以她不可能長時間存在於南極大陸這個巨大的無人島。即使乃下心是再怎麼例外的吸血鬼，在這一點也不例外。

因此，她匆忙離開南極大陸。

以特殊指令的大跳躍離開。

當時她慌張得一反原本的個性，沒考慮著陸地點就直接跳。平常她應該不會犯下這種過錯，不過畢竟是攸關己身存亡的緊急事態。何況即使降落在火山口，對於絕對不死的她來說也不是什麼大問題。以人類譬喻的話，大概只是一時慌張就赤腳踩在玄關脫鞋處的程度。或者是反過來的狀況，沒脫鞋就走回室內拿某個忘記拿的東西。只不過是這種程度的『踏腳處』問題。

本應如此。

不，實際上也是如此。不過對於她著陸的土地來說，這問題可不是鬧著玩的。該說不能忍氣吞聲嗎……結果導致積存至今的東西華麗噴發了。

位於那裡的，是名為日本的國家。

某處積存已久的水——湖泊整個噴發消散，被一腳踩散了。

以機率來說低得誇張喔。因為這就像是朝旋轉的地球儀射飛鏢，結果湊巧射中日本，而且是射中日本的湖泊。一般來說，飛鏢應該會射中大海，即使射中陸地，應該也是美洲大陸或歐亞大陸那邊吧。

總之，該說籤運好嗎？

不愧是刃下心。

進一步來說，那座湖泊不是普通的湖泊，是集當地信仰於一身的神聖湖泊，所以才厲害。

說穿了就是神域。

刃下心踩爛這種地方，可以說是杯盤狼藉……就算遭天譴也不奇怪，不過實際上，刃下心後來也遭受相當重的懲罰，所以這個世界設計得很好。

設計得非常平衡。

刃下心從南極大陸跳躍，像是洲際飛彈繞地球半圈之後，落在神聖的湖泊，將這座湖泊完全破壞。

乾涸見底。

她當然毫髮無傷，即使受傷也會立刻回復，不過對於著地的這邊，對於中彈的這邊來說造成莫大的困擾。我剛才提到，這個杯盤狼藉的結果，以超自然的意義來說應該受罰，實際上卻也賦予當地恩惠。

受到中彈衝擊往上噴的湖水，就這麼落在當時鬧旱災的該處，成為甘霖。

對於信仰湖泊的當地居民來說，大概覺得發生了奇蹟吧。因為每日每夜不斷『求神』終於開花結果化為及時雨，然後亮麗的金髮美女從乾涸的湖底登場。

可以說登場，也可以說誕生。

即使他們認為神明降世也不奇怪。

反倒是沒這麼認為才奇怪吧。

結果，屬於西洋怪異的吸血鬼——姬絲秀忒．雅賽蘿拉莉昂．刃下心，篡奪了當地的信仰。

說穿了就是踹開神，篡奪神的立場。

這代表刃下心在被稱為怪異殺手之前，就已經是神明殺手，所以像這樣說明造成的震撼也更強烈吧。

關於這方面的事情，我想曆曆已經聽過好幾次，或許已經聽膩了，但你曾經換個角度解讀這段往事嗎？刃下心意外被當成神，所以某人就被趕離神的寶座。

你應該心有所感吧？

慢著，忍小姐，妳抱曆曆不可以這麼用力喔。他現在只是弱小的人類，妳抱得那麼緊，會把身體攔腰抱斷的。

這並不是在責備。畢竟是很久很久之前的事情了，現在說什麼都於事無補。真要說的話，妳即使被視為神，也沒拒絕成為神……是的，怪異不應具備的強烈自我，導致事態惡化。

事態惡化，招致『闇』的出現。

我是想指摘這一點。

結果，刃下心再度從當地被趕往南極大陸……後續的發展就省略吧。

現在該說的是神被踹走，假神被驅逐之後的那塊土地。也就是歷經這個事件失去神的那塊土地。

那塊土地在天降甘霖之後，也因為有假神而持續降雨。但是後來連假神都走了，而且人口因為『闇』而驟減，成為荒廢至極的土地。

總之，即使如此，人口還是會增加，人們也必須過生活。活下去需要信仰。不，不能把責任全部推給時代。即使是現在，為了活下去也得相信某些事物吧？

就算是我，也無法不相信任何事物活下去。

只要活著就不例外。

只要生而為人，就非得相信某種事物，非得相信某些對象。不過要相信神？相信常識？相信惡魔？還是相信非常識？這就因人而異吧。

曆曆，你會相信什麼呢？

知道怪異、知道吸血鬼、甚至也已經知道地獄的你，今後會相信什麼活下去呢？要相信什麼才活得下去呢？

無論如何，失去應該信仰的湖，又失去神的他們，一定得找到新的神。

更正，是一定要打造新的神。

因此，他們移建神社。

變更了地點。

這正是瑕疵所在。

畢竟是以前的事情，只有這部分必須進行時光旅行才說得準……不過，失去信仰與人口的當地居民，似乎和鄰近的原住民信仰結合，找到活下去的路。

這個原住民信仰是山間信仰，就某方面來說，和他們至今的湖水信仰成為對比。所以如果容我從不負責任的未來進行不負責任的批評，居然將湖的東西拿到山上，這種做法亂七八糟。這是哪門子的移花接木？

只不過，信仰湖泊——也就是信仰刃下心的居民幾乎都被『闇』吞噬，湖泊在那時候也已經乾涸，移建神明居所的人們應該也不知道詳情吧。

就某種層面來說，傳統與傳承早就在那時候斷絕。

不明就裡的後進，努力要重現信仰，重現昔日聽說有效果的信仰。我無法嘲笑他們這份努力很愚蠢。

而且，這也不是完全錯誤的做法。移花接木用的鈕帶是存在的。

鈕帶。

軸心——連結山與湖的鈕帶是存在的。

或許不是鈕帶，應該說是繩索。

朽繩——也就是蛇。

既然湖泊見底，我就公開謎底吧，在湖泊受居民信仰的神，具體的身形是水蛇。而且山上原住民信仰的神是山蛇。

水蛇與山蛇。

蛇成為共通點。

知道『海千山千』這個成語嗎？傳說中，蛇在海中與山上各住千年就會成為龍。好巧不巧，這裡就完成了這樣的構圖。

只不過，這個鄰近的原住民信仰也差不多衰退了，所以即使兩者合併，也只是和蛇一樣又細又長的信仰。不合常理的移花接木果然很牽強。

就像是因為顏色差不多，就硬是拼上去的一塊拼圖。乍看成立，卻還是難免覺得扭曲。

這種扭曲、這種不平衡，產生出一種氣袋。聚集『髒東西』的氣袋。雖然有這種副作用與反作用，這個信仰卻在當地連綿延續約四百年。總之，雖然我講得誇張、嚴重又戲劇化，不過這種小瑕疵其實很常見。

畢竟是人類所做的事。出錯是當然的。

要是逐一吹毛求疵，那可吹不完。

只要出的錯不是謊言，不是造假，就可以既往不咎。

具體來說，『闇』不會原諒刃下心假扮為神，不過關於湖與山的連結，就在『闇』的職掌範圍之外。

好啦，這部分的細節要講也講不完，就像取之不盡的湖水，不過往事就說到這裡吧。

總歸來說，曆曆，因為忍這一跳消失得無影無蹤的湖泊舊址，就是這座浪白公園。信仰遷移而建立在山上的神社，就是北白蛇神社。」

005

臥煙總結得過於突然，我一瞬間差點抓不到脈絡，不過在我先前聽正弦說明的時間點，確實就已經猜測到某種程度。

蛇具備不死特性。

這個信仰被同樣具備不死特性的吸血鬼篡奪，聽起來很合理。而且我也在某處聽過長蛇是九頭蛇，英雄海格力斯再怎麼砍也不斷再生的傳說。

可以得到完整的解釋。

只不過，忍非自願被當成神的經歷，我至今完全沒想過和北白蛇神社有關，這也是事實。

應該說，我聽正弦說明之前，認為這是兩件毫不相關的往事。

因為這麼一來，就代表忍四百年前就已經造訪這座城鎮一次。我沒聽過這件事。

沒聽過？

真的？

忍的第一名眷屬——死屍累生死郎的故鄉就在這裡。我不是在八月那時候就已經聽過嗎？

既然他的故鄉在這裡，那麼照道理來說，忍四百年前來到日本時，必然也是踏上這附近的土地。

不過，忍肯定從來沒說過這種事。我轉頭看向抱著我的忍。

「？」

妖豔的她，只露出毫無稚嫩氣息的表情歪過腦袋。

……歪什麼腦袋？

因為已經毫無稚嫩氣息，所以看起來好蠢。

外表成為大人，內在肯定也同樣長大成人才對，不過基本個性似乎很難改。

所謂的「江山易改，本性難移」嗎？

尤其這傢伙可以將手指插入腦袋自由消除記憶（而且可以回復），所以討厭的事或是想忘記的事，她或許真的不記得。

「順帶一提……」臥煙如同補足般說。「勉勉強強卻細水長流延續下來，舊名沱白神社的北白蛇神社，在大約十五年前消滅。這部分記得我說過了。忍小姐第一眷屬的『他』……『他』的『灰燼』成功返鄉，結果將神社境內聚集的『髒東西』連同神一起吃掉，所以擔任代理的蛇神就此滅絕，被吸收之後成為『他』復活的助力。不過這也成為後來的遠因就是了。」

「……我聽懂了，但還是很難相信。」

我說出率直的感想。

不，若問我是否真的聽懂，我沒有自信。或許我依然一無所知。

絕對不是還留有任何疑問。

反倒認為這一切都符合邏輯。

不過，這種符合邏輯的感覺令我毛骨悚然。總覺得像是被某人放在手掌心玩弄般不舒服。

斧乃木也說過，如果這是某人的手掌心，那麼是誰的手掌心？臥煙？小扇？還是另有他人？

「曆曆，我知道你的感受，不過這種思考方式反了喔。就你看來，刃下心昔日來到你住的城鎮，或許是難以置信的偶然，不過就我這樣的第三者看來，正因為是刃下心昔日前來的城鎮，所以必然造就現在這樣的狀況。不過這部分當然也不能一概而論啦。」

「…………」

這我之前也聽過。忍造訪這座城鎮，是化為灰燼的死屍累生死郎叫來的。

那麼，這確實是必然，我與忍在這座城鎮相遇也是必然。

經過四百年，街景終究也大幅改變，即使忍個性小心謹慎，要他察覺這裡是昔日造訪的土地也是強人所難。畢竟完全沒有湖泊的痕跡。

「正因為這樣的經緯，所以解決眷屬的事件之後，我才想讓忍小姐成為北白蛇神社的新神。」

臥煙取出剛才塞進口袋的符咒這麼說。

「民眾原本信仰的不死水蛇，就是由她取代的，所以基於負責的意義，該說量才錄用嗎？我認為她非常適任。總之只要那個氣袋沒填平，這座城鎮就會一直連鎖發生騷動，沒有平息的一天。咩咩那傢伙選擇將臭東西加蓋扔著不管，但我是重視預防勝於調查的專家，想進行更基礎的工程。為了重建毀滅的神社，我想豎立一根柱子——豎立一柱神明。可惜被堅拒了。」

臥煙調侃般說。

雖然她說得像是調侃，不過關於這件事，至今也完全不是開玩笑的……我拒絕讓忍成為神所造成的損害無從計算。

「如果您一開始就這樣有條有理說明清楚……」

我話只說了一半。即使臥煙有條有理說明清楚，我應該也不想把那張符咒用在忍身上吧。

不是因為忍不適合成為神。

說到適不適合，忍在短期間內，而且雖說是假扮卻也盡到神的職責，應該可以說她具備足夠的資質吧。

單純只是我不想讓忍成為神。

不惜強迫沒意願的忍，也要平定這座城鎮的騷動，這樣的和平沒有意義……我只是提出這種一廂情願的理由罷了。

而且，這個一廂情願的理由至今也沒變。

即使臥煙有條有理說明清楚，我也會不講理堅持下去吧。因為即使像這樣實際聽她說明，我也完全不想讓忍吞下那張符咒。

「對吧？曆曆。」

「……可是，不然要怎麼做？應該說……既然這樣，為什麼事到如今又講這種事？既然您認為講了也沒用……」

「坦白說，曆曆，原因在於如今並不是講了也沒用。現在要不要休息一下，清楚表明彼此的意見看看？」

「表明？表明彼此的意見？」

「也可以說目的。或是目標理念。」

「…………」

我想起黑儀昨天說的話。

世界上最恐怖的人，就是摸不清目的的人。臥煙伊豆湖正是這樣的人。

她願意主動說明自己的目的？這是我求之不得的事。

但因為過於求之不得，所以戒心先起了反應。明明絕非敵對，為什麼對話的時候非得這樣提心吊膽？

臥煙明明不是我的敵人才對。

不過，聽到臥煙接下來的說明，我稍微明白了。

她是這樣說明的。

「我想，曆曆的理念和我的理念不合。忍小姐的意志以及八九寺真宵的意志也絕對沒統一。雖然像這樣促膝長談，但我們絕對不是已經達成協定。我個人是期待你引發奇蹟，所以將你納入計畫……卻也無法否定引發更大災難的危險性。忍小姐——也就是當時的小忍，我試著交給曆曆決定如何處置，沒想到最後的結果是將無辜的女國中生拱立為神。」

「……聽您這麼說，我無從反駁。」

換言之，臥煙提議表明意見的原因，在於她才想知道我這個不能相信的人有什麼目的，想知道我內心的想法。

不，無所不知的她，不可能不知道我的想法。

所以，應該是想讓我說吧。

應該是希望我至少要說話算話吧。

「那我就說了……我的目的是……」

我重新想以言語說明，卻在這時候面對一個問題。我的目的是什麼？要讓什麼事情變成怎樣，我才會感到高興？

「總之……我想解決八九寺與忍的問題。尤其是八九寺，她這樣下去可能會被『闇』吞噬。我想請教一下，升天這種事可以重來嗎？」

「並不是不能重來，但就算重來，應該也只會再度下地獄吧。或許還會因為逃亡罪加一等。即使沒有嚴重到要打入阿鼻地獄，我也無法保證僅止於在賽之河原受罰。這方面端看你要到什麼程度才滿意。」

臥煙說。

我個人當然不認為八九寺再度下地獄是好事。我不可能這麼認為，這是壞透的結果。不過，就算這麼說，那我要怎麼做？

被「闇」吞噬比下地獄好。我只要這樣判斷就好嗎？在這件事情上，我不認為有哪條路能讓我滿意……

「哎，關於八九寺小妹的事，我不是說過有腹案了嗎？所以接下來要問你對忍小姐的關心。曆曆，你說你想解決忍小姐的問題，具體來說是什麼意思？」

「就是……她現在，像這樣，變成這樣……」

我指著背後的忍。

完整形態的忍野忍——這樣的怪物。

我雖然稱她忍野忍，但她實際上已經是鐵血、熱血、冷血的吸血鬼——姬絲秀忒·雅賽蘿拉莉昂·刃下心。

這麼一來，也就意味著現在她的無害認定已經解除，忍將面對各方消滅吸血鬼的專家，再度走在腥風血雨之中。

曾厭倦這種生活而想自殺的她，絕對不樂見這種結果……我擅自這麼認為。

不過關於這一點，我不知道忍是怎麼想的。

忍自己或許會認為，這種生活比起成為幼女外型封鎖在我的影子來得好。應該說，正常來看都是這樣吧。

畢竟她回復為完整形態之後，看起來心情挺好的。

不過，這果然也同時令人擔憂。因為完整形態的她，只要十天就足以毀滅世界，具備恐怖的影響力。

至少臥煙不會坐視。

而且比起臥煙，現在更大的問題在於臥煙抱在懷裡的屍體人偶——斧乃木余接的主人，也就是影縫余弦。對於憎恨不死怪異的她來說，這絕對不是好消息。

不對，可是影縫現在下落不明……

「忍野與影縫小姐不知去向，我當然也很在意……」

關於忍野，羽川或許已經掌握線索，但是影縫這邊毫無下文……羽川和影縫毫無交集，因此「只是剛好知道」的羽川終究無法找到影縫。

「這方面也得解決乾淨，不然曆曆沒辦法切換心情享受大學生活嗎？不過也得真的考上就是了。」

臥煙說。

「你還是老樣子，只注意眼前的事情耶。」

她說完笑了。

「我甚至很羨慕。我也自認活得很自由，但無論如何都有立場要顧，所以沒辦法說得這麼自由。我的目的是這座城鎮的和平。我說過很多次，我想平定靈力不穩的這座城鎮，別無所求。」

「…………」

目標過於宏大，一個不小心會讓人覺得失去人類的情感（也就是燕雀安知鴻鵠之志），臥煙這番話就給我這種感覺。

不過，既然聊了這麼多，我終究好歹可以稍微知道臥煙內心的想法。對她來說，平定一座城鎮還只算是小小的目標之一吧。

「我當然也希望自己住的城鎮和平……但我的能耐不足以將這種願望設為目的，我不是這種大人物。我能想的頂多只有身邊熟人的進退問題。」

「我就是在說這會對我造成危險。不過既然這樣，也可以相互妥協。至少這次可以。」

「……？您的意思是？」

「你說你在意的是身邊的人，那麼到頭來就是只在意別人。只要你完全不擔心自己的事，那麼這次就可以和我妥協。」

臥煙這麼說。她看起來像是鬆了口氣，但我不懂她為何鬆了口氣。

自己的事？

我身體吸血鬼化的問題已經解決，那麼到頭來，我肯定不用擔心自己會遭遇什麼危機……

「雖然這樣好像很囉唆，但是讓我再囉唆確認一次，我想平定這座城鎮，這件事你不反對吧？只要條件齊全，你甚至願意協助吧？」

「這是當然的……」

「忍小姐呢？」

我才回答到一半，臥煙就將交談對象切換為緊抱我的金髮美女——忍野忍。

「妳的目的呢？忍小姐，妳現在在想什麼？想做什麼？」

「吾只須服從主人。若吾之主要協助汝，吾只須照做即可；若吾之主要和汝對立，吾亦只須照做即可。」

忍立刻這麼回答。清楚回答。不像我猶豫不決。而且，總覺得……

「忍小姐，總覺得妳回復為成人之後，對曆曆更加忠誠了？這就出乎我的預料了……斷絕連結，也斷絕主從關係的現在，妳殺掉曆曆其實是可能性最高的結果。」

原來這是可能性最高的結果？

正因如此，臥煙才會擬定計畫阻止吧，但是聽她講明就很恐怖。

「喀喀。主從關係並非只以血緣締結。而且啊，專家，若要吾明講，吾之希望是這樣的，可以的話……」

忍說。

在我的耳際說。

「吾想回復為幼女。」

006

無須多問，八九寺真宵和斧乃木余接兩人，在這場會議沒有目的可言。不可能有什麼目的。八九寺完全是無故遭殃，也就是被我拖下水，硬是從地獄帶出來才位於這裡，至於斧乃木這個人偶別說目標理念，連是否具備自我意志都有待商榷。

硬要說的話，八九寺不能回到地獄，卻也不能就這樣留在這裡，處於前門有狼、後門有虎的狀態，如果能讓她脫離這個進退不得四面楚歌的立場，我還真想讓她脫離。

話是這麼說，但我即使講得事不關己，責任卻大致在我身上……

「那麼，既然所有人都表明立場，我就說明接下來的具體行動吧。說明同時達成曆曆、我、忍小姐與八九寺小妹目的所需的最低條件。」

臥煙講得像是既定步驟，但我很難想像這種條件的存在。不過既然她說「最低條件」，或許還要滿足其他條件吧……

「最低條件有兩個。首先是在北白蛇神社拱立新的神，另一個條件是除掉忍野扇。」

除掉。

臥煙清楚說出這兩個字，我有點緊張。我自認小心避免這份緊張寫在臉上，不過或許透過骨傳導的方式，傳達給抱著我的忍了。

請救救我。

小扇不久之前對我說的這句話，或許傳達給忍了。

只是，如果在此時此地為忍著想，那麼應該視為問題的不是第二個條件，而是第一個。

「臥煙小姐，如果您是要拱立忍成為神……」

「我原本是這麼計畫的。正因如此，當初在曆曆復活的時候，我就想讓你退出。不過，因為曆曆從地獄帶八九寺小妹回來，所以狀況變了。已經沒必要半強迫忍坐鎮在北白蛇神社了。因為基於某方面的意義比忍小姐更適任的神之代理者……更正，神之繼承者出現了。」

「神之……繼承者？」

「就是八九寺小妹。」

臥煙指著從剛才就鮮少參與對話的雙馬尾少女。

即使臥煙指向八九寺，八九寺也沒有過於驚訝。

換句話說，已經說好了嗎？

不過，第一次聽到這件事的我，當然不免驚訝。

八九寺？要讓八九寺真宵……坐鎮在那座神社？

「等……等一下！這……這種事更不可以吧？因為八九寺是……」

「八九寺是？」

臥煙催促我說下去，我卻說不出話。我斷定這樣不行，這樣很離譜，但是被問到具體來說哪裡不行，哪裡很離譜，我一時之間答不出來。

過於意外，我情急之下脫口反對……不，我確實沒想到反對的理由，但同樣也想不到贊成的理由。

並不是害怕失去什麼東西而變得過度保守。肯定不是。並不是曾經失去八九寺一次的經驗留下什麼傷痕。

忍自己對八九寺大概沒有這麼深的情感，雖然這麼說，不過實際上，現在的話題是在挑選她的後繼。

她似乎無法置身事外。

「總之，或許有資格吧。」

所以她還沒清楚表態就加入對話。

「畢竟從地獄復活之時間點，那個迷路姑娘就毋庸置疑達成一項奇蹟了。」

確實如此。

「死而復生」明顯是個奇蹟，如果引發奇蹟是成為神的必要條件，那麼八九寺堪稱已經滿足這項條件。

不過這麼一來，我甚至斧乃木也有滿足這種條件……不，我完全不認為自己或斧乃木能勝任神這個職位，不過八九寺肯定也一樣。

「不一樣喔，錯了喔。八九寺小妹和你或是余接同樣是復活，但是條件不同。你們是保有肉體復活，八九寺小妹卻是幽體。」

「意思是擁有肉體就不能成為神嗎？」

「不對。如同千石撫子小妹曾經成為神，你說錯了。畢竟神也有『現人神』這種形式。差別在於如果八九寺小妹沒在這裡成為神，就會被『闇』吞噬。」

我差點忘了。

到頭來，八九寺就是被那個「闇」追殺，才會選擇升天。如果是保有肉體復活就算了，如果維持幽體形式繼續待在現世，必然會招來追兵。

「所以是三選一喔。」臥煙說。「①再度回地獄。②被『闇』吞噬。③成為神。哎，『成為神』這種說法有點誇張，實際上只是在怪異的範疇內轉職罷了，因為怪異都像是神的一種。從這一點來看，也和你或余接升格為神不一樣。八九寺真宵被供奉在北白蛇神社，就會獲准存在於現世。」

也就是獲得市民權的意思。

獲得居留證的意思。

「所以基本上，這對八九寺小妹只有好處沒有壞處……該做的工作她當然得做，不過只要好好管理氣袋，光是這樣就足以預防意外發生。我不打算奢求，也不打算強求。」

「就是這樣。」

八九寺簡短附和。

從她的表情來看，應該是早就私下答應，而且不打算改變主意。既然八九寺接受這個安排，我也難以抱怨。

話說，既然是這樣安排，這個點子就完全是為我沒多想就硬是從地獄綁架八九寺回來的行為善後，我別說抱怨，照道理還應該要感謝……但這畢竟攸關八九寺的未來，我不得不要求慎重行事。

部分原因大概是在我的認知中，少女八九寺和「神明」這個詞搭不上邊吧。對了，說到搭不上邊……

「可……可是，那是供奉蛇的神社吧？八九寺是蝸牛的怪異，要是將她供奉在那裡，或許又會產生扭曲……」

「曆曆帶八九寺小妹回來時沒想到這一點，所以我才說這是難以置信的奇蹟喔。不然的話，我或許不會想拱立八九寺小妹為神。無論是牽強附會還是怎樣，要成為北白蛇神社的神體，一定要有相應的理由。像是以蛇為共通點，將湖的信仰帶到山上；像是以不死特性為共通點，刃下心謊稱為神。必須具備相同程度，或是更勝於此的理由。」

「對……對吧？既然這樣……」

「蝸牛是……」臥煙說。「蛇的高階相容個體。」

「……咦？」

「不，形容為『高階相容』有點自圓其說過頭，說得太誇大了。不過曆曆，你好歹聽過三方相剋吧？就算不是專家，這也是一般常識的範圍吧？」

「三方相剋是……」

記得也是形容猜拳的方式。

不過，基本的原義是……

「蛇、青蛙，以及……蛞蝓。」

蛇吃青蛙，青蛙吃蛞蝓，蛞蝓吃蛇。也就是形容制衡狀態的話語……蛞蝓？

我好像在哪裡聽過。

「啊啊，我想到了。蛞蝓豆腐。貝木用在千石身上的虛偽怪異……」

「沒錯，對蛇有效的怪異——蛞蝓。而且……」臥煙繼續說。「蛞蝓和蝸牛是近緣種。」

「啊……」

對喔，這是盲點。

臥煙提到三方相剋的時候，我就應該察覺她想表達的意思。有殼的是蝸牛，無殼的是蛞蝓。把蛞蝓當成殼退化的蝸牛大致沒錯。

那麼，可不能說蝸牛和蛇毫無關聯。

蝸牛可以「壓制」蛇。

不像千石那樣失控，不像千石那樣被蛇吞噬，而是反過來吞噬蛇。

「也就是蛞蝓真宵喔。」

八九寺頻頻點頭說。

這真是巧妙過頭的文字遊戲。

「說到最理想的狀態，當然是以蛇這個要素做為共通點……不過就某方面來說，現在這樣是更理想的形式，也就是反其道而行。」

「…………」

聽臥煙這樣說，我甚至覺得昔日在這座浪白公園——在北白蛇神社前身的沱白神社遺址遇見八九寺是命中註定。

這大概也是我牽強附會吧。

不過，正因為歷經這麼多花式般的牽強附會，累積各種特技般的經驗，才奇蹟似地造就現在的我們吧？

「真要說的話，明明是八九『寺』卻即將住進『神社』，從專業領域來看會成為罩門……不過就當成神佛習合忽略掉吧。畢竟也不能改名……哎，不過，記得八九寺小妹的舊姓是……綱手？」（註13）

臥煙看起來大而化之，工作起來卻出乎意料計較細節。反過來說，我這種外行人想得到的問題點，她早就已經深思熟慮確實考察完畢。

而且，臥煙剛才說八九寺是「住」進神社。

註13　日本本土神道和外來佛教折衷融合的現象。

當然，這很明顯是為了說服我而刻意挑過的詞。但我不得不中她這個計。

無論是神社還是寺廟，對於迷路十一年的八九寺真宵來說，對於後來也一直在河原堆石頭莫名受罪的她來說，得到「家」這個居所、這個歸宿是何種程度的救贖，我不可能不明白。

雖說是三選一，卻沒有選擇的餘地。

此外，也沒時間尋找第四個選項。

既然這樣，我就算絮絮叨叨也毫無建設性。

「八九寺，妳真的願意這樣嗎？」

不過，我依然不得不這麼問。

到目前為止，我總是在和臥煙對話，避免直接詢問八九寺，但我實在無法迴避到底。

「嗯，我願意喔。願意成為神。這樣不是很HIGH嗎？」

雖說我被金髮美女抱在懷裡，這個姿勢缺乏一點嚴肅的感覺，我也自認是以認真、沉重的心情這麼問，但八九寺回應得很隨便，一副不在乎的樣子。

居然說這樣很HIGH……

「抱歉，這就是所謂的神口誤吧。」

「妳這樣講就變得像是在搞笑，拜託不要這樣。這麼重要的事情，不要用搞笑來接話。」

「不只是追晉二級這麼簡單，是一步登天喔！」

「慢著，妳應該不懂吧……」

聽她這樣回應，我覺得自己的擔心是對的。

或許她會反問我又懂什麼，不過處於這個立場而陷入進退兩難困境的例子，我知道兩個。

姬絲秀忒·雅賽蘿拉莉昂·刃下心。

千石撫子。

我不想讓八九寺真宵加入她們的行列。這果然是我的心聲。即使這是唯一的解決之道也一樣。

「我知道喔。非常清楚。」

不過，八九寺這麼說。

態度充滿自信，應該說已經是自負了。

「是嗎……？成為神的責任、意義、負擔與職責，妳都清楚了嗎？」

「不，這種事我完全不知道。」

「居然不知道！」

「不過……」

說到這裡，她咧嘴一笑。

極具八九寺風格的一張笑容。

「如果成為神，今後也可以繼續和阿良良木哥哥快樂玩耍。這是我唯一知道的事喔。」

007

我不希望各位認為我聽到今後也可以和八九寺快樂玩耍就停止反駁，不過事實上，這番話令我感動到不禁語塞。

臥煙不會放過我語塞的這個空檔。

「總之，這樣就達成條件之一了。八九寺小妹吞下這張符咒，北白蛇神社就會誕生一位新的神。」

關於第一個條件的討論，臥煙想以此做個總結。慢著，這個話題很重要，不應該這麼輕易做結才對。

「啊啊，雖說是吞下去，但如果學八九寺小妹的說法，就是跟口誤吃螺絲一樣咬下去含著吧。」

「問題不在這種用語上的細節……」

我不願意她就這樣含糊下結論，卻也知道關於這件事，我再怎麼樣都難以完全接受。

「如果曆曆想讓八九寺小妹被『闇』吞噬，這部分就交給你判斷吧。就我個人來說是手段的問題。只有這件事無法由曆曆代勞。」

「沒錯……總之，吾始終只須遵從汝這位大爺之判斷，但汝這位大爺中意之女童難得從地獄被帶回來，要是被『闇』吞噬，事後應該會受到良心譴責吧。」

忍一邊這麼說，一邊連雙腿都夾在懷裡的我身上。這個姿勢像是以我的身體為中軸盤腿而坐，成年人擺出這種坐姿明明很沒教養，現在的忍這麼坐卻是帥氣又好看，總覺得挺作弊的。

我抱著忍的時候，絕對沒像她這麼有型。

總之，既然忍這樣勸誡，我就更難反駁了。到頭來，現在我完全找不到反駁的根據。忍或千石成神「失敗」是有道理可循的，若是由專家臥煙指導，這個計畫就萬無一失。

「沒錯，鬼哥哥，少在那裡囉哩叭唆的。自以為對別人做的事情提一堆意見就很帥，沒有替代方案的話就給我閉嘴。你只會對有能力做事的人扯後腿嗎？」

「慢著，斧乃木小妹，聽妳這麼一說，我就想到一大堆反駁了。」

口氣好差。

令我想起發飆時的月火。

「這種事在八月也討論不少了吧？」

和我同樣被臥煙抱在懷裡的斧乃木（想到她是人偶，就覺得像是在表演腹語術），稍微修正口氣說下去。

「拖拖拉拉像是玩家家酒一樣討論的這段時間，要是八九寺小姐被『闇』吞噬的話怎麼辦？」

「啊……對喔。」

我並不是聽斧乃木說才想到如何反駁，不過臥煙、忍與斧乃木三人接連提到這個名字，使我想起一件事。

不，這件事我一直掛念在心，卻找不到說出口的時機。我沒透露自己來到這裡之前就先在家門前遇見小扇，所以這件事也連帶沒說出口，不過關於這一點，我或許應該在更早的階段告知這個事實。

也是為了請臥煙判斷這是不是事實。

為時已晚……不對，真要說的話，討論第二個條件的現在，也就是臥煙要討論的對象即將改成忍野扇的現在，或許出乎意料是最佳時機。

「臥煙小姐。」

「曆曆，什麼事？」

「那個……關於『闇』的事，我們或許犯下一個天大的誤會。」

我稍微壓低音調說。

「忍野扇……或許不是『闇』。」

「我早知道了。」

臥煙立刻回應。

我壓低音調完全是做白工。

還刻意加重語氣，簡直像個笨蛋。

與其說是揮棒落空三振，感覺更像界外球接殺出局。板球也有這種規則嗎？

「真的假的？」

斧乃木這個驚訝的反應還挺隨便的。話是這麼說，但斧乃木原本就沒有和臥煙共同行動，所以這時候意見沒有一致也是非常理所當然的演變。

「不是嗎？不會吧～～我一直認定就是這麼回事，所以到處狂埋這方面的伏筆耶？」

「…………」

如果是真的，那她就是多管閒事了。

不要蓄意埋伏筆好嗎？

這種角色個性真麻煩。應該說她這個角色真麻煩。

忍則是保持沉默。

我想，忍的想法大概也歸類在斧乃木那邊……但她或許是為了避免被發現，所以採取謹慎發言的作戰。

至於八九寺，到頭來她對小扇這個人不熟（小扇轉學來到直江津高中，是八九寺升天之後的事），所以不可能有什麼想法，就只是愣在原地。

「到頭來，曆曆為什麼會認為忍野扇是『闇』？」

「沒有啦，因為……」

「啊啊，我不該這樣問的。曆曆，別誤會，我這麼說不是要責備或嘲笑你。你這麼想反倒是理所當然。」

臥煙真的講得好像理所當然，如同對話完全按照她的計畫進行。

不過，如果這在她的計算之中，我不免覺得我來這裡之前和小扇的對話都被她偷聽到了……

「我這麼想是理所當然……這是什麼意思？」

「之後再說明這是什麼意思。」

臥煙在這裡也以程序為優先。

「我剛才想問的，是曆曆在哪個階段冒出這種想法。因為我或許會依照你的回答改變應對方式……雖然這麼說，但我其實已經大致猜到了。」

「……並不是在特定的時間點。接觸她的言行久了，自然就會這麼想……畢竟她實際上確實找過八九寺，像是千石的事件，以及正弦的事件……」

還有一開始的事件。

忍野扇最初的事件。

轉學之後首次見面，和老倉育相關的一連串事件──要說露骨也過於露骨。

不，到頭來，我不是因為這種情報逐漸累積，反倒是憑感覺這麼認為。

因為，她那股黑漆漆的氣息，完全就是「闇」吧？

重視法則的暗黑。

信奉平衡的漆黑。

「不過，既然我這麼想是理所當然，意思是小扇故意讓我這麼想嗎？想要誤導我……」

有可能。

她是可能做出這種事的女生。

可能只因為一時調皮就這麼做。

不過，她當然不會只因為一時調皮，就委託正弦除掉我們吧。

「不，你錯了。」

不過，臥煙搖頭否認我的推測。

在這裡也搖頭否認。

「應該說，她自己一開始大概也是這麼認為的。即使是現在，她也確實對自己課以這種責任。忍野扇不是『闇』，卻在做和『闇』相同的事，背負相同的職責。」

臥煙說。

「和『闇』相同的職責……」

昔日假扮神而受人愛戴的姬絲秀忒·雅賽蘿拉莉昂·刃下心，以及失去存在意義卻一直待在現世的八九寺真宵。襲擊兩人的「自然現象」。

「闇」。

在不同地區稱為「黑洞」或「暗黑體」的這個東西，說穿了就是取締違規怪異的現象，或是概念。

八月，八九寺遭受襲擊的時候，由於狼狽的心情比較強烈，所以沒能深入思考，不過後來我盡力考察得出結論，這東西應該不是怪異的天敵，更不是什麼制裁機構。

世界的法則。

比方說像是重力、作用力與反作用力、自然淘汰或物競天擇、方程式等等，是這種類似法則的東西，只能遵從不容反抗的東西，絕對不是浮在空間的漆黑物體，不是什麼特定的「物體」。

是的。

直到我遇見忍野扇，我都是這麼認為。

直到遇見實際存在的她。

……到頭來，這也一如往常是我的誤解，是我常犯的不懂裝懂，我只是在完全錯誤的地方左顧右盼原地踏步罷了。

「慢著慢著，不需要像這樣看扁自己，所以我不是說了嗎？忍野扇背負和『闇』相同的職責，所以說穿了，認定她和『闇』相同也不是什麼天大的錯誤。為求謹慎，我整理一下吧。」臥煙說著看向八九寺。「要是放任八九寺小妹維持這個狀態，或許又會出現在這座城鎮的『闇』——我們擔心至今的這個『闇』，是貨真價實的『闇』。是當年襲擊刃下心，在八月襲擊八九寺小妹的正牌『闇』。相對的，將八九寺小妹打造、拱立為北白蛇神社的神之後，還是可能會襲擊八九寺小妹的對手，是和『闇』背負相同職責的忍野扇。」

臥煙說到這裡，視線從八九寺重新移到我這邊，但即使她這樣筆直注視，她這番話以及話題的進展都過於唐突，我無法立刻反應。

頂多只能複誦她的話語。

「在拱立之後……襲擊？」

咦？

我重複之後，終於理解個中意思，不禁有種「這是怎樣？」的感覺。即使不是臥煙小姐真正的目的，為了迴避「闇」，還是得將八九寺拱立為神。但如果拱立之後還是會被襲擊，不就完全失去拱立她的意義了嗎？

那為什麼還要這麼做？

當然也沒辦法和我玩耍了吧？

「慢著，所以我不是說最低條件有兩個了嗎？光是將八九寺小妹拱立為神還不夠，這樣才做一半，還有一半。得除掉忍野扇才能完美解決。」

「您剛才一直重複說除掉，除掉……」

我終於忍不住說出來了。

對於臥煙來說或許沒什麼深刻的意思，只是使用平常就在使用的詞，不過即使敵對，即使真面目不是「闇」，我還是難以忍受她對我的學妹使用這種字眼。

忍不住。

——願意站在我這邊嗎？

——請救救我。

我並不是被她的話語影響，單純是用詞的問題。

「可以不要這麼說嗎？您用『除掉』這種說法，小扇不就像是怪異了？」

「沒錯喔。」

臥煙這次也是立刻回答。

「她是『普通』的怪物。」

008

回過神來，已經過了不少時間。

我不知道這段時間經過，是否也在臥煙的計畫之中。事態確實朝著收拾的方向走，真相也逐漸曝光，即使如此，我卻難免覺得事態持續惡化，真相愈來愈陷入迷霧之中。

怪物。

普通的怪物。

若是計較用詞，既然是怪物就肯定不普通了，不過在傳說吸血鬼忍野忍的完整形態、人造怪異斧乃木余接、即將被拱立為神的八九寺真宵等反常角色齊聚的這裡，或許必須使用這種形容詞吧。

所以我乾脆不計較這一點。

「小扇是……怪異？」

慢著。

聽臥煙這麼說，就覺得這也不是什麼突兀的事……？直到剛才都半認定她真實身分是「闇」的我講這種話也不太對……但她過於神出鬼沒的性質，確實帶著怪異的味道。

既然懷疑她可能是「闇」，那麼懷疑她是怪異也沒什麼不當之處。

怪物。

有種事到如今被趕回起點的感覺……

即使再怎麼要求勿忘初衷，不過怪物……也就是怪異，真的會轉學進入高中嗎？會到校上學、上課聽講、用功向學嗎？

「慢著，曆曆，你並沒有目擊她到校上學、上課聽講、用功向學的場面吧？你始終只是以學校為中心和她有所交集。」

「…………」

這……是沒錯啦。

等一下，這麼一來，我的思考方式必須完全改變，所以我想冷靜一下。可以的話，我甚至想先回家睡個覺再過來。不過當然不可能就是了。

我試著回想至今和小扇的互動。

不過，記憶過於淺薄，完全沒有路徑可循。

愈是試著回想，記憶似乎就愈是模糊。

不對，不只是現在如此。面對小扇的時候總是如此。和她交談，記憶就會變亂，被迫想起不願回想的事，只要想通什麼事，就會被迫忘記正在思考的事，還會被植入未曾有的記憶。

簡直是……妖怪的行徑。

然而……

「假設小扇是怪異，那她的真面目也太神祕了吧？說她是『闇』反倒還比較好懂……臥煙小姐，您是基於什麼根據將小扇稱為怪物？」

「那麼，你是基於什麼根據將忍野扇稱為小扇？」

「？」

意思是加上「小」這個字很噁心嗎？

對於如今確定處於對立關係的對象使用這種親密的稱呼，這才是錯誤的用詞是嗎……可是就算這麼說，稱呼也不是一時之間改得掉的東西。

——黑儀。

唔。

我想起昨晚的事，忍不住微微一笑……更正，微微一羞。

「你的臉在紅什麼啊？噁心。」

斧乃木不會放過這種失誤。

個性爛透了。

仔細想想，稱呼妳「小妹」原本也很奇怪……只不過，臥煙想說的重點似乎不在這裡。

「只是因為她自稱忍野扇，你就照單全收叫她『小扇』是吧？」

臥煙高聲說。

「……意思是她對我用假名？」

「該說假名還是冒名……不，甚至不到這種意思，只不過像是臨時想到，非常隨便取的名字。曆曆，當她這麼自稱的時候，你應該要笑一下才對。如果是我的話，大概會捧腹大笑吧。」

「…………？」

就算臥煙這麼說，但我完全不知道「忍野扇」這個名字哪裡好笑。若要說名字奇怪，同姓的忍野咩咩，或是由他取名的忍野忍，在字面上才是好笑到痛快的程度……

「阿良良木哥哥真遲鈍，不像平常的您。」

八九寺在這時候出面說明。原來八九寺心中認為我很敏銳？我感到意外，但若只看這件事，我或許應該更早察覺。

因為在「名字」這個話題上，我至今和八九寺上演無數次的脣槍舌戰。

只不過，八九寺對於小扇的知識，明明幾乎只從這裡提到的話題取得，卻能精確點出重點，不愧是身經百戰的勇者。

「就我推測，這位忍野扇姊姊是神原姊姊介紹的吧？是以『籃球社前明星神原姊姊的球迷』這個身分介紹給您認識的吧？」

「嗯……是這樣的過程沒錯。」

「球迷。ＦＡＮ。也就是『扇』吧？」

平凡無奇到令我眼前一黑。

這確實不是假名這種了不起的東西。如同「ＡＡＡＡ」、「ＫＫＫＫ」或是「１２３４」這種沒幹勁的玩家ＩＤ，是隨便又缺乏愛情，內行人聽到的瞬間就知道在騙人的自稱。

反倒給我大膽到狂妄的感覺……

「咦……可是，那麼姓氏呢？忍野……啊啊，原來如此，這麼一來，她說她是忍野的姪女也是謊言嗎……？」

「關於忍野這個姓氏，也是基於某些更深入的隱情，應該說拐彎抹角的隱情……不過，她說她是咩咩的姪女確實是謊言。就我這個學姊掌握的情報，那個男人肯定沒有姪女。咩咩當然也不是木石，在生物學的層面，應該有人和他有血緣關係，不過就我所知，那個學弟舉目無親。」

「那麼……她認為只要自稱忍野的姪女，就可以獲得我們的信任嗎？可是，小扇為什麼……是為了什麼目的，不惜像這樣偽造身分來歷與人品儀表出現在我們面前？」

怪異是基於合理的原因出現。

和「闇」不同，並非無緣無故。

那麼，忍野扇這個怪異是基於何種必然性出現在直江津高中，將我們的生活擾亂到那種程度？

「如果忍野扇不是忍野扇……那她究竟是什麼？她的真實身分是什麼？」

一味要求說明的我，完全變成丟臉的傢伙，但是即使臥煙說小扇是怪異，我也無法立刻接受。

我希望有人能說服我。

「『真身不明』就是她目前的身分。正因如此，除去她的手段很明確……依照當初的計畫，我打算使用妖刀『心渡』除掉忍野扇。但這不算是合適的手段，反倒該說是緊急避難用的手段，或是犯規的手段。總之，任何怪異都能斬斷的太刀，以專家角度來看也是相當犯規的工具吧。不愧足以成為姬絲秀忒・雅賽蘿拉莉昂・刃下心首位眷屬的人……只不過正因為他是這樣的人，才會步上扭曲的末路，這一點難免諷刺。」

「……您原本想用怪異殺手斬殺小扇？」

「喂喂喂，別這樣瞪啦。你究竟站在哪一邊？」

雖然是毫無含意隨口詢問，但臥煙這種說法使我緊張了一下。感覺像是緊繃的心情被扎了一針。

不過，若問我站在哪一邊，我無法斷言站在臥煙這邊。即使沒有昨天和小扇的那段交談也一樣。

「用怪異殺手斬殺怪異，這原本不會產生任何矛盾。專家就該這麼做。」

「……您就是為此製作了妖刀『心渡』嗎？」

我在北白蛇神社被切片的時候，對於臥煙為什麼擁有那把刀感到疑問，不過如今製造方法昭然若揭。

最初的眷屬——死屍累生死郎所穿的甲冑，八月下落不明的那具甲冑，其實是被她拿來重鑄成刀。

……我不知道這種推理是從我心中哪裡冒出來的，但我確信是這樣沒錯。不過這麼一來，就代表臥煙從那時候就計畫斬殺小扇？

荒唐。

無論小扇是怪異還是轉學生，她都是在十月出現在我們面前。所以不會是臥煙在八月這個時間點打造怪異殺手的原因。

因為在這個時間點，小扇沒犯下任何需要被除掉的罪過。

「還是說，因為您『無所不知』，所以在八月的時間點，您就在手冊行事曆的三月十四日挑明今天預定在這裡開會？」

「怎麼可能。我這個年紀沒在使用學校行事曆。」

這個回答有點雞同鴨講。

現在並不是在討論行事曆從一月還是從四月開始。

「無所不知和預知能力不一樣喔。沒能回應朋友的期待令我於心不忍，但我終究沒有高超到在八月那個事件就預測接下來的所有進展。雖然經常被誤會，但我即使全知卻不是全能喔。」

「……可是，既然這樣……」

「我並不是預謀要斬殺忍野扇。不過，我早就預期忍野扇會登場，認為這種做法也是一種選擇，所以我回收了初代的他身穿的甲冑。這當然是考量到最壞的事態才這麼做的。」

「哼。都趁火打劫了才講這種話。難怪吾吃起來不過癮。」

忍不太高興般說。

她突然在我耳邊說話，我還是會嚇到。感覺她的氣息帶著體溫傳達給我，令我臉紅心跳。

「別這麼說啦，忍小姐，所以我不是還妳了嗎？」

臥煙說。從她的發言推測，剛才打板球使用的妖刀「心渡」似乎不是忍的，是臥煙製作的複製品。

忍在抱我之前面不改色地吞下去，所以她體內現在有兩把妖刀。加上應該也一起歸還的「夢渡」就是三把？

「因為沒必要了。既然爭取到曆曆的協助，就沒必要來硬的。我這個除妖專家能以正當的手段，以標準的方法除掉忍野扇。」

「……您說您早就預期小扇會登場，這是什麼意思？」

比起詢問什麼是正當的手段或標準的方法，我更在意這一點。既然早就預期小扇登場，那麼到頭來不就等於從那時候就預謀斬殺小扇？

「不，這單純是經驗法則。雖然不算是和忍野扇一模一樣……但我看過類似的怪異。」

原來是這麼回事。

該說不愧是經驗豐富的專家總管嗎？即使對我來說彷彿晴天霹靂的事，對於臥煙來說也只不過是通例之一。

我是這麼想的，但事實並非如此。

「我是在小學時代遭遇『那個』。所以雖然這麼說怪怪的，但這次的事件也令我懷念喔。」

「小學時代……？」

我完全無法想像臥煙的蘿莉時代，但她終究不可能從小學時代就當總管，也不可能從那時候就是「無所不知」的臥煙吧。

「嗯，嚴格來說，有這個經驗的不是我，是我姊姊——臥煙遠江。妳所熟識神原駿河的母親。我這個做妹妹的，近距離目睹姊姊的體驗。說來意外，這或許是我最初始的體驗。」臥煙像是真的很懷念般說。「當時，我姊姊遭遇真身不明的怪異……話說曆曆，關於我的姊姊，你具體來說知道多少？」

「不，我不太清楚……只知道她將『猴掌』遺留給神原……」

因為神原很少講這種正經話題……老是在說蠢話。記得是和神原家的獨生子私奔，生下神原，後來出車禍過世？

這方面的實際經歷我略知一二，卻完全不知道她本人是怎樣的人。

個性大概近似神原吧，但我不太願意想像這是怎樣的個性。

「『不成藥，便成毒。否則妳只是普通的水。』」

臥煙改變音調這麼說。

「這個姊姊會對親妹妹講這種話。哎，老實說，是個不好應付的姊姊。」

聽到臥煙說她對家人的感想是「不好應付」，我覺得首度接觸到她具備人性的一面。

只不過，即使是間接聽到，會講這種話的人物還是有點恐怖。

但我在心中表示同意的同時，臥煙這麼說。

「某方面來說，很像曆曆。」

我真是丟人現眼。

「我姊姊雖然不是鬼，卻是一個很像鬼的人。我的意思不是說她很像吸血鬼曆曆，但我還是小學生就覺得這姊姊不太妙，真心覺得她是危險人物。該怎麼說……雖然不是怪物，卻有著怪物的味道。」

「…………」

「嚴以律己，嚴以待人。認為愈嚴格愈好。她就是這種人喔。哎，有機會的話，改天找駿河問個詳細吧。雖然年紀小小就天人永隔，她身為女兒肯定還是有一些感受。不過，總之這是題外話。我不是想介紹姊姊這個人，我現在想表達的是我姊的個性令我聯想到曆曆，如此而已。」

嚴以律己，嚴以待人……？

我是這種個性嗎？

說來挺好笑的，這時候露出最驚訝表情的是八九寺，不過臥煙沒多加著墨。

「正因如此……」她繼續說下去。「正因如此，我預測曆曆遲早會踏上和我姊姊相同的路。與其說預測應該說擔憂？八月和你一起工作的那時候我就在想，曆曆或許總有一天會遭遇我姊姊遭遇的那種怪異。總之，這個不安成真了……你早就該小心了。」

「小心……嗎？」

要是平常過生活小心到這種程度，我的精神大概會崩潰吧。或許因為我這麼不小心，才會註定落得這種下場吧。

「我想當成參考請教一下，當時是怎麼做的？畢竟那時候當然不可能有妖刀『心渡』……」

「所以說，當時是正攻法喔。這次我也想用相同的手法，要請曆曆做我姊當時所做的事。」

「……？由我來？不是由臥煙小姐？」

「只能由你來。」

臥煙點頭說。

用力點頭。

「我做就沒意義了。忍小姐來做也一樣。只有這件事，就算由咩咩或余弦來做也沒意義。這件事只有你做得到，也非得由你來做。由你自己一個人來做。」

臥煙說的時候強調「自己一個人」。

「人只能自己救自己……是這個意思嗎？」

「那是咩咩的主義，不是我的主義……不過，在這種時候引用，就覺得是打動內心的一句話。確實，關於這件事，我可以說完全幫不上忙。」

「…………」

臥煙這番話聽起來，像是在催促我和小扇一對一對決，但她劈頭這麼要求也只會令我困惑。

如果是和死屍累生死郎對決，那就好懂了。

而且在這一年，我進行過許多各式各樣的對決，而且是賭命的對決。雖然這麼說挺自大的，但如果我為自己打分數，要說我在槍林彈雨存活至今也不為過。現在抱著我，以手指撥弄我肋骨的妖豔美女，我和她的前身──姬絲秀忒．雅賽蘿拉莉昂．刃下心在春假殺個你死我活，從那時候算起，我經過鬼門關前不入的次數甚至不計其數。

不過，正因為是這樣的我，所以就算臥煙要求我和小扇對決，我也完全沒頭緒。就像是聽到一段不知道笑點在哪的笑話，完全感覺不到內容。對決、了斷、賭命……字面看起來花俏，實際上卻空洞無比。

「嗯。阿良良木哥哥，如果要譬喻的話，就像是欣賞一部片頭做得非常用心的五分鐘動畫吧。實際內容不到一分鐘的那種。」

「八九寺小姐，請不要這時候來亂。」

這個譬喻意外地淺顯易懂，但現在並不是在講這個。

我想，我這時候覺得不對勁的原因，起因於小扇的真面目無論為何，也是完全不屬於戰鬥類型的高一女生。

雖然有著神祕的一面，外表卻是可愛的女高中生。要我拿大太刀將她劈成兩半殺掉，刑案的味道也太重了。

「就說沒要用了。這個計畫已經作廢了喔。多虧曆曆所以不必使用。要我斬殺女高中生外型，應該說人類外型的對手，我也會抗拒的。」

「…………」

妳斬殺過吧？

之前在堪稱神域的神社境內，妳將人類外型的我殘忍切片到看不出原形吧？她究竟是基於風趣還是發自內心這麼說，我一時之間難以判斷，不過既然事情已經過去，如今再討論也無濟於事。我很好奇這個計畫為什麼「多虧我」而不必使用，但我這時候該問的是剛才沒問到的「現行計畫」。

如果我非得獨力實行這個計畫，我就更應該問清楚。

我也有做得到與做不到的事。雖然做得到的事比較少，但如果臥煙的要求就像是要我拿大太刀斬殺小扇一樣困難，即使她曾經費神協助處理八九寺與忍的事件，我還是必須拒絕。

「我不打算拜託太難的事喔，反倒是簡單至極。如果只是做的話，任何人都做得到，只是非得由你來做才有效罷了。」

「……總覺得您在賣關子。該不會講得簡單，卻要給我一個大難題吧？」

「沒有啦。我姊姊十幾年前做過的事，這次要由你來做。如此而已。」

「所以說，您雖然像這樣講得簡單，但剛才就提過您姊姊是不得了的人吧？嚴以律己、嚴以待人，很像鬼的一個人……這種大人物所做的事，我不認為自己做得來。」

「不不不，某方面來說，曆曆做起來應該比姊姊簡單吧。因為你是為了拯救瀕死的吸血鬼，不惜捨棄自己生命的男生。」

「………？」

我不太懂其中的因果關係。

我在春假拯救忍的事蹟，為什麼會在這時候提及？難道是要我和當時一樣，拯救小扇這個怪異？這樣簡直……

——請救救我。

簡直和她的懇求一模一樣吧？

不過，臥煙當然不可能講這種話。這種甜到蛀牙的情節和她極度無緣。不可以被她溫吞大姊姊般的外貌欺騙。

她身為專家的行事原則只有一個。

以嚴謹到一絲不苟的手法尋求最佳解。

千石撫子被供奉在北白蛇神社的時候，臥煙似乎姑且以她的方式協助處理，但這始終只不過是因為千石不適合成為神。

「真身不明的怪異——忍野扇的威脅，極端來說，僅止於真身不明。」

然後，臥煙說了。

說出我該做的事。

「所以只要揭發她的身分，她就會瓦解。」

「瓦解……」

「也可以說是互毀。這裡的重點在於她是將自己應有形態偽裝起來的偽物。無論如何就是一個『大騙子』。謊言被揭發之後將面臨什麼下場，忍小姐與八九寺小妹肯定很清楚。」

她們知道。

我也知道。

「『闇』──」

「──『闇』──」

「──『闇』。」

我們三人異口同聲地說。

「是的。偽裝己身立場的怪異，會被黑暗吞噬。尤其她將自己本身偽裝為『闇』。違反這個規定將面臨的制裁，應該會熾烈至極吧。所謂的自作自受。這半年她在曆曆周邊的所作所為，各種凶狠的作為，這次將會報應在她身上。」

臥煙咧嘴一笑。親切大姊姊不應有的狡猾表情。

不過，與其說這是自作自受，也可以說這單純是滑稽的終幕。

就像是童話的結局。

真實身分曝光。光是這樣，自身的存在就會「終結」。

對於主打「真身不明」的忍野扇來說，這也是必然的弱點。

「總之，怪異原本就是這種東西。所以我將忍野扇稱為『普通的怪物』。曆曆遇見的第一個怪異是稀有種的吸血鬼——姬絲秀忒・雅賽蘿拉莉昂・刃下心，後來也歷經許多賭命的戰鬥，還認識了影縫余弦這個舉世罕見的暴力陰陽師，所以可能被危險的想法汙染，認為怪異是只要交戰就有辦法應付的對手，不過『怪物』基本上是『化怪之物』，就像狐狸或狸貓那樣，揭發真面目就會消滅，如此而已。」

「…………」

「怪異現象只要以科學闡明，就成為普通的迷信對吧？同樣的道理。我們這樣的專家，在曆曆這種現代年輕人眼中或許是老古董，但我們的工作其實是將調查完成的都市傳說，以傲慢又粗魯的手法徹底解剖，使其失去作用。我的意思不是說世間還有許多無法以科學闡明的事，我們做的生意是逐漸減少科學無法闡明的事情，我們混飯吃的方法是將不可能說明的事情加以說明，對任何人都能淺顯易懂的說明。基於這層意義，我們這種職業遲早會消滅吧。如同章魚吃掉自己的腳那樣。」

臥煙半自嘲地這麼說。老是想用戰鬥解決事情是一種粗暴的做法。我想起忍野也在很早的階段就對我這麼說過。

——阿良良木老弟的思考方式真粗暴啊。

——是不是發生了什麼好事啊？

他這麼說過。

原來如此。

依照臥煙的論點來說，我要做的不是和小扇一對一對決，是單方面的除妖。確實，說到事後不是滋味的程度，感覺和我拿大太刀將女高中生劈成兩半沒什麼不同。

不過，這也確實是解決這座城鎮現狀的最佳解，是最佳方案。

「臥煙小姐的姊姊，就是以這種方式除掉近似小扇的怪異，除掉不是『闇』的那個『類闇』嗎？」

「嗯，沒錯。姊姊不是專家，當時年紀也和曆曆差不多，但她以自學的方式漂亮突破這個難關。真的是一位很強的人。當年的姊姊真的很強。」

臥煙以過去式重說一次。

「不過，這麼強的人也輸給車禍就是了。這個話題對八九寺小妹來說很刺耳嗎？」

「還好啦……不過，車子確實很方便。而且現代社會沒車子就無法運作。」

十一年前，綠燈過馬路被車子撞死的少女——八九寺真宵裝傻回答。

還真的裝傻帶過……怎沒變成心理創傷之類的？

「曆曆，你剛才說『類闇』這個詞，或許是忽然想到就脫口而出，但其實講到重點喔。講得這麼好懂真是太棒了。不過，如果你從『類』這個字認為對方是劣化版，我就得批評你大錯特錯。反倒是正因為對方不是真物而是偽物，所以比真物更棘手。我的不才學弟——騙徒貝木泥舟說過，偽物比真物更想成為真物，所以比真物更像真物。」

「……將八九寺供奉在北白蛇神社，真正的『闇』就不會出現在她面前，不過偽物的『類闇』還是可能會出現……是這個意思嗎？」

「沒錯。就我所見，『類闇』比『闇』還危險。不准用這種機會主義的手法解決，大家都幸福的答案只有奸詐可言……對方將會表明這種立場吧。」

「…………」

「所以，務必要在今天，在今晚做個了斷。我的工作與曆曆的希望，滿足這兩者的第二個條件，就是除掉忍野扇。如果沒做到，第一個條件就沒有效果。我剛才說的就是這個意思。」

——請救救我。

——願意站在我這邊嗎？

——請救救我。

我免不了反芻小扇的話語。我不知道小扇基於什麼心態講這種話。

她是出自內心這麼說嗎？還是以「真身不明」，以「類闇」的立場這麼說？

然而不管答案是什麼，即使完全是另有意圖，我大概都無法回應她的要求。

或許是被臥煙的花言巧語矇騙，或許是被大人的話術說服。

但是無論如何，我不能坐視八九寺可能被吞噬的下場。

不能坐視我身邊遭遇更大悲劇的可能性。

我不可能坐視不管。

這半年，就是發生過這麼多不同種類的事件。

我務必，非得除掉忍野扇。

即使她露出何種笑容。

我轉身瞥向忍。

忍也以金色的眼眸靜靜注視我。

昔日，我曾經拒絕姬絲秀忒·雅賽蘿拉莉昂·刃下心的請求。

救救我。她如此乞求。

我救不了妳。我如此回應。

是的，我沒答應。

我也以相同的話語回應小扇吧。

「知道了。我不救忍野扇。所以……」我下定決心之後詢問。「所以臥煙小姐，請告訴我。神祕轉學生忍野扇的真面目是什麼？」

「那孩子的真面目是……」

臥煙立刻回答。始終是立刻回答。

畢竟臥煙無所不知。

而且到頭來，我一無所知。

009

阿良良木月火是怪異。

她是阿良良木家的么女；是下個年度升上三年級的國中生；是火炎姊妹的參謀；是經常換髮型的女生……也是不死鳥。

若是詳細分類——不是基於生物學，而是基於怪物學進行詳細分類，那麼她是杜鵑，是「死出之鳥」。

杜鵑是往來於現世與冥界的鳥，說穿了也是不死性質的象徵。實際上，阿良良木月火是比吸血鬼更完美的不死怪異。

不死能力更勝於吸血鬼，復活能力更勝於喪屍，永存能力更勝於幽靈。不會生病而死，不會中毒而死，也不會出意外而死。

幾乎和怪異性質附加的特殊能力無緣，始終以人類身分生活，連自己也就這樣毫無自覺地壽終正寢，然後若無其事地誕生成為下一個生命。

轉生。

據說不死鳥是在烈焰中復活，但月火和這種花俏場面無緣，真要說的話就是徹底低調的怪異性質，即使如此，她仍然是怪異無誤，因此在八月，怪異專家的陰陽師來到這座城鎮要「除掉」她。

影縫余弦。

斧乃木余接。

專門對付不死怪異的雙人組，當時究竟要以何種方式「除掉」阿良良木月火這個怎麼樣都死不了的怪異？事到如今不得而知。如果只說結果，就是專家們饒過月火了。

不過她自己不知道就是了。

阿良良木月火被放過一馬。

得以繼續當個怪異，繼續當個人類。

繼續當阿良良木曆的妹妹。

得到認同，受到認知。

受到他人的認知，是怪異的本分。

這就是現在的她。今天的她在這裡。

三月十四日星期三的阿良良木月火在這裡。

「我出門了～～！」

阿良良木月火一到下午就率先出門，不過雖說「率先」，但這天她是最後一個從阿良良木家出發的人。這個雙薪家庭的父母早就正常上班，考完大學的哥哥吃完早餐就立刻出門，和女友進行高中生活最後的約會，下個學年成為高中生的姊姊也意氣風發外出挑戰百人組手。從阿良良木月火的角度來看，這兩人都在她不知道的時候出門，但個性奔放的她不會特別在意哥哥與姊姊的一舉一動。

到頭來，在三兄妹之中，動向最難捉摸最令人擔心的，就是這個么妹。要是扔著不管就不知道會做出什麼事，她在這方面的危險度是掛保證的。

這天，已經放春假的她表面上對家人告知的行程是「探望療養中的朋友」，但這其實也不是正確的計畫。

她說謊。

沒什麼罪惡感就欺騙家人。

雖然這麼說，不過大致來說符合事實，她這天前往的目的地，是預先對哥哥說過的千石家——小學時代好友千石撫子的家。

雖然升上中學就不同班而變得疏遠，但她們曾經是以綽號互稱的交情，最近透過哥哥重新開始來往。

這個好友從去年底就離奇失蹤好幾個月，擔心的月火在她出院之後經常前去探視。雖然名義上是如此（阿良良木月火當然不知道千石撫子不只是失蹤還成為神），不過實際上，千石撫子已經完全恢復健康，至少沒必要每週探望三次吧。

去見千石撫子是真的，目的卻不是慰問。阿良良木月火為了協助千石撫子正在進行的作業，所以在白色情人節的今天也造訪千石家。

那麼，究竟是什麼作業？

「月火，謝謝妳。多虧妳幫忙，應該趕得上截稿日喔。」

聽到千石撫子這麼說，阿良良木月火回應「這不算什麼啦」。地點是千石家二樓，千石撫子的房間。她坐在書桌前面，正在進行漫畫原稿的塗黑工作。

阿良良木月火個性陰晴不定，如果在她做事情的時候對她說話，她心情湊巧不好的話可能會大發雷霆，不過這時候的態度挺大方的。

與其說是被道謝所以心情好，或許是好友的變化令她感到開心吧。不久之前的千石撫子，在這種場面想必不會說「謝謝」，而是說「對不起」。

這種懦弱的態度令人不耐煩。

如果不是朋友，月火大概已經一拳打下去了，甚至可能正因為是朋友所以打得更凶狠，不過這個兒時玩伴失蹤回來之後似乎稍微改變了。

發生了什麼事？

阿良良木月火不會擔心這種事。

她不會做這種常人會做的事。

就只是專注於眼前的作業——為了趕上月底新人獎的截稿日，協助千石撫子繪製漫畫原稿。換句話說就是專心當助手。

千石撫子失蹤之後回來，月火純粹以探望為目的造訪她所住的醫院時，才知道她的興趣是畫漫畫。

當時，月火生氣詢問為什麼隱瞞至今，而且是氣到暴怒的程度，但撫子拜託她幫忙買畫具，並且拜託幫忙製作原稿的時候，她沒有抗拒。

然後順其自然演變成現在這樣。

以千石撫子的立場來說，她也沒想到大名鼎鼎的火炎姊妹參謀，也就是肯定很忙碌的阿良良木月火，居然願意長期協助繪製漫畫，基於這層意義，好像也有點強迫造成困擾的感覺。

不過，如果從阿良良木月火的角度來看，至今只建立千篇一律乏味交情的千石撫子，居然主導進行這種創作工作，令她覺得新奇又有趣。

打趣堅守助手的立場。

千石撫子即使出院，卻還沒康復到能夠上學，所以阿良良木月火當然不是完全沒有擔心與關切的想法（千石撫子所就讀公立七百一國中發生的事件，身為當地國中生領袖的阿良良木月火當然清楚掌握），不過看現在進行完稿作業的原稿內容，這方面似乎是白操心了。

大概是在各方面都放下了吧。

月火心想。

千石撫子現在的髮型，就是她心境變化的表現之一。以前……應該說從小學時代，她一直都是留長瀏海遮住臉蛋，與其說是害羞、害臊或怕生，根本就是對人恐懼症的髮型，但她現在將頭髮剪得超短。一出院就前往髮廊剪成這種髮型。

如果是以前的她，到頭來甚至不敢去髮廊吧。至今除了一次例外，千石撫子總是由家人幫她剪頭髮，所以聽到她要求介紹平常光顧的髮廊時，阿良良木月火嚇了一大跳。

由於可以拿介紹費，所以也沒有理由拒絕，但阿良良木月火（在旁邊座位）聽到她想剪成超短髮的時候，終究懷疑她是不是吃錯藥。雖然這麼說，不過千石撫子畢竟天生麗質，即使造型煥然一新，也沒有奇怪的感覺。

至少和阿良良木月火昔日粗暴剪掉千石撫子瀏海那時候相比（這就是那次例外）可愛太多了，但是這次改變髮型不是追求可愛，單純是長髮在畫漫畫的時候會礙事，理由非常合理。

總之，看她今天工作時穿著沾到墨水也沒關係的學校運動服，就知道這個理由是真的，不過看在對於髮型有強烈執著的阿良良木月火眼裡，不免擅自推測某方面來說應該是「因為失戀而剪短頭髮」。

但她只是心裡這麼想，完全沒說出口。

阿良良木月火的信念是有話直說，卻也不是完全口無遮攔。

「我不太懂漫畫，不過……」

可惜這番話有點口無遮攔。

「撫子，這份作品，妳有多少自信？得獎的話會領到獎金吧？」

「唔～～不知道。」

千石撫子轉過身來，露出為難的笑容。這樣的表情，以前也會被頭髮遮住看不清楚。

「因為像是自信之類的東西，我已經不去想了。」

「是喔……」

「有人說我或許有天分……但是這種事情，即使是有天分的人，不順的時候還是會不順的。」

「不相信自己的天分，就沒辦法成為一流喔。因為在沒辦法努力的時候會失去支柱。只懂得努力的人，在沒能努力的時候就會遭受挫折。」

阿良良木月火直接將想法說出口，以前聽到這種意見就會屈服的千石撫子，如今卻確實接話回應了。

「與其說是相信，感覺比較像是受騙上當……不過是否能成為漫畫家，或許真的如妳以前所說，就像是買彩券那樣吧。」

「我說過這種話……總之，這也無妨吧？畢竟要是沒人買彩券，也湊不到獎金給中獎的人。」

不知道阿良良木月火這麼說是否算是打圓場，大概不算吧。即使如此，千石撫子依然向她露出微笑。

「我只是做我想做的事。再怎麼難看或丟臉也沒關係。月火也是這樣吧？」

聽到千石撫子這樣反問，反倒是阿良良木月火語塞。原因說來意外，在阿良良木月火心中，「做自己想做的事」這種觀念，沒有旁人想像的那麼強烈。

所以，她也直接將這種想法化為言語。

「我很少有這種想做的事情或是目標，所以才喜歡像這樣為別人做的事情加油打氣吧？畢竟火炎姊妹與其說是正義使者，原本比較傾向於是國中生的互助組織。」

「這樣啊……？」

千石撫子一臉詫異。

好友至今很少提及的這一面，使她暫時停止描線工作。

「可是就我看來，人生立場像月火這樣明確的人，連一個都沒有喔。」

「哈哈哈，能聽妳這麼說是我三生有幸，月火幸福到盡頭喔，是盡火喔……慢著，火燒盡了怎麼行啊？」（註14）

阿良良木月火調侃地說，同時懷念起撫子以前好像都是自稱「撫子」。她依稀記得指摘過這件事，不過究竟是從什麼時候改成以「我」自稱的？

「不過，我比較稍微偏向虛無，應該說偏向破滅的方向，所以某方面來說容易被有目標的人影響。」

「是指火憐或是……曆哥哥嗎？」

「曆哥哥」的發音怪怪的。

有點怪，而且有點尷尬。

不過，阿良良木月火沒刻意點明。

她判斷現在拿這件事開玩笑還是太敏感了。

「算是吧～～而且像這樣幫妳工作，感覺也像是被妳的幹勁帶著走喔～～」

「工作……」

千石撫子臉紅了。

註14　日文「月火」與「盡火」同音。

畢竟她不是機械，雖說已經「放下」了，但靦腆屬性似乎沒有完全消失。

「不是工作啦。還完全不是那樣。」

「我這種傢伙，將來會變成什麼樣子呢？」

這個問題可能會因為語氣而變得沉重，不過阿良良木月火以天生的個性，營造出大而化之的氣氛。

「大部分的事情都會做，不過會做的事情反倒就覺得不想做。畢竟做自己會做的事情也很無聊。但終究不能這樣，所以會交給別人決定我要做什麼……」

「並不是什麼都不想做吧？」

千石撫子講得像是拿昔日的自己做比較。如果是以前的她，應該也不會討論得這麼深入吧。

「嗯，我想做點事，想活動，想活潑地行動。所以只要是稍微感興趣的事，我都會做做看。不過總是很快就膩，很快就變得乏味。我不太清楚自己是怎樣的傢伙。該怎麼說，活蹦亂跳的現在還好，不過長大之後，好像會被述說無聊夢想的沒用男生騙走，步向悽慘的人生。」

「聽起來好寫實……」

「為了避免這樣，得趁現在規劃未來才行。畢竟火憐也升上高中，哥哥也升上大學，從小學六年級以來，隔了兩年第二次覺得被拋棄的現在，我想決定自己將來要做什麼，要成為什麼樣的人。就像現在的撫子妳一樣。」

阿良良木月火說。

「光是聽到月火對我這麼說，就不枉費我這麼努力了。」千石撫子附和說，然後回頭繼續進行描線作業。「人就算沒能幸福，還是會發生好事對吧——只要活著。」

「嗯。哎，大概吧。」

這是在安慰我嗎？阿良良木月火心想。

到最後，阿良良木月火一邊像這樣閒聊，一邊繼續塗黑，還受邀吃了晚飯，在完全入夜的時候決定下次工作的日期（已經說好要幫忙到原稿完成），離開千石家。

「哎呀，那邊的人是不是阿良良木學長的妹妹？」

就在剛離開千石家，猶豫要直接回家還是繞路晃晃的時候，如同逮到內心瞬間出現的猶豫，如同混入夜晚的黑暗，如同鑽入內心的縫隙，傳來了一個聲音。

某人的聲音。

仔細一看，一個女高中生身穿哥哥高中的制服，跨坐在腳踏車。黑色的雙眼燦爛發亮，甚至讓人瞬間誤以為周圍的路燈同時停電。

洋溢詭異氣息的微笑。

還不到形容為妖豔的年紀，外貌卻完全稱不上稚嫩，全身散發毛骨悚然氣息的女高中生。

雖然騎著帥氣的腳踏車，卻完全沒給人健康的印象。

「妳好。我們昨天也見過面吧？」

「……妳好。」

見過嗎？

如此心想的阿良良木月火，總之先點頭致意。

既然和哥哥有交情，那就不能失禮。阿良良木月火剎那間如此判斷。

「我叫做忍野扇。」聽到她回應的對方這麼說。「我經常聽妳哥哥提到妳喔。妳是他引以為傲的妹妹。哎呀，阿良良木學長是妳的哥哥，我好羨慕。」

「這樣啊……」

就算聽她這麼說，阿良良木月火也不知道該如何回應。

此外，哥哥應該沒說過「引以為傲的妹妹」這種話。阿良良木月火確信自己的哥哥打死都不會講這種話。

「這麼晚了，我送妳一程。坐我後面吧。」

忍野扇說著朝腳踏車後方示意。居然親切邀第一次見面（昨天也見過面？）的人共乘腳踏車，以那個哥哥的朋友來說還真是隨和。阿良良木月火有點驚訝。

千石家和阿良良木家的距離，並沒有遠到必須特地讓人送，但這個邀請也不到特地拒絕的程度。如此心想的阿良良木月火心懷感謝想接受這份好意，不過仔細一看，忍野扇示意的腳踏車後面沒有座位。

越野腳踏車限乘一人。

「放心放心，我有火箭筒。雙載用的火箭筒。」

忍野扇說著暫時下車，迅速進行雙載準備。與其說迅速應該說俐落。

「好，準備完畢。上車吧上車吧！記得手搭在我肩膀上保持平衡喔。」

「我不用搭肩也能維持平衡啊？」

「哈哈，這種事怎麼可能？」

做得到。

阿良良木月火真的做了。

大一歲的姊姊阿良良木火憐，體幹能力是世界水準，雖然在這樣的光環背後鮮為人知，不過阿良良木月火的身體能力也絕對不落人後。她踩在後輪安裝的橫桿，雙手往兩側平舉（過長的頭髮纏在雙手手臂以免捲進輪子），以這個狀態為忍野扇殿後。

雖說殿後，實際上只是站在後面罷了。

腳踏車雙載原本就危險，阿良良木月火卻毫無意義做出徒增風險的行徑，堪稱很像她的作風。背後有人做出像是特技的舉動，騎手應該會很在意吧，不過忍野扇面不改色。

阿良良木月火當然也很享受這種騎車特技。盡情享受快樂的事情是她的行事主義。

「感覺哥哥會喜歡這種腳踏車～～」

「啊啊，這麼說來，阿良良木學長喜歡腳踏車。不過好像因為某些原因，所以兩輛都沒了。嗯，所以我才像這樣騎腳踏車。」

「嗯？這是什麼意思？」

「沒什麼特別的意思。是暗喻之類的東西。如果妳適度放在心上，之後或許會發生好事。」

「是喔……？」

「千石小妹還好嗎？」

忍野扇這麼問。看來她不只認識哥哥，也認識千石撫子。難道這個人剛才待在那附近，是想看看撫子現在怎麼樣嗎？難道我打擾她了嗎？阿良良木月火如此心想。

但她認為這沒什麼大不了的。很像她的作風。

阿良良木月火雖然具備不主動打擾或插隊的道德觀念，但即使從結果來說是如此，她也不會抱持罪惡感。她沒有這種自我批判的精神。

「這方面就是和妳哥的差異嗎？」

「咦？什麼事？」

「沒事，沒事喔。不提這個，關於千石小妹的健康狀態，她的心電圖是哪種感覺？是死電圖？還是活電圖？」

「……要說健康應該算健康吧。」

超健康！

阿良良木月火原本想這麼說，但這個朋友畢竟還在請病假，講這種話應該不太妙，所以就幫她作偽證吧。她在這方面是貼心的少女。

不只聰明，還愛耍小聰明。

「沒死掉。死掉的反倒是以往的她吧。」

「或許吧。嗯，總之，只以可愛組成的人不存在於這個世界。就我認為，那種孩子不可愛的話比較可愛。」

忍野扇講得莫名其妙。

不過在她心中，這似乎是非常符合邏輯的說法，所以沒特別詳細說明。

「太好了太好了。」她逕自鬆了口氣。「對於千石小妹來說，當個可愛女孩只會成為傷害自己的利刃。這樣很悲哀對吧？」

「悲哀？可愛的話不是很幸運嗎？」

阿良良木月火提出純真……應該說神經大條的疑問。

「比方說，人無法選擇在哪個家庭出生，所以會羨慕出身豪門或名門的人。不過出生在這種家庭的人，也會在誕生的瞬間扛起重擔。就算想當漫畫家，或許也不會被允許，這樣就是一種不幸吧。」

忍野扇如此說明，不過阿良良木月火……應該說年僅十四歲的少女似乎聽不懂。

「也有人主張一個人的將來不是取決於『能做什麼』，而是取決於『不能做什麼』。因為能做的事情太多會分散注意力。」

忍野扇似乎察覺阿良良木月火聽不懂，所以稍微岔開話題。

「正因為丟了一輩子的臉，再也無法做別的事，所以千石小妹才得以專注尋夢。就是這麼回事。」

「…………？」

「對於千石小妹來說，『可愛』大概是束縛自己的鎖鏈，不過這種天分由她自己斬斷太可惜了。所以需要下猛藥。」

「下猛藥？這是在說什麼？」

「天曉得。我不知道。」

忍野扇張開雙手。

換句話說就是鬆手騎車。

雙載的兩人雙手都處於自由狀態。也可以說是獲得發生車禍的自由。

「我一無所知喔。知道的是阿良良木學長。」

「…………？」

「與其說是猛藥，或許應該說是負面教材。不過，這樣就對不起那個騙徒了……我原本沒要做到那種程度。就算反省，阿良良木學長也不會原諒我吧。」

忍野扇說到這裡，再度抓穩龍頭。

「千石小妹將來好像想當漫畫家。」忍野扇踩著踏板加速。「阿良良木月火小妹，妳想成為怎樣的人？」

「怎樣的人……」

剛才也和撫子聊過這個話題耶……阿良良木月火心想。

「這種事，我沒什麼規劃。」

她答道。

這麼說來，撫子應該把自己畫漫畫這件事當成最高機密才對，難道對這個人說過嗎？

「現在的心態是及時行樂。我的將來大概會以此為出發點吧。」

「妳不是無所不知的類型，卻是無所不能的類型。不是全知卻全能的妳有太多選擇導致志向分散，這也是妳沒規劃未來的原因之一吧。所以妳總是甘於屈居第二名。對妳來說，被別人牽著走應該是最輕鬆的處世方式吧。」

講得像是很懂我，哥哥對這個人說了多少關於我的事？阿良良木月火心想。

「雖然在討論妳的將來，但妳的將來非常遠大就是了。」

忍野扇一邊苦笑，一邊這麼說。

「……？意思是我的依附心態很重嗎？」

阿良良木月火聽不太懂「將來非常遠大」是什麼意思，所以忽略不提。但她在意「第二名」這段話，想要問個究竟。

或許這也是在千石撫子房間所聊話題的後續。

「這個嘛，妳說呢？想到杜鵑原本的托卵性質，與其說依附更像是寄生……妳具備這個性質的同時，己身個性也有點特殊。說不定是受到哥哥的影響？」

「杜鵑？」

「月火小妹，妳是得到周圍的扶持而活，得以活下去，這是可以確定的。要不是哥哥與姊姊的貼心關照，妳在暑假死掉也不奇怪。」

「……？在暑假……？」

什麼意思？

這也是比喻嗎？

「也就是人無法只靠自己活下去的意思吧？」

阿良良木月火以自己的方式解釋，說出老生常談的言論。

「人是靠自己活下去的生物喔。」

不過，忍野扇隨口否定。

「無法只靠自己活下去的……是怪物。就像我與妳。」

忍野扇這麼說。不知所云。

阿良良木月火原本認為這個人在哥哥的朋友之中算是稀奇的人種，不過像這樣交談就發現挺像哥哥會來往的朋友，這種神祕感和哥哥很配。

「……呃，咦？等等，忍野小姐……」

「叫我扇就好。」

「扇小姐，方向完全不對耶？」

並不是因為雙載的姿勢很奇怪，所以風景看起來不一樣。阿良良木月火一時大意沒察覺，但兩人不知不覺大幅脫離了千石家到阿良良木家的路線。

到頭來，兩家之間的距離沒有遠到可以聊這麼久……這裡是哪裡？

「喔，抱歉抱歉。我好像迷路了。暫時停下來用手機查地圖吧。」

忍野扇沒什麼愧疚的樣子，尋找方便停腳踏車的地方。不久，她選擇在某棟建築物前面用雙腳煞車。

不過，阿良良木月火認為這絕對不是適合停腳踏車的地方。這裡是四下無人一片荒涼，應該說落魄潦倒的地區，這棟建築物看來也是沒人使用的廢棄大樓。

如果忍野扇不是女生，阿良良木月火就會擔心自己是被謊稱哥哥朋友的不肖歹徒誘拐（在這種場合，吃不完兜著走的是歹徒），不過至少從忍野扇滑手機的樣子感覺不到這方面的危險，所以阿良良木月火好奇仰望廢棄大樓。

哎，也沒什麼好看的。

除非迷路，否則也沒什麼機會來這種地方。阿良良木月火想到這裡就失去興致，由此看來，她是一名總是活在當下的少女。

「……嗯？咦？」

不過，她在這時候想到了。

說來神奇，她對這棟廢棄大樓有印象。明明是第一次來到這個地方，第一次看到這棟建築物才對。

「啊……對了。記得這是八月那時候失火燒掉的大樓……？」

阿良良木月火看過相關的新聞。

身為火炎姊妹的她，以維持城鎮治安為己任，這種情報自然會集中過來。即使當時城鎮發生多起火警，不過這是建築物全毀的嚴重火災，令她印象深刻。

全毀前與全毀後的照片，她都看過。

說穿了，這不是縱火之類的危險案件，而是普通的自燃意外，即使如此，肯定是連一根柱子都不留的嚴重災難。

可是，本應燒光的大樓，為什麼像這樣堂而皇之矗立在這裡？重建了嗎？不對，既然要重建，不可能刻意重現廢棄大樓的樣貌。

「月火小妹，我查到路了。放心，這次不會走錯。不然要不要由妳騎？這輛越野腳踏車也可以倒著騎，很刺激喔……哎呀？哎呀哎呀？怎麼啦？為什麼一臉詫異仰望這種平凡無奇的建築物？」

「沒有啦，那個……」

阿良良木月火說明了。忍野扇只是迷路來到這裡，就算問她，當然也問不出本應焚毀的大樓為何像這樣位於這裡，不過阿良良木月火總之想分享這個心情。

「是喔，真奇妙。換句話說，這是建築物的幽靈嗎？進去看看吧？」

忍野扇剛說完，就用鏈條鎖把腳踏車鎖在一旁的樹幹（這輛車沒有腳架，所以只能讓車身靠在樹幹），進入大樓建地。

忍野扇行動迅速，看來和凡事想太多的哥哥不同，具備剽悍的個性。阿良良木月火自己也不是在這種時候膽怯的個性，所以不是目送，而是立刻跟著走。

「扇小姐是廢墟迷嗎？」

阿良良木月火從忍野扇輕快的腳步不禁如此推測，開口詢問。

「不，廢墟本身沒那麼吸引我。我身為女生同樣會怕。不過，考察這種看起來暗藏玄機的場所，哎，算是我的工作吧。」

「工作……嗎？」

出言附和的阿良良木月火，想起千石撫子曾經因為這兩個字而靦腆。不過忍野扇這番話聽起來不像是在從事這方面的打工。

「嗯。」

然後，兩人進入廢棄大樓。

嚴格來說是非法入侵，不過大樓內部的荒廢程度，讓人難以想像這裡有人持有或管理。

地面難走至極，加上這個時間也無法期待採光，必須小心翼翼避免跌倒，否則可能會受重傷。

「看起來像是學校……不對，像是補習班。」

在這樣的環境中，阿良良木月火定睛觀察，做出這個結論。電梯當然壞了，她是一邊爬樓梯一邊這麼說的。

「嗯，好像是。哎呀哎呀，壯膽闖進來卻一下子就看穿真面目嗎？一旦知道真面目就沒什麼好怕了。」

雖然從一開始就沒有害怕的樣子，不過忍野扇行經階梯轉角處這麼說。看來她想從頂樓依序往下探索。物色櫃子內容物的時候，有人主張從最下層開始找的效率比較好。她這樣算是反其道而行吧。

「到頭來就是這麼回事對吧？任何事物之所以恐怖，都是因為真身不明，沒人知道真面目。如果想到將來就會不安，原因在於無法想像將來的自己。擁有清晰遠景的人不會害怕成長。」

「…………」

「薛丁格的箱子，一旦打開就只是普通的箱子。既然箱子關著，不知道箱子裡的貓是死是活也是理所當然的。打開箱子就會知道這個道理。推理小說也是這樣對吧？因為不知道凶手，才會忐忑不安看下去。要是謎題不再是謎題，嫌犯刪減到剩下一人，老實說，接下來就掃興了。解謎場面用一行結束就好。」

一旦拆穿真面目，恐怖與趣味都會消滅。

就是這麼回事。

忍野扇一邊說一邊上樓。一步步往上走。

這番話真有深度，哥哥的朋友大多是聰明人耶……阿良良木月火難得率直佩服，但她每次佩服的時候必定會雞蛋裡挑骨頭，這是她的壞習慣。

「是這樣嗎？」

「唔……怎麼了，要反駁？有的話我想聽聽看喔。不只是為了我自己，也是為了妳。」

「該說是反駁嗎……沒有啦，如果是推理小說或許是這樣沒錯，不過在現實世界，凶手被抓之後比較恐怖吧？因為至今害怕的對象被證實真的存在了。」

「喔……」

「拆穿真面目才是真正的開始……實際上，凶手落網之後的程序比較長吧？像是要上法庭或是判刑之類的。」

即使感覺有點離題，不過對於忍野扇來說，這個意見似乎相當新奇，饒舌的她沉默了一段時間。

阿良良木月火繼續說下去。

「而且，雖說是真面目，但也不一定是正確的吧？以推理小說的編排，或許接下來的劇情其實會上演大逆轉。」

「這……或許吧。原來如此，『真身』是『真正的身體』，也就是『正確的形體』嗎……形體終究只是形體。這下子敗給妳了。真不愧是阿良良木學長的妹妹。不過這個意見即使適用在妳身上，應該也不適用在我身上吧。」

說到這裡，忍野扇抵達頂樓。

明明爬了四層樓的樓梯，忍野扇卻連喘都不喘，腳力非常好。不過立刻追上來的阿良良木月火也不遑多讓。

要說多健康就有多健康。

生命力也是充沛到可以拿來賣。

這就是阿良良木月火。

「月火小妹或許可以接受自己的真面目，或是打趣看待自己的真面目，但我應該沒辦法吧。我的真面目是……醜陋。」

「…………？」

「就像酗酒的鬼。不過鬼也和神一樣愛喝酒就是了。」

「『酒』字旁加上『鬼』，寫成『醜』嗎？可是這樣不就多了三點水？」

「就是要多出來喔。三點水暗示的是『水』，是『湖』，或者是『沱』。」

聽到這樣的說明，阿良良木月火愈來愈糊塗了，只覺得忍野扇無意說明。

「月火小妹。」

這層樓有三間教室，忍野扇走向最左邊教室的門，同時這樣叫她。

「說來遺憾，妳大概沒有所謂的將來了。不是不知道將來會變得如何，是沒有將來。再怎麼累積現在，也無法造就將來。妳擁有的只有永遠的現在。即使如此，妳還是能夠不在意將來，不理會未然，繼續活在現在嗎？」

「總之，應該吧。」

阿良良木月火也聽不太懂這個問題的意思，就這麼以不太在乎的心態回答。

「因為說到活下去，我算是挺擅長的。」

「……說得出這種話是非常了不起的事。我好羨慕。羨煞我也。就說了，聽妳講這種話，我都不知道該怎麼打招呼了。」

忍野說著，將手放在門上。

輕輕轉動門把。

掛著笑容打開。

「小扇，妳真慢啊。」

然後，「我」這麼說。

在打開門的教室裡，我從一直坐到現在的椅子起身，模仿她昔日稱作自己叔叔的那個人這麼說。

「我都快等得不耐煩了。」

010

「月火小妹，不好意思，腳踏車給妳騎，妳可以自己先回去嗎？因為我接下來要和妳哥講重要的事情。鏈條鎖的密碼是『1234』。」

小扇這麼說完，讓月火從這裡退場。這麼隨便的密碼，如今很像她的作風。

教室剩下我們兩人。

昔日在這棟廢棄大樓，我數度和忍野面對面，卻沒想到自己會站在忍野的立場迎接他人到來。

應該說，我居然會再度踏入這座焚燬的補習班廢墟，我完全沒猜到事情會這樣進展。就某方面來說，這個場所堪稱一切的開端，我接下來將在這個場所終結一切，這樣的安排有點巧妙過頭了。

也可以說是演出過剩。

「小扇，這棟廢棄大樓，妳是怎麼打造出來的？我們第一次見面的時候，妳重現了一年三班教室，這次也是使用相同的原理嗎？」

「不，和當時的法則有點不同。那時候反倒下了比較多的工夫。以這棟廢棄大樓來說，只是使用了物質實體化的技能喔。就是姬絲秀忒・雅賽蘿拉莉昂・刃下心——忍野忍常用的那招。」

小扇一邊說，一邊檢查教室堆放的桌椅，挑出有資格讓她這個潔癖女孩坐的椅子，將椅子拖到我身邊。

「細節做得挺馬虎的，到處都有拼拼湊湊的感覺吧，不過畢竟是臨時趕工，這方面請不要過問。希望您可以從充滿手工感的布景感受到溫暖……對了，說到小忍，她現在怎麼樣？她肯定已經回復為完整形態，沒和您一起來嗎？還是躲在影子裡？」

「關於這個，我們的連結還沒回復喔。我們已經說好，要等到一切結束才會再度束縛彼此。」

「這樣啊？」

小扇雙腿內八坐在椅子上，和我面對面。

「原來如此。我這麼問的意思，純粹只是想知道她在不在這裡就是了。這樣啊，小忍想回到之前那樣嗎？至於阿良良木學長……難得特地跑一趟地獄除厄，不只是停止化為吸血鬼，還完全回復為人類，卻再度想成為近似人類的半桶水吸血鬼嗎？要和忍小姐束縛彼此嗎？您是一位被虐狂耶。」

「我只是喜歡幼女罷了。」

心想這段對話毫無意義的我如此回答。

「要為了幼女斷送人生是吧？除去厄運卻也沒能除去麻煩事是吧？所以，少女那邊會怎麼安排？」

「供奉在北白蛇神社。不過這也是一切結束之後的事。」

「嗯。該配對的配對，收進該收進的位置。是這樣規劃的嗎？那座神社——這座城鎮開出的大洞究竟要怎麼處理果然是一大課題，卻順心如意就解決了。」

「課題……妳的工作是吧？」

「哎，算是吧。我之前說過這種事吧？不過，這種事您逐一認真看待過度，我也會很困擾的。哈哈！」

小扇快活地笑。

看來即使在這種狀況，她的立場也不會特別改變。忍野扇正常運作中。從十月初識的那時候，她就維持一貫的作風直到現在。

「說到工作，妳和我妹……」

猶豫該怎麼接話的我，決定提及先回家的阿良良木月火當成試探。

「和那傢伙聊什麼話題聊得那麼起勁？」

「完全只聊到一半喔，還沒達到設局的程度，所以請不用擔心。我的工作就這麼遺憾又惋惜地草草了之。」

「我做了不好的事嗎？」

「您做了正確的事喔。我原本也想做正確的事，卻以未遂收場。但無論如何應該都是白費力氣吧。來到這裡的路上，我多少和她聊了一下，但真的很棘手。不愧是不死鳥，好難應付。不知道影縫余弦究竟打算怎麼收拾那種長壽種。」

「怪物……只要揭發真面目就能除掉了吧？」

「我不是說了嗎？就算揭發那孩子的真面目，也沒辦法解決問題喔。因為她有一個即使知道真面目也堅持愛她的哥哥。」

「…………」

「唔，或許影縫余弦就是因為這樣而放棄的。不過以我的狀況，實在沒辦法逃過一劫吧。」

「…………」

「對吧？我將在這裡被阿良良木學長揭發真面目除掉。是這樣安排的吧？」

小扇說著注視我。一反她像是完全死心的發言，漆黑深邃的雙眼像是估價般注視我。

「其實已經達到不錯的階段了……沒有啦，既然早就預見月火小妹這件事會失敗，或許可以說即使留下沒成功的事，也不會留下沒做過的事。這麼一來，我的誕生應該也有意義了……不好意思，我這樣問很像是再三確認以防萬一，不過忍野忍不在這裡吧？」

「不在。」

「斧乃木余接已經失去戰力，八九寺真宵也還沒升格為神的話可以忽略……最關鍵的臥煙伊豆湖也不在這裡嗎？」

「那當然。」

這麼說也很奇怪，但總之這裡只有我一個人。小扇應該是要確認這件事吧。

「這是一對一的決鬥。」

我言不由衷地說。

小扇聽完破顏一笑。

「這真是令我滿心期待耶。」

不過用不著破顏一笑，她基本上總是保持微笑的表情。

我一直以為這是老神在在的笑，不過在這個時候，我覺得這或許出乎意料是洋溢死心念頭的笑。

隱含無常觀與厭世觀。

或許是這種惆悵的表情。

「能夠和身經百戰的勇者阿良良木曆對決，這份榮幸我承擔不起喔。我的天啊……我始終以為會是臥煙伊豆湖握著『心渡』擋在我面前，這樣的話就是我贏了。但她卻將重頭戲交給朋友負責，這肯定是她的處世之道吧。」

「這確實也是原因之一，但我早就認為這次一定要由我來處理。這是只有我做得到的事，也是我想獨力去做的事。」

「想做的事……是嗎？您只是被大人的花言巧語欺騙才這麼認為吧？阿良良木學長或許自以為是在為小忍或八九寺小妹粉身碎骨，但這和惰性有什麼不同？您真是愚蠢耶。」小扇這麼說。「對於差點失去的東西，人們很容易高估個中價值，不過就是因為被這種懷舊心態束縛，才會永遠到不了未來喔。啊，我姑且說明一下，這是在求饒。」

「……求饒？」

「所以我不是說過嗎？我曾經問您是否願意站在我這邊，請您救救我。不過我的請求似乎被您冷漠拒絕了。是我缺乏魅力嗎？」

小扇說。

看起來挺開心的。

看似開心的這個反應，如今也令人感到悲哀。

「總之阿良良木學長，這麼做是對的，是正確的。什麼嘛，您也做得到正確的事嘛。說來遺憾，我本來就希望您拒絕喔。那個，阿良良木學長，您接下來要做什麼？」

「我說過吧？要讓忍回到影子裡，守護八九寺被供奉到神社的過程，除此之外還有很多善後工作，所以得和臥煙小姐討論才行。」

「這樣啊。原本想說您有空的話可以一起吃飯……那麼，既然您好像很忙，雖然現在不算是進入最高潮，不過就請阿良良木學長收尾吧。」

「……嗯，容我這麼做吧。」

我不想用什麼奇怪的方式折磨她。

這樣反倒殘酷。

應該以一招——以一句話收拾她吧。

我沒能站在她那邊，也沒能救她。說到我能為她做的事，也只有這個了。

「啊啊，對了對了，阿良良木學長，我再講一件事就好。是關於大學測驗的事……阿良良木學長或許覺得勝券在握，不過您擅長的數學科目，您的作答從中途就和題號全部差了一格喔。」

「什麼？」

「應該是先前發生各種事情，所以太慌張了吧……請節哀順變。擅長的數學科目發生這種意外，應該沒希望考上了吧。明年一整年請再度努力喔。」

小扇壞心眼地說。

我感覺被她還以顏色，同時也覺得這單純是激勵我的話語。

明年。

我擁有這樣的將來。

「小扇，妳的真面目是……」

然後，我說了。

鉅細靡遺，清楚回憶著遇見忍野扇之後發生的所有事件，對她這麼說。

「妳的真面目，是我。」

011

「忍野扇的真面目是阿良良木曆。

曆曆聽我這麼說，或許會覺得唐突過度難以接受，所以我當然會詳細說明。放心，沒有很複雜，但也不是粗略說明就好。

錯綜複雜，摻雜混合。

必須以某種程度的步驟來解開。

實際上，就算要揭發忍野扇的真面目，她本身也給人錯綜複雜，摻雜混合的感覺，像是糾纏在一起的電線般雜亂，屬於雜種。如同曆曆受到各種不同人的影響而成立，若要單純將忍野扇的真面目和阿良良木曆劃上等號也有點粗暴。

不過，若要以最好懂的方式解釋，還是這麼說最快：忍野扇是阿良良木曆產生的怪異。如同我姊姊打造出雨魔那樣的怪異。

這裡說的『打造』，和我們當年在大學『打造』余接的意思不一樣。反倒比較接近羽川翼小妹『打造』黑羽川與苛虎的那種意思。

正因如此，所以我在八月那時候就有點擔憂會變成這樣。擔憂將小翼奉為心靈導師的曆曆，或許會發生這種事。

總之，從前例說起吧。

雖然像是揭露家醜，不過先說我姊姊的事。

我剛才沒說明就提到雨魔這個名字，不過曆曆應該記得吧？這是我姊姊的女兒，我姪女神原駿河許願的怪異——『猴掌』的正式名稱。

不過，這原本不是『猴掌』，也不是雨魔。姊姊自己產生一個真身不明的怪異，並且賦予雨魔這個『真身』，處理成木乃伊。

原本是更加莫名其妙的怪異現象。

是神祕事件的集大成。

我長話短說吧。我姊這個人經常遺失東西。動不動就會發現姊姊身邊的各種東西不見。頻繁到當時念小學的我都覺得姊姊嘴上嚴格卻相當粗心。

不過，我察覺某個傾向。

姊姊遺失的東西，乍看之下五花八門毫無章法，其實暗藏唯一的傾向。她遺失的都是娛樂用品或賞玩物品。

遊戲、書、零食、呼叫器。稱不上樸素的漂亮衣服、高價包包或時尚鞋款。

簡單來說，就是『非必要卻想要的東西』。或者應該說是『會妨礙到正事』的東西。盡是嚴厲父母會從孩子那裡沒收的東西。

姊姊也很快就察覺這一點。同時也察覺這些私人物品如同被黑洞吸走般遺失的原因。

不是遺失，是丟掉。

犯人是姊姊自己。

嚴以律己的心態，打造出無法原諒不正確事物的『闇』。正確來說，是類似『闇』的某種東西。

為了壓抑青春期常見、小女生常見的『想玩』心態，由姊姊自己誕生、培育的怪異。當時是小學生的我不明就裡，疑惑姊姊為什麼這樣自導自演，不過現在這樣回顧往事，就覺得很像嚴以律己的那個姊姊會做的事。

說穿了，就是原因不明的怪異現象。

臥煙遠江打造的這個真身不明的怪異，是以她的自制心塑造出來的。講到這裡就結束的話不太好，所以我姑且說一下後續吧。雖然在那之前終究感到混亂，不過只要知道真面目就是姊姊的主場了。嚴格的姊姊不容許自己的自制心擅自運作，對上自己的嚴格也毫不留情，除掉了這個『類闇』。

拋棄了無法控制的壓抑心態。

以西洋怪異『雨魔』的形式整理，做個了斷。將自己的另一面命名為愛哭的惡魔，終結這個物語。

可喜可賀。

我只是大致述說這段往事，不過那個黑洞曾經想吞噬姊姊的朋友，吞噬姊姊當時的男朋友，所以如果姊姊沒這樣做個了斷，事情應該會變得很嚴重。有興趣的話，這段外傳改天也告訴你吧。

結果留下來的木乃伊殘肢，居然當成傳家寶遺留給親女兒，我深刻認為這個姊姊的個性真的很麻煩，這就暫且不提了。

姊姊之於『雨魔』，等同於阿良良木曆之於忍野扇。這樣想就比較好懂。

說穿了，忍野扇是阿良良木曆的自我批判精神。

……別露出這麼抗拒的表情啦，我只是說實話罷了。光是我沒說自我否定而是說自我批判，你就應該感受到我的貼心。

到頭來，只要這麼想，很多事也能得到解釋吧？忍野扇過於熟知你內心的煩惱、難言之隱與人際關係。即使是你忘記的事、隱瞞的事、不願回想的事，她也知道。

嘴裡說自己一無所知，但如果是關於阿良良木曆的事就無所不知。

『知道的是您才對，阿良良木學長。』語帶玄機的這句話，可以直接從字面來解釋。

不只知道，而且還責備。你的謊言、欺瞞、含糊、籠統、中庸、馬虎……不斷斥責你是否可以這麼做。

我剛才所說，『讓八九寺小妹成為神』這種稱心如意的結論，如果是真正的『闇』應該會放過，但是『類闇』的忍野扇不會放過，就是這個意思。擅自從地獄帶八九寺小妹回來，卻用這種偽君子的方式解決問題，你無法接受自己這麼隨便。你自己的這個想法、這份嚴格，促使忍野扇採取行動。

當然，如我前面所說，她並非只以你的自我批判精神塑造而成。若是如此，她就不會打造為你口中的可愛學妹。

我說過吧？她摻雜了各種成分。

也經過一段麻煩的歷程。

關於這個，臥煙大姊姊我也不是完全沒責任，所以只有這段我想嚴肅說明。

不過，是這樣沒錯吧？

如果像是羽川翼或我姊姊那樣跳脫常軌的人就算了，怪異這種東西，不是區區高中生輕易就能創造的東西。

如同千石小妹沒能創造出『朽繩先生』。

實際上，忍野扇誕生的過程，牽扯到幾個登場角色，以及一些無法避免的事件。只要欠缺任何一個要素，曆曆最後半年的高中生活應該會更多采多姿吧。

不過，追根究柢果然是你播下的種子。播種的時期是去年八月。

我和曆曆並肩作戰那個事件的前一個階段。

八九寺小妹被『闇』襲擊的事件。

曆曆在那個事件得知『闇』，得知『修正錯誤』的現象。這是第一期。

不行的事物就是不行。

錯誤的事物就是錯誤。

你得知某種存在會協助審判這種事物。

當然，企圖吞噬心愛忍野小妹的這種現象，對你來說應該難以原諒，不過對於自罰傾向強烈的曆曆來說，你從姬絲秀忒・雅賽蘿拉莉昂・刃下心變得無害開始的一連串欺瞞，『闇』或許能給予相應的懲罰，因此『闇』也是吸引你的對象。

此外，也有這樣的想法。

明明八九寺真宵不被原諒，這樣的我不可能被原諒。

想和八九寺小妹一樣受罰。

明明那樣不行，這樣也不可能行得通，既然一個不行就應該全都不行。曆曆想保護眼前的一切，因此只要一件事不順利就想全盤否定。

你抱持這種想法。被『植入』這種想法。

總之，這方面是心態問題。

即使心中再怎麼抱持這種想法，也不是所有人都能創造怪異。不過，若要斷言曆曆是區區高中生就有點語病了，因為你是將傳說吸血鬼渣滓養在影子裡的類吸血鬼。

那麼，第二階段當然是緊接著發生的事件，和傳說吸血鬼第一名眷屬——初代怪異殺手的對決。這是我應該負起責任的部分。

不過，我的姪女駿河在這時候也有份。

第一次遇見初代眷屬的時候，駿河的『雨魔』左手中了能量吸取對吧？『猴掌』的效力在當時被吸收了。

初代眷屬原本就像是這座城鎮怪異的集合體，所以和『猴掌』也很搭吧。

不過，這時候和初代眷屬混合的不是『雨魔』，是我姊姊打造的『真身不明』的原液，這招致什麼樣的結果？不，我並不是在說毫不相關的事喔。

我可以理解你將初代眷屬視為勁敵的心情，不過透過刃下心——忍野忍這個媒介，他和你其實是互通的。

然而，小忍『吃』了初代眷屬。基於食物鏈的機制，我姊姊遺產的一部分透過小忍注入你體內。

我剛才說過『前例』對吧？

不只如此，若說我是專家總管，初代眷屬就像是怪異現象的總開關。在這座城鎮是如此。結果，具備這座城鎮所發生所有怪異現象以及相關事件的『真身不明』就誕生了。

基於這樣的性質，這樣的由來，忍野扇應該如你所說不屬於戰鬥型。即使如此，刃下心擁有的物質實體化技能，她應該是得心應手吧。所以她是能引發絕大部分怪異現象的妖怪混合體。

即使拿她沒轍也不是什麼丟臉的事。

初代眷屬堪稱這座城鎮的怪異本身，透過初代眷屬誕生的她，在知識層面應該也是怪物水準吧。不過因為規格過於傑出，所以她自己也花了相應的時間才練到得心應手。

話說回來，『扇』這個名字是從『神原駿河的球迷』這個設定隨便取的，這部分八九寺小妹已經說明過了，不過『忍野』這個姓氏，她保留到之後再說明對吧？現在就是說明的時機。

換言之，『忍野』這個姓氏不是來自忍野咩咩，是來自忍野忍。考慮到你們兩人異體同心，忍野扇堪稱曆曆與忍野忍共同製作的成品。

她乾脆自稱『阿良良木扇』會好懂許多，不過，終究不會做得這麼明顯。她自稱『忍野咩咩姪女』的這個點子，應該是我在八月貿然自稱是那傢伙的妹妹，開了這個不好的先例吧。

對不起喔。

我試著道歉一聲。

雖然是不重要的細節，但她登場的方式，為什麼是以神原駿河的球迷，以她學妹的身分介紹給曆曆？追根究柢，原因在於她左手臂的元素。

這應該是必然吧。

駿河當然完全不知情。無從知情。

因為那孩子也幾乎不知道母親的事。不知道比較好吧。姊姊也這麼希望。

正因如此，我那時候才會報上假名，謊稱是咩咩的妹妹。絕對不是基於惡作劇的心態喔。不過只能說完全弄巧成拙了。

總之事情都過了，現在講什麼都無濟於事……像這樣看開似乎也挺有趣的，不過曆曆，我說到這裡還沒有任何特別的地方。

忍小姐至今將物質實體化技能發揮得淋漓盡致，這樣的她想創造怪異或是女高中生，都是有可能的事。

相較於我剛才舉的例子，也就是羽川翼小妹的黑羽川與苛虎，我姊姊打造的怪異有原點可循，所以理論上比較好懂。此外，以『雨魔』左手將自己潛意識顯現的神原駿河，或是雖然不算怪異，卻在自己心中打造『朽繩先生』這個妄想的千石撫子，都是類似的例子。

曆曆並不是做了什麼特別奇怪的事。不過，曆曆和她們相比的特別之處，和我姊姊同樣特別之處，在於創造出來的怪異是會攻擊創造者本人的怪異。

不是自我中心，是自我批判。

換個角度來看，甚至可以說是自我中毒。

關於老倉育的事件。

關於八九寺真宵的事件。

關於千石撫子的事件。

關於戰場原黑儀的事件。

關於忍野忍的事件。

關於斧乃木余接的事件。

忍野扇不是扮演黑臉，而是扮演『闇』執拗地苛責你，不斷將你逼入困境。這種事可以嗎？這樣就原諒自己嗎？真的解決了嗎？這不是在欺瞞嗎？一輩子都要這樣活下去嗎……她一直在你耳邊持續呢喃。

不是獨白，是對話。

她以這種形式和你形影不離。

……我這種說法，聽起來像是你的內在精神試著自律，不免給人相當了不起的印象。我姊姊當時也是這樣吧，不過坦白說，到頭來這就像是在人生路上不斷為自己找藉口。是不顧一切幫助他人，總是為他人行動，以助人為人生價值的曆曆，達到某種極限時產生的內心扭曲。

不是值得誇讚的事。

說穿了，是拐彎抹角的自殘。

總之你想要反省，想要被罵。從春假到現在，你心中某處、體內某處有一份自覺，認為自己在耍詐。

基於同情心而救了姬絲秀忒·雅賽蘿拉莉昂·刃下心。你想接受報應。

和羽川翼建立友情，卻沒能回應她心意的自己是否有這個資格？你一直為此感到苦惱。

你拯救戰場原黑儀脫離長年的煩惱，在後來和她交往，卻不得不懷疑能夠成功交往是因為『趁人之危』。

你尊敬神原駿河。自己無法像她那樣活得率直，使你感到自卑。

雖然救了千石撫子，不過當時真正想救的不只是千石撫子。

即使和忍野忍順水推舟地和解，但這是可以被原諒的事嗎？說到原諒，初代眷屬在八月獲得小忍的『原諒』，但你還無法原諒小忍，這樣的自己心胸是不是太狹窄了？而且自己該不會也妄想獲得原諒？

當時你決定選擇幼女，而不是選擇戀人或恩人。雖然你裝作毫不猶豫，但果然還是放不下嗎？

到頭來，得心應手自由使用不死之身的能力，這樣是不是很卑鄙？是不是應該遭到報應？

以人類的標準來說，我是不是差勁透頂？

……聽八九寺小妹說，曆曆在地獄好像也一直絮絮叨叨發這種牢騷。忍野扇就是你對自己這份批判精神發揮得淋漓盡致的形態，她可以說是黑曆曆，所以她就像是『闇』，以老倉育的事件為起點，就某方面來說是腳踏實地逐一摧毀。

進一步來說，忍野扇是獨立的精神體，所以不是只顧著應付曆曆，而是不遺餘力打造一個責備曆曆的環境。

忍野咩咩、影縫余弦，大概還包括解決千石撫子事件之後的貝木泥舟，忍野扇將他們趕出這座城鎮。

不用說，原因在於他們這些專家的『工作』會妨礙她的『工作』。

不，這不是什麼難事。和我現在對這座公園做的一樣，架設結界就好。

除此之外，只要讓他們迷路，這邊也沒辦法引路。初代眷屬引發過迷路的怪異現象吧？那麼，出身相近的忍野扇不可能做不到。

所以曆曆，放心吧。

咩咩與余弦應該沒事。

關於貝木就無法保證，也還沒確定細節過程是什麼狀況就是了……你似乎很擔心他們，不過他們現在之所以不在這裡，只是因為你自己拒絕專家的協助。

就算現在不知道他們身在何處，只要除掉忍野扇，應該就能正常找到他們。

嗯？啊啊，我之所以能像這樣待在這裡，當然不是因為我身為專家的階級比較高。

我用了對付怪異的最犯規方法。用妖刀『心渡』砍開結界進來。

如果『類闇』誕生，必須準備斬殺用的武器。我抱著這個想法打造的刀，以出乎意料的形式派上用場。

應該說，正因為妖刀來得及打造完成，我才得以在這個時間點登場。算是勉強趕上喔。

正如預料？不對不對。

我原本認為曆曆就算讓『類闇』誕生，規模也會更小一點。基於這層意義，我低估了阿良良木曆。

早知道會演變成這麼嚴重的事態，我應該在更早的階段準備不同的手段。

所以才會被壓著打喔。

這麼多專家被曆曆你這個外行人壓著打。想自豪的話請自便。

不過，要等到除掉忍野扇喔。

你的自我批判精神，在某些狀況值得誇讚，或許應該受到萬人嘉許，不過在沒有神的城鎮做出這種唯恐天下不亂的事，這可不是鬧著玩的。

我昨天也說過，我完全猜不出考完大學的曆曆今後會如何行動，換句話說，也猜不出忍野扇今後會如何行動。

所以才會設下陷阱。

為了除掉她而思考對策，圍起柵欄。

趁現在預測忍野扇的行動，設下埋伏。這部分正如我先前的說明，她如果要行動就是在今天。

在今晚。

畢竟忍野扇應該也和我們一樣，想避開曆曆預料之外的行動。直到放榜的這段期間，或者是直到畢業典禮的這段期間，應該就是她完成工作的最後時限。

你知道吧？

如果忍野扇是阿良良木曆的自我批判精神……是對世間罪惡感的表層顯現，那麼她就還有一件事情要做。

有一項未完成的工作。

是的，阿良良木月火──你的妹妹。

是妹妹，又不是妹妹。

不死之身的怪異──死出之鳥。

即使被影縫余弦與斧乃木余接鎖定為目標，你還是不管三七二十一，不講道理地袒護她，因此她依然照舊活到現在。假扮為人類活到現在的她，真的可以就這樣放任不管嗎？阿良良木曆，你內心並非沒有這種質疑。

即使你袒護妹妹的心態毫不迷惘。

你的理念沒有明確到不去責備當時不迷惘的自己。

所以，我在這時候以你的妹妹做為誘餌。

我的計畫是逮到忍野扇想危害你妹妹的犯行現場，當場揭發她的真面目。以忍野扇經常引用的推理小說來比喻，就是企圖在沒證據的狀況下逮捕現行犯。

嗯。

是的，沒證據。我現在說的全部只是推測。是因為只要這麼想，各方面就神奇地說得通，如此而已。所以如果曆曆在這時候反駁說『不對，不可能，我不相信那孩子是我』，我就沒辦法說服你。

但你肯定早就知道吧？

肯定明白吧？

忍野扇的真面目，你比任何人都清楚。

正因如此，非得由你來揭發她的真面目。

不能由我來。

……如果強行實施當初要將小忍供奉為神的計畫，我應該不會找曆曆幫忙，但因為曆曆從地獄帶八九寺小妹回來，所以我可以放心將事情交給你收拾。

放心交給你。

不，我真的放心了喔。

對自己嚴格到將自我批判以及自我否定化為怪異誕生的阿良良木曆，不可能無法除掉最討厭的阿良良木曆自己。

打贏這場和你自己的戰鬥吧。

很簡單吧？

至今你為了姬絲秀忒・雅賽蘿拉莉昂・刃下心、為了羽川翼、為了戰場原黑儀、為了八九寺真宵、為了神原駿河、為了千石撫子、為了阿良良木火憐、為了阿良良木月火……回歸原點的話也曾經為了老倉育，不知道在鬼門關前面走了多少趟。

你犧牲自己，殺害自己至今，一直殺害自己至今，最後甚至下了地獄。

阿良良木曆是以他人為本位的利他主義，就旁人看來甚至會覺得你腦袋有問題。對於這樣的阿良良木曆來說，要除掉忍野扇這個阿良良木曆的分身，比扭斷嬰兒的手臂還簡單。和扭斷自己的手臂一樣輕而易舉。

為了拯救他人，輕易將自己的生命當成垃圾般扔掉的你，在扔掉生命的同時也放棄思考的你，這次也一樣不必思考任何事，殺掉自己就好。

自殘，自殺就好。
為了他人而殺害自己。
這是你每天在做的事。
一點都不難。
你就殺害自己，展現最偉大卻又一如往常的自我犧牲精神吧。你接下來要面對的不是女高中生也不是學妹，更不是恩人的姪女。不是別人，這正是你自己。
是你最憎恨的阿良良木曆。
所以，終結吧。
以你的手終結吧。
這是你的終結——青春的終結。」

012

「妳的真面目，是我。」

妳是我。

忍野扇是阿良良木曆。

我這麼說的瞬間，如此道破的瞬間，「那個東西」出現了。

曾經看過的「那個東西」。

不過，其實很難形容為「看見」。位於那裡的只是黑暗，是吸收一切的洞，就只是一片漆黑，是黑暗。只有黑暗。

闇。

位於那裡的是「空無一物」。

是虛無，是絕無。

卻漆黑得無法形容為「空白」。

如同將這個世界寫錯的地方覆寫，塗改得亂七八糟——黑漆漆的黑。

黑黑黑黑黑黑黑黑黑黑黑黑黑黑黑黑黑黑黑黑黑黑黑黑黑。

吞噬黑暗的黑。

「啊～～還真快耶。主力已經登場了嗎？因為說的謊、犯的罪太嚴重嗎？」

我想起昔日的逃命戲碼，因為腦中重現的記憶而語塞。相對的，小扇非常冷靜，臉上甚至露出微笑。

我當然早就知道了。

早就得知了。

當我揭發忍野扇的真面目，換句話說，當我揭發我的欺瞞，「闇」就會出現並且吞噬她，這一切都按照臥煙的計畫進行。

所以我肯定已經做好心理準備。不過，像這樣重新面對的「闇」，是以唐突到足以讓人驚呆的方式，出現在我們面前。

「我居然妄想扮演『這種東西』……連我都只覺得自己腦袋有問題。我自認是以更勝於真物的準則展開行動……但是差太遠了。根本稱不上模仿。居然妄想比世界的法則還要嚴謹，到頭來，想自稱是宇宙的法則果然不可能嗎？我很想當個暗物質就是了。」

「闇」以強烈到令人失去距離感的魄力出現在教室，我無法移開目光，完全沒有餘力做其他事，小扇卻輕易轉移視線，面向我這麼說。

這份從容，也像是在這個節骨眼還在暗中批判我的軟弱。

「阿良良木學長，請不用擔心，我不會逃也不會躲喔。因為我是推理小說的忠實書迷，覺得沒有坦然認罪的真凶是最丟臉的人種。順帶一提，我是認為推理小說在最後應該以凶手自殺作結的老派讀者喔。」

「…………」

「啊啊，就算這麼說，但我可不是老神在在喔。被迫正視真相卻依然一派從容的凶手，就某方面來說令人掃興，講明了就是令人火大。想到接下來會消滅，我內心也七上八下。這是物質與反物質對撞的互毀對吧？我只是在阿良良木學長面前盡力虛張聲勢耍帥罷了。哎呀哎呀，消滅會是什麼感覺呢？再怎麼樣應該也比下地獄好一點吧？哈哈！」

小扇笑了。

相較於站起來的我，她坐在椅子上沒有起身的意思。

「自殺……」

我以顫抖至極的聲音詢問小扇。

「不過，妳不是早就知道會變成這樣嗎？既然妳是我，應該早就知道我正在這裡等，也知道我已經看穿妳的真面目。那妳為什麼來到這裡？妳應該可以停止『批判』月火，也可以逃離這裡吧？」

「您說逃離，是要逃去哪裡？就算知道白費力氣，我也要做該做的事，如此而已。我說過吧？即使會留下未完成的事，也不會留下遺憾。基於這個意義來說完全是自殺耶。」

小扇笑咪咪地說。

「有時候即使知道會輸也非戰不可喔。我的意見和阿良良木學長的意見應該不會一致，不過如果要我留下類似遺言的話語，那我認為我以自己的方式成功矯正阿良良木學長的人生，矯正得挺不錯的。我只是以半年的時間修正半年累積的錯誤，所以形容成『人生』有點誇張？那就改成『青春』吧。阿良良木曆的青春就算沒有變得更好，應該也變得更正確了吧？」

「如果妳說這是正確……那我不需要『正確』這種東西。妳不知道自己添了別人多少麻煩嗎？」

我原本決定不說責備她的話語。因為是我令她這麼做的。

但我還是說了。

以批判的態度，面對自我批判的精神。

明明吞噬一切的「闇」就在一旁，明明非存在就存在於那裡。

能夠和小扇對話的緩衝時間，明明剩下不到數十秒了。

「對戰場原、對神原、對千石、對羽川、對忍、對忍野、對影縫小姐、對斧乃木小妹……還有對貝木，妳不知道自己為他們添了多少麻煩嗎？妳不知道他們受到多麼嚴重的損害嗎？」

「如果他們受到損害，那應該說是報應喔。不是因為我做了什麼事。您其實也知道吧？麻煩、受害或是不幸，都不是能夠這麼輕易下定論的東西。想得太複雜就更難下定論了。」

「……如果是『正確』，妳就能下定論嗎？妳能夠明確分辨什麼是正確，什麼是錯誤嗎？」

「這種事當然不可能啦。所以我才會和阿良良木學長團結一致應付事件至今吧？即使沒辦法決定什麼事物正確，也可以決定哪一邊比較正確吧？」

「…………」

「在老倉育的事件，我是錯誤的；在千石撫子的事件，我是正確的；在手折正弦的事件，算是因傷停賽吧。我知道手折正弦與臥煙伊豆湖是一夥的，但我認為只看這場戰鬥的話算是我贏。畢竟斧乃木余接和您之間，沒有產生我原本預期的裂痕。」

戰鬥。

小扇用了這個詞。

原來如此……她和我的對決，從我們初遇的時候就開始了。不只是剛才提到的三戰，每句對話肯定都像是決鬥吧。

不是定義什麼事物正確，是測試哪一邊比較正確的決鬥。

這就是她的「正確」……比起矯正錯誤的「正確」，這種做法確實比較接近「正確」吧。不過……

「總戰績怎麼樣？到頭來，小扇，我和妳是哪一邊比較正確？」

「既然我像這樣消滅，那麼阿良良木學長，這就代表您比較正確吧。阿良良木學長，恭喜您。」

此時，小扇終於從椅子起身。

「您至今的所作所為沒錯。是正確的。」

不過，就算她這麼說，也沒成為任何慰藉。

反倒像是朝傷口灑上大量的鹽。

這不就像是讓自己不幸，想藉此求得原諒嗎？斧乃木曾經點出這個痛處。這是不是在主張自己這麼可憐，所以不要再批判下去了？如果造就我這種態度的元凶，是至今如此放肆的小扇，那麼我就大錯特錯了。

不過，「放肆」這種說法或許不太好。或許不正確。她是以她的方式，試著平定這座城鎮。

小扇想在北白蛇神社供奉神明。基於這層意義，她和臥煙沒有兩樣。小扇具備遠見，這樣的她如同在斥責只注意眼前事物的我。

如果小扇一直在矯正我的錯誤，那麼我反倒應該向小扇道謝。

不過，我做不到。

即使我們即將就此道別，即使我們即將永遠不再相見，我也不能感謝她。

因為我們只能以對立，以相互批判的立場存在。

因為我們只能否定對方的存在，藉以肯定自己的存在。

這個存在也即將消滅。消失不見。

贖罪。

「闇」即將吞噬「類闇」。

「青春的終結是吧。也可以說是物語的終結嗎……不是人生的終結，也完全稱不上是世界的終結。只是您許多物語的其中之一即將終結。不是什麼完結篇。能夠像這樣在您畢業之前消滅，真是太好了。」

小扇在最後說得有點不明就裡，然後向我鞠躬。

「阿良良木學長，您辛苦了。再見。」

「小扇，再見。」

然後，忍野扇——以神原駿河的學妹身分登場，將我第二學期之後的生活攪得亂七八糟，在城鎮各處暗中活躍，挖出字裡行間隱藏的伏筆，將已經結束的事情回鍋，要求自覺與補償、自罰與緘口，不怕對立，不畏敵對，如同在嘲笑想要馬虎了事的一切，不原諒任何事物，也不原諒任何人的忍野扇，像是我的影子，無論我在哪裡都會出現的忍野扇，隨時都見得到面的忍野扇，按照真面目被揭發之後的處理程序，基於偽造己身的罪過，和她至今定罪的諸多欺瞞一樣，卻像是從一開始就不曾發生任何事般，即將被等同於空無一物的真正「闇」吞噬。

消滅得無影無蹤。

她的正確與我的錯誤、我的正確與她的錯誤，對撞互毀。

消失。不見。

她做過的一切，如今終結了。

所以我再說一次吧。撕破嘴也說不出感謝話語的我，至少再度說出道別的話語，送我自己這一程吧。

永別了，忍野扇。

永別了，我的青春。

「……慢著，我還是辦不到！」

我彈起身子。

讓動彈不得的人類身體起反應，以人類的腿力從椅子站起來，和人類一樣運用體重，像是人類般奔跑。

換句話說，我和人類一樣，維持人類的模樣，撲向忍野扇，推倒她。

如同要躲開接近到只差幾公分距離的「闇」，將女高中生撲倒在廢墟裂開的地板。

不知道是否在動的「闇」，從我頭頂經過。

我救了忍野扇。

「阿……阿良良木學長？您……您做什麼……」

這是第一次。

來到這裡，小扇第一次發出慌張的聲音。不對，即使回顧過往，這或許也是我第一次看到小扇真正驚慌的樣子。

「您在想什麼啊！」

不對。

或許她是在生氣。

不過，對於這樣的怒火，這樣的責難，我無法回應。不是因為沒辦法好好說出自己的心情。

是因為痛到發不出聲音。

「…………嗚！」

我剛才說躲開「闇」，實際上沒有完全躲開。右手擦到了。

光是擦到，就整個被帶走。從上臂到指尖，彷彿從一開始就不存在般消滅。

血流不止。

當然也沒再生。

因為現在的我，是百分百的人類。

疼痛程度肯定和之前殘留吸血鬼性質的時候一樣，所以從耐性來說，我肯定已經習慣這種疼痛，但是失落感完全不同。

感覺像是身體的某部分被拆走……不是比喻，是正如字面所說。

「明明不是不死之身，卻想要救我這個外人……」

小扇的憤怒源源不絕。

她就這麼被我推倒在地，以漆黑的雙眸瞪我。

「到……到頭來，您就是這種人嗎？會輕易為了他人拋棄生命嗎？連我這種只會批判您與責備您的傢伙也要救嗎？死在這裡有什麼用？死掉又能怎樣？在這裡救我有什麼意義？您果然是錯的。以人類來說是錯誤的，是最差勁的人種！」

「我救的……」

因為出血而差點模糊的意識，我靠著這段嚴厲的斥責維持，斷斷續續對小扇這麼說。

「不是外人。我現在是在救我自己。」

臥煙判斷錯誤了。

無所不知的她，正因為無所不知，所以出錯了。

嚴以律己、嚴以待人？

我不是這種人。

我總是自我犧牲、自我批判、自我懲罰。

一直為自己以外的某人拋棄生命。

這樣的我，現在第一次以自我中心、自我本位的精神，救了我自己。

沒顧慮任何人，恣意妄為，不管三七二十一，任憑慾望與本能的驅使，救了我自己。

虛假的鍍膜剝落了。

仔細想想，這真是誇張的自導自演。

不過，只是如此而已。

我不是那麼優秀的傢伙，不是那麼偉大的傢伙。

不過，正因為我如此弱小，所以我非救不可。

不然我就要死掉了。

「黑儀……」我像是夢囈般說。「羽川……忍……斧乃木小妹……她們都救過我……大家都救過的我，我怎麼可以不救……當然不能這樣吧……」

「……」

小扇沒說話。

她不發一語，輕觸我的傷口。光是這樣就止血完畢。是繼承自死屍累生死郎？還是臥煙遠江？我不知道她使用哪種怪異的能力，總之停止出血了。

這或許也沒有意義吧。和我壓在她身上一樣沒意義。

因為即使躲過第一下，已經動彈不得的我，也只能就這樣和小扇一起被「闇」吞噬。

全身使不上力。

即使現在改變想法，讓嚴格的心態覺醒，拋棄小扇動身逃走，也已經為時已晚吧。

我很慶幸為時已晚。因為反過來說，就代表我可以和至今為了我盡心盡力的她一起被吞噬。

「真是的，我原本要自殺，卻變成帶人一起上路了……阿良良木學長，話說在前面，我可不是幼女喔。」

「沒差……就算這樣……妳也等於是……出生半年……剛誕生的嬰兒吧？」

臥煙說過，由我來除掉小扇，比扭斷嬰兒的手臂還簡單。

不過，嬰兒不是用來扭斷手臂的對象。

應該是像這樣呵護的對象。

「如果妳說我至今的所作所為沒錯，那我現在這麼做肯定也沒錯。」

我說。

「我……沒有做錯。」

是的。

如同妳沒有做錯。

大概是止血的效果，我這句話神奇地說得很清楚，聽到我這麼說，小扇臉上恢復笑容。

不。

這也是第一次。是她至今從來沒展現的一種表情。

有點害羞，有點不好意思的表情。

「您……真是愚蠢耶。」

「也不算愚蠢喔。」

就在這個時候，響起難以置信的聲音。

不是我也不是小扇，是第三人的聲音。

往聲音的方向，也就是往小扇進入教室時打開的那扇門看去，位於那裡的同樣是我難以置信的人。

剛開始我以為是月火回來了，不過位於那裡的人，和我那個外表姑且算是可愛的國中妹妹截然不同。是夏威夷衫。

身穿夏威夷衫的中年大叔。

「不能小看。你終於為自己而戰了。阿良良木老弟，我很尊敬你喔。」

他就這麼咬著沒點燃的菸，吊兒郎當地這麼說。

忍野咩咩這麼說。

「……………！」

我以為是幻覺。以為我臨死之際，看見不可能位於這裡的男性幻影。不過，壓在我身體下方的小扇也一臉驚訝地看向相同的地方，所以這絕對不是稱心如意的妄想。

不對，既然我和小扇是同一人，那麼也可能在極限狀態看見相同幻覺吧。如同在沙漠尋找綠洲時，稱心如意地看見海市蜃樓。

不過，那個不良中年人的身後，搖搖晃晃走出一個像是初生小鹿……更正，像是瀕死小鹿般雙腿發軟的第二人。看見這個人，我就知道這不是我稱心如意的妄想或是海市蜃樓，單純是合理努力的結果。

努力的結果。

像是隨時會趴倒在地，氣色很差，這麼遠都看得到黑眼圈，身穿的厚重衣物也破破爛爛，總之全身上下從內到外消耗得不成人形，頭髮黑白相間的女生——羽川翼付出超出常軌的努力所獲得的成果。

「連續熬夜十天終究好難受……」

不過羽川這麼說，並且擠出最後的力氣，朝著壓在我下面的小扇硬擠出倔強的笑容，挑釁地筆直指過來。

「我贏了。」

她說完之後倒下。

倒下的力道強烈到我還以為她死掉了，不過看來只是睡著而已。

「不會吧……羽川學姊真的帶他過來了……從南極大陸帶來。她是用什麼交通手段啊……」

小扇以幾乎快聽不到的微弱聲音，輕聲這麼說。

唔唔？南極大陸？

南極大陸。

例外的怪異，全盛時期的姬絲秀忒・雅賽蘿拉莉昂・刃下心也無法存在，非得離開避難的極寒土地。絕對沒有怪異的場所。

換句話說，就是專家絕對不會去的場所。

她說的逆向思考……是這麼回事？

我們總是去忍野可能會在的地方找，但是不應該這麼做，而是要去忍野可能不會在的地方找。是這個意思嗎？不是「藏樹木最好的地方是森林」，而是「將樹木藏在海底」這種道理。

雖然是這種道理，不過以一般人的心理，找樹木確實會到森林裡找。除非是羽川，否則不可能會到海裡找。

我啞口無言地如此心想。

既然這樣，黑儀，羽川說的不是「This is a pen」，是「Dépaysement」。（註15）那麼，她之前說的兩個候補地點，就是南極大陸以及另一邊的北極嗎？二分之一的機率居然被她成功猜中，找到忍野，而且提前一天回國。

「那個人腦袋有問題。」

這應該不是在說那頭黑白相間的雙色頭髮吧。堪稱是忍野扇對羽川翼的敗北宣言。

回想起來，小扇打從一開始就在提防羽川。

既然是黑羽川與黑曆曆的關係，就可以理解她們為何不合。

臥煙與八九寺認為「扇」這個名字來自「Ｆａｎ」，認為這是牽強附會的解讀方式，不過我事到如今才發現，這與其說是牽強附會不如說是後設，是推理小說的誤導手法，正確來說應該是朝著「羽」架立防禦用的「戶」而成為「扇」。

這樣的戒心，盡可能預先準備的對策，即使有效也只能稍微拖延時間，依然像這樣徒勞無功被突破。

羽川翼，妳究竟多麼羽川翼？

註15　超現實主義的錯置手法。

「阿良良木老弟。」

久違重逢的忍野咩咩，連看都不看倒在一旁的羽川一眼，笑嘻嘻地說。

在這種四下無人的地方對我說。

「你粗魯推倒『我可愛的姪女』是想做什麼啊？真是的，阿良良木老弟精神真好啊，是不是發生什麼好事啊？都已經有女友了，怎麼可以對同校的學妹毛手毛腳呢？」

在這種時候還在胡說八道什麼？你好歹知道現在不是這種場合吧？我差點就如此吐槽，就像之前在這間教室你一言我一語激烈爭論的時光。

不過，我還沒開口，就消滅了。

不是小扇消滅，是「闇」消滅。

隨時會吞噬我們的自然法則，消失得一乾二淨。

原本看不見也感覺不到的存在——非存在消失了。「空無一物」消失了。

「啊……」

姪女？剛才是這麼稱呼的。

忍野咩咩是這麼稱呼小扇的。

換句話說，忍野咩咩將忍野扇視為「親戚」。這麼做的意義，在於忍野扇因而「真實存在」了。

位於這裡的她不再是謊言，不再是虛假。

所以，「闇」消滅了。

「…………」

小扇說不出話，愣住不動。

為了隱瞞自己的真面目而架設結界，拒於千里之外的對手，居然以這種形式拯救她，即使是言行舉止展現得像是看透一切的她也想不到吧。

不過，忍野咩咩就是這種傢伙。

僅此一家別無分號。

彷彿看透一切的男人。

「忍野……感謝相救。」

我代替語塞的小扇說。既然是代替小扇，換言之就是據實說出我的心情。

「阿良良木老弟，我沒救你喔。你只是自己救了自己。幹得好。」

聽到他這麼說，我就達到極限，雙腿無法支撐自己的身體，無力倒下。承受我全身體重的小扇發出「咕噁」的聲音。這麼真實又不可愛的哀號，或許是她實際存在，擁有實體的證明。

真面目被揭露的她，在這一瞬間獲得了真實的形體。

忍野扇成為了忍野扇。

就這樣，我——阿良良木曆的青春終結了。不惜犧牲自己拯救他人，相信不珍惜自己就是愛別人，洋溢膚淺又軟弱的陶醉，充滿溫柔欺瞞的這個時代迎向終結。

不過，我與小扇完全平分秋色，熾烈至極的悽慘戰鬥，現在才要開始。

沒有明確肯定自己。

卻也沒有胡亂否定自己。

不放棄進行思考，不畏懼採取行動，不斷跌跌撞撞地摸索，毫不猶豫重來無數次，吹毛求疵般徹底反省與後悔，卻更是持續挑戰與賭博，每次失去就三倍奪還，追求幸福的無止盡戰鬥，於此時此地正式開打。

013

接下來是後續。

隔天，三月十五日。

畢業典禮早晨，我一如往常被兩個妹妹——火憐與月火叫醒，踏上最後一次的上學路。不對，是騎腳踏車。我踩下踏板，嗯，就是這種觸感。這是小扇借給月火的越野腳踏車。當然一定要歸還，所以只有今天能騎，不過久違騎自行車的舒適感，總覺得像是我歷經各種事件直到今天，得以像這樣順利從高中畢業的甜美獎賞。

順帶一提，關於昨天「焚毀的補習班再度出現」這個事件，月火早上起床就忘了。

真的假的？妳這是哪門子的記性？雖然我這麼想，不過講得更正確一點，她似乎是以「活著就會發生的各種神奇事件之一」來解釋。

看來，我這個小隻妹每天被麻煩事點綴的程度超過我的想像。難道說，這種低風險的事件，她沒空逐一理會嗎？下個學年度開始，她和火憐分別就讀高中與國中，我真的很擔心她自己會鬧出什麼事件。

升上大學之後住外面，而且和黑儀一起住……雖然我也做過這個美夢，不過想到那個妹妹，我實在無法立刻搬走吧。

因為月火的「不死鳥」事件，其實也完全沒解決。

黑儀應該也不想離開父親吧。

而且這種事也要等放榜之後再說。

到頭來，既然小扇說我的作答和題號差了一格，我就不可能搬得出去。也可能就這樣畢業找工作。

不過，落榜之後被父母趕出家門的可能性也不是沒有啦……

「這麼說來，小月，妳留頭髮到底是許什麼願？」

雖然沒資格說別人，不過我在出門的時候，提到她不知何時留長的頭髮。

這是還沒回收的伏筆之一。

我很久以前聽她說留長髮是為了許願，不過話說回來，我沒聽她說過許了什麼願。既然還在留長，應該就是願望還沒實現吧。

「啊～～對喔，這應該可以剪了。到頭來，我根本忘記許了什麼願。」

「說真的，妳這是哪門子的記性？」

「其實是為哥哥的大學考試，以及撫子的事情許願喔。用頭髮求神。」（註16）

月火說。

我的天啊。

我原本就隱約覺得可能和我有關，原來也包括千石。這傢伙在這方面的友情意識，我這個做哥哥的果然得學著點。

「總之哥哥考完了，撫子現在也康復了。嗯，或許神真的存在喔。」

「是啊。從昨天開始存在。」

「嗯？」

「不，沒事。」

「這樣啊。」

妹妹很乾脆地接受。

我賣這麼大的關子，她卻毫不在乎？

明明這麼小隻，器量卻這麼大。

「等哥哥放榜，我要不要剪成和撫子一樣呢……畢竟火炎姊妹解散了，今後乾脆

註16　日文「髮」與「神」同音。

和撫子搭檔……哥哥，你不剪頭髮？」

「啊啊，我……」

我含糊帶過，同時摸著脖子後方，深深刻在頸項的咬痕。

到頭來，月火是否會剪掉留長的頭髮，端看我的大學考試結果，不過今天就忘記這件事吧。

今天是畢業典禮。

曾經認真思考輟學的我，能像這樣迎接這一天的到來，目前光是如此就令我滿腔感慨。

……這麼說來，今天早上也和火憐聊了一陣子。

兄妹多聊聊是好事。

「哥哥，哥哥，我下個月就是高中生了，再也沒辦法和之前一樣打情罵俏，所以最後我們用嘴巴餵彼此吃飯吧！」

「…………」

這個大隻妹在某方面也令我擔心。

或許是百人組手被毆打到出了問題。

順帶一提，我沒問她是否全勝。我不想被妹妹嚇得更慘。

「然後幫彼此刷牙吧！」

「妳該做的不是刷牙，是鍛鍊知性……那個，我說小憐，妳升高中之後，栂之木二中的火炎姊妹解散之後，妳也打算繼續維持正義使者的活動？」

「逼不得已！」

這個妹妹如此回答，挺起最近變得豐滿的胸部。這傢伙大概是滿腔正義吧。但我覺得她想說的不是「逼不得已」，是「義不容辭」才正確……

「正確」是吧……

「小憐，那麼總之當成一個段落，趁現在為國中這三年做總結吧。到頭來，妳心目中的『正確』是什麼？」

「唔咪？」

「正確。正義。這是什麼意思？」

是做正確的事？

是矯正錯誤？

還是決定何者為正確？

小扇曾經扔給我的問題，我就這麼傳給妹妹，扔給下一個世代。

就我個人的看法，火炎姊妹的正義是詩意的正義，是「打倒壞蛋」，不過當事人至今究竟是基於何種心態執行她們的正義？今後又要怎麼做？我想問清楚。

「救人。」

火憐肯定沒聽懂我這個問題的意思，反射性地如此回答。簡潔易懂，難易反駁，卻也難以實行的回答。

這就是她的回答。

「這樣啊。」

我站上一旁的椅子，伸手摸火憐的頭（沒站上椅子就摸不到）。

這在吸血鬼界是服從的證明，不過我這麼做的意思，僅止於疼愛這個不成材的妹妹。

「那麼，妳也一樣先從自我努力做起吧。」

以上是我們的對話內容。

無論如何，以那個大隻妹的能耐，她的高中生活不會重蹈我的覆轍吧。

但願阿良良木火憐永遠是個不屈不撓追求正確的女孩。

我喜孜孜地騎著還沒騎慣的腳踏車沒多久，前方出現一個我一眼就認出是誰的人影。背著大背包的雙馬尾小五學生。

如果是背影，我大概又可以展現我的拿手特技，用整整五頁的篇幅假裝天人交戰然後撲過去，不過說來遺憾，她是面對面朝我的方向走過來。

這麼一來，阿良良木我也變不出什麼把戲。

「喲，八九寺。」

我只能正常打招呼。

八九寺對此明顯蹙眉。

「請不要跟我說話。因為我已經是神了。」

她說。

一點都沒長進吧！

還重置成最初期的形態！

「如果無論如何都想和我說話，請進行二禮二拍手一禮之後交出香油錢，確實以面對神的態度和我說話。」

「誰要和這種傢伙說話？我可不想理這種人！」

到頭來，雖說成為神，不過就我所見，八九寺沒有變化。沒有穿上巫女服，也沒改成日式服裝。

總之，今後或許也可能換裝吧，不過怪異似乎和人類一樣不會說變就變。是慢慢改變。

「不過，神為什麼在鎮上閒晃？難道是迷路了？」

「說什麼傻話。現在的我真的是拯救迷途羔羊的這一邊。」

「我才要說妳在說傻話，不過妳的身分確實三級跳了……」

「總之，請不要說我在閒晃，下凡巡視眾生的生活，也是神不足為提的工作之一。」

「不准真的硬是擺出神明的架子。不准短短一天就改變這麼多。我才剛說要慢慢改變耶？」

「阿良良木哥哥今天是畢業典禮嗎？出勤辛苦了。」

此時，八九寺終於像是慰勞我般低頭致意。

「原本我很想出席畢業典禮慶祝，不過神出現可能會驚動俗世，這方面我就貼心一點吧。」

「這樣不會有人去妳的神社參拜喔。這裡又會成為沒有神的城鎮喔。」

「哈哈哈，別這麼說，請隨時過來吧。北白蛇神社是自由參拜，所以真的請隨時過來玩喔。」

「嗯，我隨時會過去玩。去妳家玩。」

我說。

「是的，來我家玩。」

八九寺說完，朝我前來的方向走去。看來至少她說要巡視城鎮不是玩笑話。

「…………」

我目送她離開。

哎，她不是會乖乖待在家裡的類型。昔日和那傢伙的這種互動令我懷念，卻也覺得她現在這樣是理所當然。

是歷經千辛萬苦獲得的理所當然。

總之，臥煙想將八九寺真宵拱立為神的這個胡來計畫似乎順利完成。這種強硬的解決方式是否成立，老實說我很擔心，不過這次的成功終究是專家總管發揮本領吧。

「發揮本領的反倒是曆曆喔。這真的是預料之外的結果。拜託，真的算我求你，這種亂七八糟的結果，請不要隨便謠傳說是我一開始就想這麼做。」

……臥煙昨晚是這麼說的。

但我覺得用不著講成這樣。

「真的，上次受到這麼嚴重的打擊，是我為了吸引年輕人而聊到諾斯德拉達姆斯的預言時，對方卻說『我一九九九年還沒出生』。我真的也老了。」

「……我聽不太懂您這番話的意思。」

「沒什麼意思。我只是在說我們位於當時沒終結的未來。」

「這樣啊……不過，臥煙小姐，走到這個亂七八糟的結局，我認為羽川立下很大的功勞。」

如果沒有她，老實說，或許會以我和小扇共赴黃泉作結吧？這樣的終結還真是枯燥乏味。

「說得也是。小翼幫忙找到半桶水學弟，我怎麼謝她都不夠吧。我也對她舉白旗了。她真正厲害的不是找到，而是在找到之後帶回來。」

「……意思是突破結界嗎？不過，羽川原本就住在這座城鎮，所以結界對她沒意義吧？迷牛的迷路效果，對於想回家的人肯定不管用。」

「不，我不是這個意思。」臥煙搖頭回應我這個外行的想法。「我是說她讓忍野咩咩有意願回來。」

「…………」

「就我所知，他不是會『友情客串』的那種人。不過既然就我所知，那麼應該就是這樣沒錯了……話說回來，忍小姐，真的可以嗎？」

臥煙說到這裡，向站在我身旁的金髮金眼幼女（更正，是妖女）搭話。

「老實說，我這個做專家的，很感謝妳這麼決定，不過我難以理解妳為何想再度被封入曆曆的影子。如果妳有什麼想法，希望妳在這時候講明。」

「沒什麼想法。而且，吾厭倦戰鬥所以想處於被認定無害之立場，這對於專家來說並非那麼難以理解吧？」

從幼女成為妖女。

然後又想恢復為幼女。

「喀喀！」

露出淒愴笑容這麼說的忍沒說謊。我即使還沒和她再度連結也很清楚。

「反倒是吾之主好不容易成功完全去除吸血鬼成分，若他不願意再度恢復為半人半吸血鬼之籠統存在，吾亦會收回自己之願望。會在這條手臂康復之後找一座山隱居。」

「休想。」

臥煙還沒開口，我就這麼說。

「忍，山上沒有 Mister Donut 的分店喔。」

「對喔。」

經過這樣的討論，我與忍的連結第三次恢復了。我當然被要求發誓，不能再因為吸血……應該說餵血過度導致我自己變成吸血鬼，不能再犯下這種失敗。

春假至今久違成為完整形態的姬絲秀忒・雅賽蘿拉莉昂・刃下心，再度以忍野忍的身分，以八歲無害幼童的身分，封入我的影子。

不像春假那時候沒有選擇的餘地。

是以自己的意願，封鎖自己的存在。

這部分也沒有半點虛假。

四百年前拒絕成為神的她，經過四百年之後選擇成為幼女。

不，或許還是沒有選擇的餘地。至少我不可能不和忍共赴未來。

即使如此，我們當然還是沒有原諒彼此。若是經過四百年，或許會有原諒或忘記的一天，但無論被形容為相互串通還是嬉鬧，無論被說成惰性還是妥協，我們現在都處於這樣的關係。

「如果妳的生命明天到了尾聲，那我活到明天便足夠；如果妳今天為我活了下來，那我也會活在當下。」

「若汝之生命後天到了尾聲，那吾活到大後天便足夠。吾會找人述說汝這位大爺之事蹟。驕傲述說汝這位大爺之事蹟。」

我抵達學校。

鑽過裝飾成畢業典禮樣式的門，前往腳踏車停車場。羽川翼在那裡等我。

優等生在體力方面也是優等生嗎？昨天看起來精疲力盡的她，至少表面上已經完全恢復。連黑眼圈都消失了，真厲害。

「阿良良木同學，早安。」

「羽川，早安。妳真的來畢業典禮了啊。我還以為妳今天會昏死一整天。」

該說她身體是鐵打的嗎……

最不會死的不死之身，或許出乎意料是這個傢伙。

「妳怎麼在腳踏車停車場？」

「當然是在等你啊。因為有很多事想對你說。」

「嗯？」

「畢業典禮結束之後，我就必須直接出發，所以，能夠單獨和你說話的時機大概只有現在了。」

「…………」

好強的行動力。

不過既然這樣，那我也有事要對羽川說。有許許多多的事要對她說。不過與其說是有話要說，應該說是想和她對個答案。

「妳說必須立刻出發，是因為飛機航班嗎？」

「唔，唔唔，是因為……」

羽川撥弄頭髮，似乎有點難以啟齒。

她自從第一學期剪頭髮到現在也留得很長了。因為在校內，所以終究不是維持黑白相間，而是完全染黑。

「因為從南極帶忍野先生回來的時候，我稍微賣了我的頭腦。」

「賣了頭腦？」

那是怎樣？

聽起來挺嚇人的。

「好像叫做『jet setter』？總之得這麼做才行，不然戰機又不能包機……放心，我賣給還算是有良心的機構。」

「……………」

妳在海外經歷什麼樣的冒險啊？

這傢伙一走出去果然很厲害。

到頭來，這傢伙穿制服出現在學校，給人非常格格不入的感覺。不過今天也是她最後一天穿制服了。

想到這裡就覺得多看幾眼比較好。

我目不轉睛打量。

「我揍你喔。」

「好恐怖！」

這也是她在海外鍛鍊的防衛意識吧。

要是羽川習得足夠的戰力，那就是完人了吧？

「說到戰力……已經確認影縫小姐在北極了。早就知道忍野去向的臥煙小姐五分鐘就查出來了。」

「這樣啊……我當時按照直覺選擇南極大陸，不過既然這樣，假設我選擇北極也不算選錯吧。」

羽川鬆一口氣般說。總之，只有這部分真的是賭博吧。

只是，如果要將忍野與影縫隔開，那麼影縫必然會被分配到北極。因為那個人無法在地面行走。

那麼，小扇也不得不將影縫送到沒有地面，只有冰面的北極。

「斧乃木小妹原本想去接她，但她說什麼正在跟北極熊對打，享受這種似乎在哪裡聽過的武者修行，所以叫斧乃木小妹別過去。」

「好厲害的人……我真的慶幸沒去那裡。咦，那麼斧乃木小妹呢？她現在在做什麼？和臥煙小姐與忍野先生一起離開城鎮嗎？」

羽川問完，我搖了搖頭。

「還在我家。」

「這……」

羽川表情複雜。

我懂她的心情。

這麼說來，斧乃木之前就說影縫可能外出進行武者修行之旅，所以這個預測雖不中亦不遠矣，到頭來，或許那孩子位於最接近真相的地方。

真不想承認。

「總之，也是因為臥煙小姐與忍野太急著出發，大人好像有各種事要忙。」

說來挺掃興的。

臥煙將八九寺拱立為北白蛇神社的神，將忍封入我的影子之後，以「那我走囉，拜拜～～」的調調離開，這就算了，忍野也沒說再見就不知何時無影無蹤，彷彿和小扇組裝的廢棄大樓一起消失。

真的像是幻影之類的。

忽然間就不見了。平淡無奇。

雖然是來不及敘舊的第二次離別，不過，即使是南極那麼遠的距離都能像那樣重逢，所以我覺得總有一天，在不久的將來也會再見面吧。

不過包含正弦的事，他不給我道謝的機會就離開，我還是不太能原諒。

就這樣，其實也不知道是怎樣，在影縫結束修行回來之前，斧乃木暫時收容在我這裡。

如果影縫不是忘記帶走她，那麼或許是藉此繼續監視我。

即使如此，這也是在所難免。

因為我做了那種程度的事。

我自認這是「立功」，但是世間難免有人不這麼認為。

這個人不是別人，正是那個女生──正是我自己。

「你說『大人』……但我們明天起也是大人吧。」

「我與黑儀還是學生喔。只有妳將成為大人。」

「『黑儀』？」

我自以為說得很帥氣，卻完全說溜嘴。羽川開心地抓著這一點不放。

「喔～～這樣啊。原來是這樣啊。我不在的時候發生這種事啊。」

「慢著慢著慢著，別急著判斷，說不定沒發生妳想像的那種事喔！」

「太好了太好了。這麼一來，我就能無牽無掛地出發了。」

羽川說著踏出腳步。

她再度離開日本之前想和我單獨說的事，就是關於黑儀的事嗎？如果是這樣的話，該說她重視友情嗎……總覺得這傢伙真的為很多事情操心。

這次的事件，應該說從八月開始的所有事件，回想起來或許到最後都是羽川獨力解決的。不只是立下大功，全部的功勞或許都由這傢伙獨攬。

剛好距今一年前，要是我沒認識羽川，不知道我高中生活的最後一年會怎麼過。

我感傷地這麼想。

不交朋友。因為會降低人類強度。

我或許會留下這句話，一個人靜靜地畢業（也可能無法畢業）。

這就某方面來說，或許是不錯的選擇。

不過事到如今，我無法想像其他的結局。

「啊啊……對喔。」

「嗯？阿良良木，怎麼了？」

「沒有啦，我後知後覺發現一件事……就是臥煙小姐斷定小扇會在三月十四日對小月採取行動的原因……」

小扇自己也說過，想在我畢業之前做個了斷。

「在我畢業之前」的另一個意思，應該是「在我的青春終結之前」吧。

想在高中時代達成的事。

既然要抓我行程上的空檔，等待月火露出可乘之機應該也是必備條件吧……不過那個傢伙基本上總是有機可乘。

即使如此，她什麼都沒做依然好好活下來了，可以說她不愧是不死鳥。

我和羽川並肩前往教室的途中，在校舍入口發現戰場原黑儀。她一看到我與羽川就「唔」了一聲，瞬間露出不甘心的表情。看來是發現自己埋伏的地點在羽川之後。

朋友之間不要上演這種奇怪的競爭好嗎……

氣氛都變僵了。

總之，黑儀面對羽川時的自卑感，我覺得實在難以去除，不過羽川已經飛到我們遙不可及的領域，所以我個人認為黑儀最好慢慢克制這種情感……

不過，我在這方面也沒資格說別人。我嘴裡講得那麼信奉羽川，卻生出那麼討厭羽川的小扇，代表我內心某處確實視她為勁敵吧。

「阿良良木，早安。」

「咦？不是叫『曆』嗎？」

我還沒回應，羽川就這麼問。

在世界的影響之下，羽川性格稍微變差了。

「曆，早安。」

黑儀大概認為抵抗也沒用，稍微不好意思地羞紅臉頰改口。

「然後歡迎回來，翼。」

黑儀還趁機換了對羽川的稱呼方式。羽川此時露出驚訝表情，但她果然機智。

「小儀，我回來了。」

羽川回應說。

小儀……這稱呼真可愛。

羽川大概打算晚點自己和黑儀慢慢聊吧，沒有在這時候提到畢業典禮結束之後就會立刻離開日本，我們三人一起前往教室。

我不經意覺得學校的氣氛和以往不同。大概是心態問題。

「曆，神原說她準備了禮物慶祝我們畢業。」

「是嗎？神原送的禮物……我開始擔心了。」

「不，那孩子終究不會在這時候準備奇怪的東西。我試著套話之後，問出好像是正常送花束給我們。」

「花啊……」

既然有套話，代表黑儀也不是沒擔心吧。我們如此閒聊的這段時間，她一如往常什麼都沒問。我昨晚發生的事件，以及事件的解決方式，她連問都不問。

等待我主動說明。

總之，或許是因為說出來沒什麼面子，也不是什麼需要我主動說的事，不過這一連串的事件還是得讓她知道吧。

但願可以成為笑話帶過。

但願我能掛著笑容說明。

「這麼說來，阿良良木。」羽川問。「入學考試，你差多少可以考滿分？」

「…………」

這種問題，我從來沒聽過。

哎，這終究是開玩笑吧。

我考數學時，作答好像和題號差了一格……羽川聽我說明之後思索片刻。

「我認為沒這回事。」她說。「我從考上同一所大學數學系的老……考生那裡，打聽到你考的題目內容，不過答案卷不是會寫錯題號的那種類型。」

這也太行動派了。

她究竟多麼關心我？

不過……不是會寫錯題號的那種類型？

確實，我也覺得從題目的數量來看，會寫錯題號是很奇怪的事，既然這樣，小扇為什麼要講那種話……？

但我一直認為既然小扇這麼說，就應該是這麼回事。

「只是扇學妹會做的惡作劇吧？」

黑儀說。

「不過如果是阿良良木，應該絕對不會開這種玩笑吧。」

是這樣嗎？

不，或許正因為我不可能開這種玩笑，她才會這麼說吧。因為她賦予自己的職責，就是做我做不到或是不去做的事。

至今如此，今後大概也是如此。

忽然間，我在這時候想到為我們準備花束的神原。成為忍野扇誕生遠因之一的神原駿河。她沒有直接知道「闇」的事情，不過關於自律的天分不是我這種人比得上的。

最重要的是，她是臥煙遠江的直系後代。

無論是何種形式，產生怪異的這種天分本身，果然是臥煙家代代相傳的吧。

那麼，或許總有一天，她也會在青春當中體驗相同的事。神原的忍野扇或許會出現在神原面前。

到時候，我能夠成為她的助力嗎？

如同羽川成為我的助力。

……總之，只能盡力而為了。

因為我終究只是我。

不以忍野的方式，也不以羽川的方式，以我自己的方式成為他人的助力吧。

成為讓某人自己救自己的助力吧。

我耍帥抱持這種像是頓悟的想法，爬到階梯的盡頭時，和一名女學生擦身而過。

這個女學生看都不看我們一眼，就這樣逐漸下樓。從領巾顏色判斷是一年級的學生。大概是為了參加畢業典禮而到校吧。為什麼一年級的她會在三年級教室的區域走動？

這名女生的臉色蒼白到足以壓下我這種疑問。與其說身體不舒服，不如說她心理不舒服，腳步搖搖晃晃令人擔憂。

看起來像是疲憊至極。

也像是被某種東西憑附。

如此心想的我，停下腳步。

黑儀與羽川轉頭看向這樣的我，無奈聳肩。動作完全同步，感情真好。

「路上小心。」

這句話也是異口同聲。

「嗯。畢業證書幫我領吧。我出發了。」

我說著將手上書包交給黑儀，沿著剛才走上來的階梯一躍而下，追著剛才那個擦身而過的一年級學生。我在階梯轉角處著地之後一個轉身，感受著背後兩人的目送視線，繼續沿著階梯往下跑。

我一邊尋找她可能行走的方向，一邊跑過一年級教室走廊，途中超越一名學生——雙眸漆黑的少女。

如同黑暗的這名少女，掛著冷笑對我說話。

「阿良良木學長，您還是沒變耶。」

不。

我會改變。

但我再怎麼變，我依然是我。

「很久很久以前之某處，有一個名為阿良良木曆之古怪傢伙。而且這個傢伙至今仍在該處。可喜可賀可喜可賀。」

和我一起奔跑的影子裡，傳來這樣的朗讀聲。

這是一部令人在意後續的物語。

後記

那個，有一種形容方式是「無法挽回的失敗」，不過仔細想想，我不太明白什麼是「可以挽回的失敗」。已經失去或落敗的事情，即使後來完成什麼類似成功的事情，也不會因而抵銷吧？只不過，即使後悔或反省不會讓失敗變成未曾發生，人們還是可以將其遺忘吧？我認為這個意見有深思的餘地。換句話說，「可以挽回的失敗」的意思是獲得足以忘記昔日失敗的成功吧？以不幸過去為動力的成長史，絕對不是將不幸當成幸福的養分，或許是累積了足以忘記過去的未來。反過來說，人也可能累積足以摧毀當前幸福的不幸，實際上，幸福與不幸似乎沒有那麼明顯的因果關係，也就是不太屬於反義詞。講得愈來愈深入了，所以我整理一下吧（應該說我只是擅自攪和成功與失敗、幸福與不幸的定義罷了），幸福與不幸或許不是心態問題，純粹只是記憶的問題。這就是我想表達的意思。換句話說，人類最強的能力其實應該是「忘記」。不過這種能力也不是隨便怎麼用都沒關係，我想阿良良木曆、戰場原黑儀以及羽川翼已經在本作花了一年，在現實花了十年為我們證明了這一點。

總之，本書是《物語》系列最終季實質上的最終集《終物語》下集。回想起來，〈黑儀・重蟹〉是刊登在小說現代增刊的梅菲斯特二〇〇五年9月號。原本只是單篇作結的短篇小說，卻一直寫到二〇一四年的現在，我不是難以置信而是驚訝不已。我想應該有人是持續閱讀十年至今，也有人是昨天剛看完整部，在各位讀者的支持之下，我至今順利寫完《化物語（上）（下）》、《傷物語》、《偽物語（上）（下）》、《貓物語（黑）（白）》、《傾物語》、《花物語》、《囮物語》、《鬼物語》、《戀物語》、《憑物語》、《曆物語》、《終物語（上）（中）（下）》等十七本系列小說。接下來希望最終季的再終集《續・終物語》能夠可愛地出版，讓《物語》系列真正完結。記得要可愛喔。就這樣，本書《終物語（下）》是以〈第五話　真宵・地獄〉、〈第六話　黑儀・約會〉、〈扇・黑暗〉構成的。

封面是天文館裡的麻花辮戰場原。太美妙了。謝謝VOFAN老師。希望我無論忘記任何事，也唯獨不忘記感謝的心，今後繼續打起精神努力。

謝謝各位支持本作品。

西尾維新

作者介紹

西尾維新 (NISIO ISIN)

1981 年出生，以第 23 屆梅菲斯特獎得獎作品《斬首循環》開始的《戲言》系列於 2005 年完結，近期作品有《曆物語》、《悲報傳》、《lipogram！》等等。

Illustration

VOFAN

1980 年出生，代表作品為詩畫集《Colorful Dreams》，在臺灣版《電玩通》擔任封面繪製，2005 年由《FAUST Vol.6》在日本出道，2006 年起為本作品《物語》系列繪製封面與插圖。

譯者

哈泥蛙

專職譯者。到了一定的年紀，效率與狀態都開始走下坡，全盛時期真的終結了……

書盒子

終物語 下

（原名：終物語 下）

作者／西尾維新　插畫／ＶＯＦＡＮ　譯者／張鈞堯
執行長／陳君平　榮譽發行人／黃鎮隆
協理／洪琇菁　國際版權／黃令歡、梁名儀
執行編輯／呂尚燁　美術編輯／李政儀
企劃宣傳／陳品萱
出版／城邦文化事業股份有限公司 尖端出版
台北市中山區民生東路二段一四一號十樓
電話：（〇二）二五〇〇七六〇〇　傳真：（〇二）二五〇〇二六八三
E-mail：7novels@mail2.spp.com.tw
發行／英屬蓋曼群島商家庭傳媒股份有限公司城邦分公司 尖端出版
台北市中山區民生東路二段一四一號十樓
電話：（〇二）二五〇〇—七六〇〇（代表號）
傳真：（〇二）二五〇〇—一九七九
中彰投以北經銷（含宜花東）／楨彥有限公司
電話：（〇二）八九一九—三三六九
傳真：（〇二）八九一四—五五二四
雲嘉經銷／智豐圖書股份有限公司 嘉義公司
電話：（〇五）二三三—三八五二
傳真：（〇五）二三三—三八六三
南部經銷／智豐圖書股份有限公司 高雄公司
電話：（〇七）三七三—〇〇七九
傳真：（〇七）三七三—〇〇八七
一代匯集／香港九龍旺角塘尾道六十四號龍駒企業大廈十樓Ｂ＆Ｄ室
電話：（八五二）二七八三—八一〇二
傳真：（八五二）二七八二—一五二九
馬新經銷／城邦（馬新）出版集團Cite (M) Sdn. Bhd.
E-mail：cite@cite.com.my
法律顧問／王子文律師 元禾法律事務所
台北市羅斯福路三段三十七號十五樓
二〇一七年七月一版一刷
二〇二三年六月一版四刷

KODANSHA BOX

■中文版■

郵購注意事項：
1. 填妥劃撥單資料：帳號：50003021戶名：英屬蓋曼群島商家庭傳媒(股)公司城邦分公司。2. 通信欄內註明訂購書名與冊數。3. 劃撥金額低於500元，請加附掛號郵資50元。如劃撥日起 10～14日，仍未收到書時，請洽劃撥組。劃撥專線TEL：(03) 312-4212 ・ FAX：(03) 322-4621。E-mail：marketing@spp.com.tw

國家圖書館出版品預行編目資料

終物語 / 西尾維新 著 ; 哈泥蛙譯 . --初版.
--臺北市：尖端出版, 2017.07
面 ; 公分.--(書盒子)
譯自: 終物語
ISBN 978-957-10-7453-5(下冊，平裝)

861.57　　　　106005595